로크미디어가
유혹하는
재미있는 세상

악가의 무신 3

2023년 2월 16일 초판 1쇄 인쇄
2023년 2월 21일 초판 1쇄 발행

지은이 서준백
발행인 강준규

기획 이기헌 왕소현 박경무 강민구 조익현
책임편집 천기덕
마케팅지원 이원선

발행처 (주)로크미디어
출판등록 2003년 3월 24일
주소 서울시 마포구 마포대로 45 일진빌딩 6층
Tel (02)3273-5135 Fax (02)3273-5134
홈페이지 rokmedia.com E-mail rokmedia@empas.com

ⓒ 서준백, 2023

값 9,000원

ISBN 979-11-408-0644-7 (3권)
ISBN 979-11-408-0641-6 04810 (세트)

차례

충돌   7

암상, 유준   75

대자사   147

각자의 회심   215

내분   281

충돌

안구에는 관곽에 많이 쓰이는 송목(松木)이 많이 자랐다.

세월이 흐르며 자연히 관곽을 만드는 장인들이 정착했고 인근 마을들도 벌목을 주업으로 삼았다.

"벌목을 마친 나무가 한 지반을 무너트렸답니다. 그러자 지반에 묻혀 있었던 목갑 속의 고서(古書)가 드러난 것이지요. 현재 태양무신의 것으로 추정되는 이 고서는 황보세가 측에서 회수한 상태이며, 만약 그들이 고서를 태산으로 운송하려는 움직임을 보인다면…… 두 가문의 문파대전이 그 즉시 시작될 겁니다."

호사량의 전망에 각 부처의 수장들은 조용히 고개를 끄덕였다.

얼마쯤 흘렀을까?

악정호가 장고 끝에 입을 열었다.

"사마 각주부터 고견을 말씀해 보시오."

사마수가 탁자에 펼쳐진 산동성 전도를 가리켰다.

"지금쯤 그 두 세력은 언제 터질지 모르는 활화산이 되었
을 겁니다. 애초에 안구는……."

조 총관이 눈을 빛냈다.

"주요 갈등 지역이었지."

"예. 총관님 말씀대로 안구의 관곽은 질 좋기로 유명해서
다른 성의 상인들도 많이 사들입니다. 이권 다툼은 당연했지
요. 다시 말해……."

사마수가 수염을 쓸어내리며 덧붙였다.

"두 가문의 곪을 대로 곪은 종기가 터진 겁니다."

그도 그럴 게 송림(松林)의 권리는 현재 동진검가와 황보세
가에서 양분하고 있지만 서로의 영역은 모호했기 때문.

확실한 경계가 없는 것이다.

"그러나 우리에게도 썩 좋은 상황만은 아닙니다."

삼당주 노르가 고개를 갸웃거렸다.

"어째서 그렇습니까? 두 가문의 충돌이 우리가 원하던 거
아니었습니까? 계획대로만 하면……."

언성운이 고개를 저었다.

"그리 쉽게만 볼 건 아닐세. 두 세력 모두 산동성 내에서

확실하게 적아를 구분하려 들겠지. 우리 역시 그중 하나가 될 터."

사마수가 고개를 끄덕였다.

"언 대주의 말씀이 맞소. 앞으로 두 세력의 충돌은 불가피할 것이오. 그럼 둘 모두 우릴 가늠하기 위해 인편을 보내겠지. 우린 가능한 가장 현명한 답을 해야 하오."

"중립을 택하면 되지 않는가? 단순한 문제 같은데."

성 각주가 까랑까랑한 목소리로 말했다.

호사량이 고개를 저었다.

"마냥 그런 것도 아닙니다. 중립을 표해도 그들은 더 집요하게 편을 정하라 요구할 것입니다."

원하던 상황이긴 했지만 분명 넘어서야 할 과정이었다.

난감한 상황에 침묵이 이어지던 그때.

악운이 입을 열었다.

"위기를 기회로 바꾸면 됩니다."

악정호가 의아한 표정을 지었다.

"자세히 말해 보겠느냐?"

"그들은 우리가 중립을 통해 얻는 이득이 많으니 재지 말고 어느 편에 설지 택하라며 수단 방법을 가리지 않고 압박을 할 겁니다. 그것이 아니라는 걸 보여야 이 판을 우리가 주도할 수 있습니다. 실제로도 우리는 이익만을 얻지 않았습니다. 두 가문의 분란이 동평에 악영향을 주고 있지 않습니까?"

조 총관이 짙은 미소를 머금었다.

"선제적 주도라……."

때마침 호사량의 눈빛이 번뜩였다.

악운이 던진 단초가 생각 전환의 계기가 된 것이다.

"먼저 빈틈을 보여 장단을 맞춰 주는 건 어떻습니까? 진실 반, 거짓 반을 교묘히 섞는 것이지요."

악정호가 반문했다.

"허허실실?"

"인력 감축부터 하시죠."

언 대주가 깜짝 놀랐다.

"가솔들을 내치자는 것이오? 용납할 수 없소."

"그럴 리가 있겠습니까."

"그게 무슨……."

의중을 파악 못 한 언 대주와 달리.

호사량의 의중을 빠르게 눈치챈 이는 손익계산이 빠른 신 각주였다.

"인력 감축이라……. 마음에 드오."

난생처음 듣는 신 각주의 칭찬에 무표정하던 호사량조차 슬며시 웃어 버렸다.

하지만 신 각주가 더 마음에 들 얘기가 남아 있었다.

"신 각주님, 가문의 재정 적자가 현재 어느 정도입니까?"

"자금 사정은 전에 말했듯 점점 최악으로 치달아 가고 있고 모아 놓은 곡식도 최소한으로 운용하고 있소."

"그 정도면 됐습니다."

호사량의 미소가 짙어졌다.

꿍

얼마 지나지 않아 산동악가에 동진검가와 황보세가의 인편이 올 것이라는 소식이 전서구로 먼저 도착했다.

"곧 도착하겠군요."

도시 초입.

악운은 악가진호대와 함께 귀빈들을 마중 나왔다.

저 멀리 각각 동(東)과 황(黃)이 쓰인 깃발이 보인다.

언성운이 악운과 나란히 섰다.

"예상은 했지만 두 가문 모두 이렇게 빨리 도착할 줄이야. 그들이 급하긴 급한가 보오."

"우리의 전력을 연맹으로 끌어들일 수 있다면 동평 군수 창고에 자리 잡은 정예 대대를 안구로 합류시킬 수 있을 테니 당연할 겁니다."

"하긴. 그나저나…… 태양무신의 유산이라면 두 세력뿐 아니라 정사마(正邪魔) 모든 세력들이 들썩일 터인데. 머지않아 산동이 큰 혼란에 휩싸이겠구려."

"글쎄요. 아닐 수도 있습니다."

"아니라니?"

"이런 일이 한두 해 있었던 게 아니잖습니까. 태양무신의 전인을 자처하며 사기를 친 자들은 많았죠. 다른 문파들은 상황의 진의부터 따져 볼 겁니다. 게다가 설사 진짜라 하더라도 움직이기 쉽지 않을 테죠."

"어째서?"

"명분 없이 끼어드는 건 손에 쥔 권력도 타 세력에 빼앗길 수 있는 명분이 됩니다. 쉽게 그런 도박이 가능하겠습니까?"

"과연 그럴 수도 있겠소. 헌데 정말 태양무신의 유산일까? 벌써 이리 움직인다는 건 진위 여부의 판별이 끝나서인 것 같기도 한데."

악운의 입가에 작은 미소가 걸렸다.

당연히 그건 진본(眞本)이다.

조양섬에 보관되어 있던 선대 태양성인들의 고서를 소도시인 안구현을 지나오며 묻어 둔 것이다.

기연처럼 만드는 거야 크게 어렵지 않았다.

그럼 태양진경이 유출된 것이냐고?

그럴 리가.

어차피 그건…….

'태양성인들께서 남긴 낙서지.'

태양진경의 심득은 온전한 구결을 알아도 배우기 힘들다.

그런데 고서에는 여러 무공이 짜깁기되어 있으며 심지어

태양성인 중 한 분은 회한 담긴 글까지 남겼다.

　　이렇게 하면 태양정이 열릴 줄 알았건만…….
　　아쉽구나. 망한 해석이었으니 절대 따라 하지 말거라. 잘못
　해석하면 주화입마까지 이르리라.

즉, 태양성인의 해석이니 현묘한 문장일지는 몰라도.
제대로 해석하면 '꽝'이란 소리다.
악운이 짐짓 웃음기 담긴 표정으로 말했다.
"네. 그럴지도요."
악운이 거의 앞까지 다가온 무리를 향해 걸어갔다.
그들은 경쟁하듯 달려오는 중이었다.
과거는 미래를 내다보는 거울이 된다.
정파의 협잡꾼들은 여전히 화합이란 단어와는 거리가 먼
존재들이다.
그리고 그러한 견제가 이번 태양무신 유산 사건이 동진검
가와 황보세가 둘만의 각축전이 되게끔 만들어 줄 것이다.
악운, 아니 천휘성이 장담했다.

❧

주인들의 경쟁심을 느끼는지 말들이 거칠게 투레질한다.

히이이잉!

거의 동시에 말에서 뛰어내린 두 사람.

한 사람은 최근에 동진검가에서 조우한…….

'나백.'

그 옆으로 나란히 걸어오는 중년인을 언 대주가 짧게 설명해 줬다.

"갈운정이오. 황보정 가주가 권력을 쥐면서 일으킨 '태산배사(泰山倍事)'의 중심에 선 사내요. 그가 나타났다는 건 황보정 가주가 이번 일을 중히 여기는 것을 의미하지."

"예. 들어 본 바 있습니다."

태산배사(泰山倍事).

황보정이 일으킨 피의 숙청을 의미한다.

황보정은 종전을 고하고 얼마 지나지 않아 전대 가주 황보철이 아꼈던 충심 깊은 가솔들을 내친다.

일부는 억울한 명분으로 즉결 처형하고, 더 심하게는 굶겨 죽이기까지 했다.

이에 황보철의 친척과 일부 식객들은 치를 떨며 가문을 등졌다.

'최악이군.'

사력을 다해 혈교와 싸운 명문가가 얼마나 망가져 있을지 보지 않아도 알 것 같다.

하지만.

'썩은 것은 드러나기 마련. 때가 오면 환부를 모두 도려내 주마.'

악운은 노기가 오를수록 차분해지는 것을 느끼며 앞으로 나섰다.

"어서 오십시오. 먼 길을 달려오신 양가의 선배님들을 직접 모시기 위해 직접 마중 나왔습니다."

"껄껄! 소가주, 못 보던 새에 신수가 훤해졌구먼!"

나백이 과장되게 친분을 과시했다.

철면피였다.

그간 악운에게 행한 악행은 전혀 고려하지 않는 눈치였다.

악운도 태연하게 대응했다.

"과찬이십니다."

짧게 인사를 마친 악운이 녹색 장포의 중년인을 쳐다봤다.

"갈운정일세."

이어서 갈운정이 날카로운 눈빛으로 악운의 어깨 너머를 쳐다봤다.

"느껴지는 기세가 제법이군. 잘 훈련됐어. 언 대주 덕분인가 보오."

갈운정은 악운에게 냉랭함을 보였던 것과는 달리, 언성운에게는 다소 친절하게 대했다.

정작 언성운은 단답으로 대응했지만.

"고맙소만, 내가 아니라 가주님께서 하신 일이오."

"뭘 그리 겸손을 떠시오? 누가 충심 깊은 사람인 줄 모를까 봐. 하하!"

갈운정의 웃음을 자르며 나백이 더 큰 목소리를 냈다.

"반기지도 않는 얼굴을 굳이 들여다볼 필요 있겠는가. 못 보던 새에 있었던 일이나 얘기해 보세."

나백의 힐난에 갈운정이 조소했다.

"가문의 대소사가 소가주의 결정에 따른 것도 아닐 터인데 헛수고를 하시는구려."

"가솔들 앞에서 가문의 다음 세대를 이끌 소가주보다 일개 대대를 이끄는 수장을 치켜세운다고 달라지는 게 따로 있소이까?"

주고받는 말들에는 서로에 대한 적의가 가득했다.

그 순간.

"기분 안 나쁩니다."

나백과 갈운정이 동시에 악운을 쳐다봤다.

"언 대주께서는 악가의 가솔입니다. 어느 가문의 수장이 가솔을 두려워하고 견제하겠습니까? 그리고."

악운이 나백을 쳐다봤다.

"동진검가를 방문했을 때와 달리 이제라도 저를 신경 써 주시니 감사할 따름입니다."

친근하게 굴던 나백은 말없이 눈살을 찌푸렸고, 갈운정은 악운이 황보정을 겨눠 간접적으로 표현한 것임을 눈치채고는 눈빛이 싸늘해졌다.

'둘 모두 내가 눈치를 보느라 이도 저도 못할 것을 예상하고 이리 거칠게 군 것일 터.'

이유야 그렇다손 치더라도.

시끄럽게 싸우던 것이 끝나니 이제야 좀 조용해진 거 같다.

악운이 만족스럽게 돌아섰다.

"이만 두 분 모두 가문으로 드시지요. 악가진호대는 귀빈을 호위하라!"

"소가주의 명을 따르라."

덕분에 언성운은 내심 터진 웃음을 참느라 꽤나 고생해야 했다.

과연 소가주는 연륜 있는 고수들과의 신경전에서 초장부터 조금의 물러남도 두려움도 없어 보였다.

⚜️

끼이익.

가문의 대문이 열리기 시작하자 무너진 조사전을 새로 짓고 있는 공사장의 소리가 귀빈들을 제일 먼저 맞이했다.

갈운정과 나백은 각자 데리고 온 정예 가솔들과 함께 가문을 둘러보는 중이었다.

미리 첩자들로부터 입수한 정보들과 규모, 인원 등과 같은 전력을 육안으로 비교하려는 게 분명했다.

"어서 오시오."

가문의 초입을 지나자마자 악정호가 좌우에 사마 각주와 조 총관을 이끌고 걸어왔다.

"세간을 준동시키는 가주님을 또다시 뵈어 영광이오."

나백이 눈치 빠르게 인사를 건넸다.

"회합 이후 가주님을 이리 다시 뵙게 되니 본 가와 산동악가의 관계가 더 깊어지는 듯싶소."

뒤지지 않고 발언한 갈운정이 악정호의 대답을 듣기도 전에 한술 더 떴다.

"계 단주, 가져오시오."

"가져와라!"

황보세가의 자랑인 벽력성운단(霹靂星雲團)이 마차 안에서 귀해 보이는 상자를 들고 왔다.

쿵ㅡ!

여러 개의 상자가 앞에 놓이자마자 갈운정이 말했다.

"본 가에서 재배한 태산하수오(泰山何首烏) 쉰 근이오. 본 가의 가주께서 친필 서한과 함께 친히 준비하신 것이니 기쁘게 받아 주셨으면 하오."

태산하수오.

허약한 체질은 태산하수오의 강장에 큰 효험을 받는다고 전해지며 기초 심법에 입문하는 어린아이들의 성장을 돕는 유명한 약초였다.

없어서 못 판다는 귀한 약초를 쉰 근이나 챙겨 온 것이다.

악정호가 눈살을 찌푸렸다.

"별다른 일 없이 이런 귀한 선물이라…… 부담스럽구려."

"약소한 선물이니 받아 주셨으면 하오."

나백의 눈썹이 꿈틀거렸다.

갈운정의 행동으로 보아 황보세가는 단단히 작심을 하고 온 것처럼 보였다.

'이놈들, 산동악가에서 이러지도 저러지도 못할 것을 알고 사생결단을 내려 온 것이로구나. 과연 집의전주의 예상이 맞았군.'

나백은 이런 상황을 예상한 장설평에게 감탄하며 가솔에게 하명했다.

"가져오너라."

곧이어 가솔 하나가 귀한 비단에 싸인 붉은 상자를 대령했다.

"본 가의 가주께서 내놓은 백금사(白金絲)로 제작한 보갑(寶鉀)이외다. 울루갑(鬱壘鉀)이라 하면 잘 아실 것이오. 강기도 버틴다는 명품이오."

조 총관의 눈에 이채가 흘렀다.

'울루갑.'

동진검가에서 내놓은 건 놀랍게도 종전 이후 잊히게 된 야철종가(冶鐵宗家) 가주, 모야루(摹冶鏤)의 유작 중 하나였던 것이다. 놀라운 보물의 연이은 등장에 장내에 있는 모두가 경악했다.

하지만 단 한 사람 악운만큼은 담담한 표정을 짓고 있었다.

과거 울루갑에 대해 했던 이야기가 머릿속을 스친 탓이다.

-내 최고의 망작이 울루갑이오. 만들지 말았어야 했어. 아무나 줘 버리라지.

-내구성은 어떤가?

-망작이어도 웬만한 검기는 제법 견딜 게요. 강기에는 시험해 보지 않았지만 아마 치명상 정도는 피할 수 있겠지. 뚫린 부위는 다신 못 쓰겠지만.

악운은 내심 웃음까지 났다.

모야루가 보고 있었다면 아마 경악을 금치 못했으리라.

어쨌든…… 시작된 거 같다.

저 두 세력의 치열한 압박과 공방전이.

떠올랐던 과거지사를 접어 둔 악운은 잠시 상황의 추이를 지켜봤다.

일견 아버지에게 잘 보이려는 모양새처럼 보이나.

'서로를 견제하는 것일 뿐.'

나백이나 갈운정이나 언제든 세가의 등에 칼을 꽂을 자들이다.

더구나 동진검가는 얼마 전까지.

'나를 노렸지.'

그럼에도 이리 친절하게 구는 것은 단 하나다. 아버지가 부담을 느낄 것이라 예상한 것이겠지.

하지만…….

'사람 잘못 봤다.'

악운의 표정이 싸늘해졌다.

"흐음. 이렇게 귀한 선물을 내놓으시니 몸 둘 바를 모르겠소. 그래서 드리는 말씀인데."

악정호가 슬픈 눈빛을 보였다.

"본 가는 이에 상응하는 것을 내놓을 것이 없어 걱정이외다. 호의만 받는 것이 부담스럽구려."

"상생하는 것이야말로 강호의 도리 아니겠소? 너무 괘념치 마시오."

"본 가의 가주께서도 바라는 것 없이 내놓은 것이라오."

나백과 갈운정은 내심 악정호의 부담스러운 표정에 만족스러워했다. 부담을 느껴야 궁지에 몰릴 것이고, 그래야 어느 편이든 택하리라.

"부각주가 각 검대의 귀빈들을 객당으로 안내하시게. 두 분은 나를 따르시오."

이후 얼마쯤 흘렀을까?

앞장선 악정호를 따라 이동하던 두 사람의 눈에 일백이 넘는 가솔들이 창고 앞에 줄 서 있는 것이 보였다.

저벅.

나백과 갈운정이 걸음을 멈춰 세우고, 창고에 시선을 고정시켰다.

창고 안의 곡식은 십분지 일도 안 남은 거 같았다.

앞장서 있던 악정호가 돌아서며 말했다.

"그리 놀라실 것 없소. 가문의 재정이 부족하기에 데리고 있던 가솔들을 축소하려는 것이오."

"그런데 어째서 줄을 서 있는 것이오?"

나백의 반문에 악정호가 쓰게 웃었다.

"사정이 어렵다고는 하나 가솔이었던 이들을 어찌 한 푼도 안 주고 보내겠소? 자, 이만 갑시다. 보고 있기 힘들구려."

가문의 치부를 길게 얘기하고 싶은 가주가 누가 있으랴.

나백과 갈운정은 더 많은 것을 묻지 못하고 따라나섰다.

하지만 두 사람은 돌아선 악정호의 표정에서 슬픔이 씻은 듯 사라진 걸 조금도 알지 못했다.

당연했다.

두 사람은 모르겠지만 방출될 가솔들은 전부 다 서로 다른 가문의 '첩자'였으니.

'같은 가문도 아닌 자들이 저기 모인 자들이 전부 다 첩자인지 아닌지 어찌 알까?'

첩자들을 방출할 만한 명분을 고려하던 차에 호사량이 기지를 낸 것이다.

─첩자들의 방출을 통해 가문의 재정난을 꾸며 내 보인다면 우리는 가문의 내실을 다지는 한편 저들은 재정난이 우리의 약점이라는 것을 확신할 것입니다.

"자, 안으로 드십시다. 귀빈들이 이리 본 가를 찾았으니 나 역시 자주 못 마시는 값비싼 차를 내드리리다. 두 사람 다 앞으로 본 가를 잘 좀 도와주면 좋겠소."

악정호가 굳은 표정으로 화룡각 안으로 들어섰다.

꽃

잠시 후 악정호가 차를 따르며 말했다.

"노산 녹차요. 입에 맞으실지 모르겠소."

"입에는 맞소만……. 크흠!"

나백은 불편한 기색을 감출 수 없었다.

그도 그럴 게.

'이자가 제정신이란 말인가?'

재정난으로 인하여 가솔들의 방출을 들킨 것까지야 그럴 수도 있다고 생각한다.

대략 예상됐던 일이니까.

그들의 재정난은 전부터 첩자들을 통해서 알고 있기도 했고.

하지만 이런 상황은 예상 밖이었다.

'어찌 알력이 있는 황보세가와 나를 같은 자리에 두고 중한 대화를 꺼내려 한단 말인가!'

이런 몰상식한 경우는 처음 봤다.

하지만 나백은 악정호를 꾸짖을 수 없었다.

꾸짖는 순간.

악정호가 황보세가와 손을 잡는 경우가 생길 수도 있기 때문이다.

'편을 정하라고 으름장을 놓을 줄 알고 같은 자리에 둔 것인가?'

나백이 복잡해진 눈빛으로 갈운정을 쳐다봤다.

갈운정 역시 난처한지 쉽게 입을 열지 못하는 중이었다.

하지만 기어코 쓴소리를 꺼냈다.

"어려운 처지는 이해하나 본 가의 가주께서 노여워하실 것이오."

사람 좋아 보이던 악정호의 인상이 삽시간에 변했다.

"노한다? 연유를 듣고 싶소. 어찌하여 황보세가의 가주께서 노한단 말씀을 하시오?"

나백이 관망을 택하는 동안 갈운정이 사납게 말을 이었다.

"쯧! 이제껏 산동악가의 뜻에 본 가가 응해 주었던 것은 산동악가가 오랜 시간 무림에 헌신했던 희생을 기리기 위함이었소."

"그래서?"

"그리하여 본 가를 비롯한 동진검가에서는 아낌없는 투자를 권하지 않았소? 동평 부지를 큰돈을 주고 반씩 구입해 드렸고, 각각 포목점과 마방을 드렸소이다. 듣자 하니 재정난 중에도 검대를 늘렸다던데."

"어찌 알았는지는 몰라도 일단은 그렇소만."

"심한 재정난인데도 대대 창설을 꾀했다? 이것만 봐도 산동악가가 중립을 통해 얼마나 많은 이익을 취했는지 알 수 있는 대목 아니겠소? 그런데……."

갈운정이 눈을 치켜떴다.

"산동악가에서는 본 가와 동진검가가 태양무신의 유산으로 인해 생긴 알력이 생길 것을 눈치채고, 다시 그 틈에서 이익을 취하려는 것이오?"

"본 가가 이득을 취한다?"

"그렇소. 나 대인과 나를 한자리에 두게 한 것에 그러한 의도가 없다고 자신할 수 있으시오?"

"흐음……."

"헌신적인 도움을 드렸건만 돌아오는 것이 겨우 이따위 간계요?"

지켜보던 나백이 동조하고 나섰다.

"동의하오. 산동악가의 처신은 충분히 무례했소. 그저 좌시하지만은 않을 것이외다. 크흠!"

갈운정의 의도야 뻔했다.

'태양무신에 관련된 사안은 잠시 접어 두고 오만한 산동악가부터 압박하자는 것이겠지.'

산동악가의 가주는 곧 당당한 태도를 버리고 굽실댈 것이다.

산동악가를 집어삼키는 본격적인 경쟁은 그 후부터 다시 시작이다.

둘의 합심에 악정호의 표정이 딱딱하게 굳기 시작했다.

어둠이 내려앉은 시각.

대담을 마친 두 가문의 명숙들이 부리나케 자리를 떠났다.

"모두 떠났습니다."

호사량이 대문 앞까지 배웅을 다녀온 후, 화룡각으로 돌아왔다.

"후우……."

해낸 건가.

악정호가 손바닥으로 진땀을 닦아 냈다.

"가주께서 연기에 이리 소질이 있으실 줄은 몰랐습니다. 껄껄!"

조 총관이 굳어 있던 표정을 풀고 웃음을 터트렸다.

"놀리지 마십시오. 의중을 들킬까 싶어 제법 조마조마했습니다. 실제로 우리가 재정난으로 허덕이는 것을 첩자들을 통해 알고 있었으니 별 의심 없이 넘어간 것일 테지만……."

분명 둘은 악가를 집요하게 압박해 왔다.

오히려 가문의 곤궁함을 그나마 버티게 해 준 것에 고마워하라며.

하지만…….

"부각주의 계책이 제대로 먹힌 모양이오."

"과찬이십니다."

"아니오. 그들 역시 꽤나 당황하더이다. 위기가 기회가 된 순간이었소."

두 사람과 나눴던 대화가 악정호의 뇌리를 스쳐 지나갔다.

─본 가가 두 가문의 중재를 통해 큰 이득을 보았다? 글쎄. 선의의 뜻으로 포목점과 마방을 인계받은 것은 맞소만. 동평 거래는 분명 두 가문에 합리적이었소. 부지를 나눠 전

략적 이점을 얻지 않으셨소?

　ㅡ그럼 이제까지의 거래를 무효화하실 테요? 그러고 나면 그나마 버티고 있던 재정 역시 폭삭 주저앉을 터인데?

　ㅡ하기야. 가솔도 내치는 마당에 별수 있겠소?

나백과 갈운정은 거래 무효까지 들먹였다.
그러나 상황은 금세 반전됐다.

　ㅡ좋소. 거래를 거두고 금일 받은 귀한 선물들을 도로 가져가시오. 또한 현 시간부로 본 가는 동평 내에 분란을 일으키는 그 어떤 사건도 용납지 않겠소.

　ㅡ뭐요?
　ㅡ그게 무슨……?

"어지간히 당황하더이다."
악정호는 당혹스러워하던 그들의 표정이 선했다.

　ㅡ자, 보시오. 현재 그대들의 주둔 대대가 동평에서 일으킨 사건 사고와 그에 따른 동평 사업장의 탄원서들이오. 대부분 본 가의 보호를 요청하고 있소.

　ㅡ그래서 어쩌라는 것이오?
　ㅡ배상 책임이라도 묻겠다는 게요?

악기의
모신

─이제껏 본 가가 이 모든 요청을 외면했다고 이야기하는 것이오. 본 가가 동평 내의 이권을 보호하기 시작하고 나면⋯⋯ 당장의 재정난 해결이 불가능할 것 같소?

"두 가문의 화의(和議)를 통해 동평의 평안을 바랐고, 그래서 재정난에도 불구하고 동평의 이권 사업에 뛰어들지 않았다고 얘기하니 꿀 먹은 벙어리가 되더이다. 그래서 쐐기를 박았지."

악정호가 씨익 웃었다.

─결국, 본 가 재정난의 원인은 두 가문의 분란에 있으니 현 시간부로 외면했던 동평 상인들의 요청을 받아들이겠소. 또한 동평 내의 그 어떤 다툼도 허하지 않겠소. 이를 먼저 어기는 세가를 등지겠단 뜻이오. 아시겠소?

"그 후엔 향후 일 년간 동평 내의 충돌을 금하겠다는 내용의 친필 서한을 써서 보냈소이다. 회신을 어찌 보낼지는 모르겠지만⋯⋯ 아마 저들도 별다른 방법은 없을 것이오. 당장 우리에게 신경 쓰기보다는 태양무신의 유지를 손에 쥐는 게 더 급선무일 테니."

그 결과로 그들은 별 소득 없이, 가져온 선물만 남겨 두고 떠났다.

아까운 보물들이나 언젠가 되찾을 생각들을 하고 떠난 것이다.

명분은 악정호의 손에 있었다.

이번 일로 괜히 심기를 거슬러 봐야 두 가문 모두 당장은 득 될 게 없었다.

장내에 모인 수장들 중 삼당주가 악정호를 보며 씨익 웃었다.

"가주님, 잔치라도 벌여야 하는 것 아닙니까?"

"푸하하! 올 때는 그리 오만한 표정을 짓고 있었는데 갈 때는 가주님의 친필 서한을 들고 부리나케 귀환하는 꼴들이라니."

"이놈들아, 이럴수록 더 신중해져야지!"

"형님도 웃으시면서, 뭘!"

첫째 일당주가 이당주, 삼당주를 꾸짖으면서도 헤벌쭉 웃었다.

하지만 어느 때보다 환한 미소를 짓고 있는 건 신 각주였다.

매일 싸늘한 표정만 짓던 그가 맞는지, 의심스러울 지경이었다.

"손익은 따져 봐야 하겠지만 동평 내의 충돌을 방지하고 보호비 이권을 취하게 된다면 커다란 이익이 되고도 남습니다. 가주께서 큰일을 하셨습니다."

악의 무인

"내가 한 일이 아니오. 노고는 여러분들이 하셨고 치하받을 사람은 부각주요."

화룡각에 앉아 있는 수장들의 이목이 호사량에게 집중됐다.

"과찬이십니다. 저들이 우리의 약점을 통해 압박할 것을 예상하고, 오히려 그걸 활용해 판을 뒤집자고 제안한 건 소가주의 기지였습니다."

사마 각주도 동의했다.

"가주님, 부각주 말이 맞습니다. 오히려 저들의 의도대로 흘러가지 않게 다소 과감한 제안을 할 수 있었던 것은 소가주가 계책의 단초를 제공한 덕분이었지요."

장내의 수장들이 동의하듯이 고개를 끄덕였다.

확실히 악운의 단초는 이번 일의 해결에 결정적이었다.

시류를 읽고 있는 것이다.

악정호가 헛웃음을 흘렸다.

"정작 운이 그 녀석은 관심도 없는 것 같지만 말이오."

조 총관이 웃음을 터트렸다.

"허허, 글쎄요. 또 어디서 가주님을 곤란하게 할 일이라도 준비하고 있을지 모르는 일이지요."

별말 없던 성 각주가 의미심장하게 껄껄 웃음을 터트렸다.

"가주께서는 기대하셔도 좋을 겝니다."

"나 참, 다들 이러시오? 불안하게……."

딱딱하게 굳는 악정호의 표정에 모두가 웃음을 터트렸다.

'올 때가 됐는데.'

악운은 대청마루 위에서 놀고 있는 제후에게서 시선을 돌려 달을 올려다봤다.

조금 있으면 따로 부른 의지와 예랑이가 도착하리라.

그나저나…….

'이를 갈면서 떠났군.'

나백과 갈운정이 떠났다는 것을 들어 보니.

'아버님께서 연기를 제대로 하신 모양이야. 마냥 연기도 아니었지만.'

실제로 악의 재정난은 사실이다.

신 각주 말대로 소규모지만 상단 창설부터 시작해…… 이대로라면 파산일 것이다.

'그들도 그것을 알기에 약점으로 생각했던 것일 테고. 우리의 곤궁함을 통해 압박하려 했겠지.'

하지만.

'허허실실.'

의도한 허술함은 실제로 판을 바꿀 기회가 된다.

'이번 일로 저들의 분란이 동평 내에서 금지되고, 악가의

동평 장악력이 강해진다면…….'

재정난에 도움이 되는 것은 물론이고, 두 세력의 충돌로 인해 여러 이익을 볼 수 있는 기회가 생길 것이다.

애당초 세웠던 계획이 실행될 환경이 이뤄지는 것이다.

"형아, 이게 뭐야?"

상념이 깊어질 무렵.

무릎 옆에 찰싹 붙은 제후가 보였다.

제후는 방금 전 악운이 건넨 회색빛의 단약을 손안에서 이리저리 굴리고 있었다.

악운이 제후를 쓰다듬으며 말했다.

"먹는 거야. 아암, 이렇게."

악운이 단약을 먹는 시늉을 보이면서 웃었다.

멀찍이서 예랑과 함께 걸어오는 의지가 보였다.

'슬슬 시작해 볼까?'

천휘성의 삶에서는 목표에 매몰되어 아끼는 사람을 제대로 챙기지 못했다.

늘 '나중에', '언젠가', '모든 게 끝나고 나면'이라는 안일한 생각으로 스러지고 고통스러워하는 형제, 동료를 돌아보지 못했다.

그것들이 이제와 후회되는 것은…….

'너희들이 내 곁에 와 주었기에.'

악운은 나란히 서 있는 의지, 예랑, 제후를 따뜻한 눈길로 바라봤다.

"안으로 들어가자."

악운이 제후를 번쩍 들어 안으며 방 안으로 향했다.

그 뒷모습을 바라보며 예랑이 고개를 갸웃거렸다.

"누나, 제후 손에 든 저게 뭐예요?"

"오라버니가 준 건가 봐. 환단같이 생겼던데?"

제후를 제외한 두 사람은 곧 마주하게 될 일은 생각도 못한 채 악운의 뒤를 따라 방 안으로 들어섰다.

악운은 마주 앉은 동생들을 자애롭게 바라봤다.

동생들은 고맙게도 밝고 강건하게 커 주고 있었다.

화경에 오른 것을 확인한 아버지가 이런 기분이셨을까.

　－처음엔 네 성장을 믿기 힘들었으나, 돌이켜보니 그럴 수도 있겠다 싶었다.

　－어째서요?

　－내공 면에서는 이미 넌 상승 경지로 오를 기반이 닦이고 있었지. 휘경문에서의 일, 그리고 네가 다녀온 의문의 섬에서의 일까지…….

　－맞습니다.

—상승 무공이란 건 누군가 미리 간 길을 더 쉽게 갈 수 있게 돕는 것이라지. 하지만 네겐 그 도움이 필요 없었던 건지도 모르겠구나.

　—예, 제가 익힌 가문의 무공들만으로도 저는 지금의 경지에 이를 수 있었습니다. 그래서 제가 느낀 바를 아버지께 말씀드리고 싶어요.

　—살다 살다 아들로부터 가문의 심득을 배우게 될 줄은 꿈에도 몰랐다. 하지만 기분이 썩 나쁘진 않구나. 오히려 기쁘다. 이참에 네가 가주를…….

　—아버지!

"오라버니?"

"아…… 그래."

악운은 의지의 목소리에 상념을 마치고 본격적으로 탁자에 놓인 목갑을 열었다.

딸깍.

조양섬에서 가져온 영약은 많았다.

그건 대부분 악가의 대대(大隊) 양성을 비롯해 수장들의 실력을 한층 성장시키고자 준비한 것이었다.

그리고 그중에는…….

"너희들에게 만들어 주고자 했던 선물이야. 성 각주께서 만들어 주셨어."

악운이 내보인 세 개의 환단.

그중 하나는 제후가 손안에 굴리며 신기하게 보고 있었고.

나머지 두 개는 악운이 준비한 목갑 안에 담겨 탁자에 놓여 있었다.

의지가 손을 뻗어 환단을 조심스레 집어 들었다.

"……영약 같은 거예요?"

"말하자면 그렇지. 너희들의 내공을 증진시켜 줄 귀한 환단이야. 단, 악가태의경(岳家太依經)이란 심결을 먼저 익힌 후에 복용하게 될 거야."

제후가 고개를 갸웃거렸다.

"악가태의경이 뭐야, 형아?"

악가태의경.

최근 악정호의 허락하에 이뤄진 무공 개량과 동시에 창안한 심결이다.

아버지께 태의심로경을 단초로 삼았단 얘기는 따로 하지 않았으나, '악가태의경'에서 느껴진 현묘함에 아버지는 충분히 감탄했다.

오죽하면 바쁜 와중에도 조언을 보태고자 보정각을 자주 방문했던 아버지가 어느 날부터인가 방문을 하지 않겠다고 선언하셨다.

　-예상은 했지만 아비의 도움이 크게 필요할 것 같진 않

구나. 개량도 마찬가지였지만.

하기야, 개량은 가문의 수뇌들이 뜨겁게 고무될 만큼 성공적이었다. 동작과 기를 반복 활용하면 무의식적인 연계가 될 수 있게 '일첨보'와 '비화심창', '일관심법'을 유기화시킨 덕분이다.

각 대대에서는 그 세 종의 무공을 묶어 '탄첩공(彈疊功)'이라 부르고 있단다.

악가태의경은 그 연장선이다.

"내가 직접 창안한 악가태의경은 가문의 심법을 운공하게 될 때 주화입마를 방지하고 잡념을 지우는 데 큰 도움이 될 거야. 보조적인 심결이라고 보면 돼."

예랑이 물었다.

"저같이 다른 무공을 익힌 사람도요?"

"악가태의경은 내공이 아니라 영혼을 닦는 거야. 심법이라기보다는 정신을 맑게 하는 도문(道文)에 가까워. 기혈 충돌은 없을 테니 걱정 마."

"와!"

"같은 일맥인 악가의 무공을 익혔을 때 훨씬 효율적인 건 어쩔 수 없지만 그래도 도움이 될 거야. 조만간 각 대대도 익히게 될 테고."

의지가 깜짝 놀랐다.

"저희가 처음 익히는 거예요?"

"가주님께서 먼저 익히셨어."

그간은 아버지를 비롯해 대대에 속한 가솔들과 여러 부처 수장들의 성장을 돕는 것에 주력해 왔으니…….

"그다음이 너희야. 우선 악가태의경부터 배우자. 풀어서 설명해 줄 테니 그리 어렵지 않게 배울 수 있을 거야. 읊어 주는 구결을 숙지하고 마음을 가라앉혀."

얼마쯤 흘렀을까?

제후를 제외한 의지와 예랑은 누가 먼저라 할 것도 없이 한 시진 만에 악가태의경을 익히게 됐다.

악운이라는 뛰어난 스승의 조언과 아이들의 무재가 이뤄 낸 성과였다.

옆에서 꾸벅꾸벅 졸던 제후가 입가의 침을 닦으며 중얼댔다.

"후릅! 형아, 나 심심해……."

"이제 제후 차례야."

고개를 끄덕인 제후가 갖고 놀던 환단을 가리켰다.

"알겠어. 대신에 이건 먹어도 돼?"

"빨리 먹고 싶어?"

"응, 맛있어 보여."

곧이어 눈을 뜨기 시작한 나머지 두 아이의 눈동자에 영묘한 빛이 잠시 동안 서렸다가 사라졌다.

지켜보던 악운의 눈빛에 이채가 흘렀다.

이제 다음 단계로 나아갈 차례였다.

"제후, 이제 가부좌부터 틀자."

"그래야 먹을 수 있어?"

"응."

악운의 무릎 위에 앉아 있던 제후가 훌쩍 뛰어내려 총총걸음으로 의지의 옆에 털썩 앉았다.

때마침 의지가 감탄했다.

"오라버니, 평소보다 머릿속이 맑아진 기분이 들어요."

예랑이 잔뜩 신난 표정으로 맞장구쳤다.

"저는 몸도 훨씬 가볍게 느껴지는데요!"

"벌써 그렇게 놀라면 안 되지. 아직 진짜 선물이 남았거든. 제후야."

"응!"

"언 대주께 배운 대로 악가진경을 축기해 봐."

"나, 그거 잘해!"

제후가 금세 진중한 표정으로 악가진경을 운용하기 시작했다.

스륵-!

악운이 그 뒤에 앉으며 말했다.

"이제부터 제후, 예랑, 의지 순으로 대법을 진행할 거야. 차례가 오면 날 믿고 내 도인에 따라 움직여."

은연중에 그래야 한다는 걸 느꼈는지 두 아이가 서둘러 고개를 끄덕였다.

츠츠.

제후의 명문혈을 향해 악운이 손을 뻗었다.

벌모세수(伐毛洗髓).

시전자의 내공을 소모하여 노폐물로 막힌 혈도를 뚫고 탁한 기를 체외로 내보내는 과정이다.

이 과정에서 중요한 건.

'피시전자의 체력과 정신력, 그리고 피시전자의 내공을 견인하는 시전자의 역할.'

그런 면에서 제후는 기연을 만난 셈이었다.

'혼세양천공의 진기를 통해 제후가 지닌 기를 충돌 없이 도인하고, 달마세수경의 진기를 통해 세맥을 다스린다.'

혼세양천공이 가진 조화, 즉 중재력은 벌모세수의 도인에서도 쓰인다.

또한 천휘성의 삶을 겪을 당시.

벌모세수에 가장 최적화된 기공법을 고르자면 달마세수경만 한 게 없었다.

오죽하면 세수경의 뜻이 '골수를 맑게 하여 정신을 수양한다.'였겠는가.

물론 탁기를 몰아낼 '정화대법(淨化大法)'에 있어서 곤륜과
무당 등도 뛰어나긴 하지만…….

'거친 산세 속의 고고함을 지닌 선도의 운용법은 아이에게
시전하기엔 다소 거친 기공이니.'

온유한 자비를 기반으로 한 기공이 더 어울렸다.

화르륵!

악운의 좌수에서 청염(淸炎)이 일자마자 반대편 우수에서
는 따뜻한 서기가 흘러나온다.

온유하지만 엄중한 기운이 한데 뒤섞여 방 안을 가득 메웠
다.

"헙!"

예랑이 악운이 흘려 내는 기운에 압도되어 소스라치게 놀
란 그때.

'안 돼.'

의지가 예랑의 입을 대신 막으며 고개를 좌우로 저었다.

스륵.

예랑은 악운의 부탁을 떠올리며 서둘러 고개를 미미하게
끄덕였다.

하지만 고개를 끄덕이면서도 마른침이 절로 삼켜졌다.

언젠가 스치듯 들었던 아버지의 가르침이 떠올랐다.

-일가를 이뤄 낸 일대종사는 내공을 헌신하여 '벌모세수'란 예민하고 위험한 대법으로 후인의 내공 성장을 이끌어 준단다. 언젠가 이 아비도 네게 그럴 날이 있겠지.

　틀림없었다.
　이건 분명…….
　'벌모세수!'
　운이 형이 감히 닿을 수 없는 고수가 되었다는 건 소문을 통해 들어 알고 있었다.
　하지만.
　'벌모세수는 아버지조차 위험한 대법이라며 행하지 못하셨던 일인데, 형이 가능하다고?'
　언예랑은 새삼 악운의 격을 실감했다.
　운이 형은 이미 일대종사에 이른 것이다.
　멀리서는 한눈에 보이던 태산이 가까워지면 그 끝을 가늠할 수 없듯이, 체감하게 된 악운이란 사내는…….
　숨이 턱 막혔다.

　　　　　　　　　　∞

　회합이 끝난 직후.
　악정호는 자리에 남은 성 각주와 독대하는 중이었다.

"태영단(太靈丹)이라 하셨소?"

"예, 소가주가 이번에 조제한 영단이지요. 소림의 대환단과 버금간다고 자부할 수 있습니다. 아니, 그보다 뛰어날 겝니다. 운이 좋아 대환단을 직접 살펴본 바 있으니 믿어 보십시오."

"맙소사……."

성 각주가 뛰어나다 못해 강호의 한 획을 그은 신의(神醫)라는 것은 사마 각주를 통해 들어, 잘 알고 있었다.

그리고 그런 성 각주의 확신이니…….

더 의심할 여지도 없는 일이다.

"그리고 이것."

성 각주가 목갑을 주섬주섬 꺼내 올렸다.

태영단이었다.

"소가주는 태영단을 총 네 개 조제했습니다. 충분한 조제 실력을 갖추고 난 후 계획했던 일이라 합니다."

"대체 무엇이 들어갔기에……."

"들어간 것이 많지만 그중 가장 핵심이 된 영약은 극렬금계(極烈金鷄)의 내단입니다. 이미 소가주를 통해 들은 바 있으실 테지요?"

"섬에 관해 들을 때 함께 전해 들어 알고 있긴 하오. 운이 찾은 신비한 섬에서 찾은 가장 귀한 내단이라고 하던데……."

"예, 저 역시 실존한 거라 생각해 본 적 없는 영물의 내단이지요. 고서에서나 몇 번 그 이름을 찾아볼 수 있던 희귀한 영물이었으니 당연히 경악을 금하지 못했지요."

"어떤 효험이 있는 것이오?"

"소가주는 순수한 내단의 복용만으로도 십 년 치의 내공 증진과 극독에 대한 저항력을 키우는 데 큰 도움을 받았다고 합니다."

"저항력이 생긴다?"

"예. 정순한 양기가 제독력(制毒力)을 늘려 해로운 부분을 체외로 배출시키고, 이로운 부분만 취할 수 있었다 합니다. 그래서 연단술을 사사한 후 그 효험에 주목한 게지요."

"설마 차가운 청훼의 독과 극렬금계의 내단을 한데 조합한 것이오?"

"예. 그 외에 조화를 이루고자 일곱 종의 영초와 독초를 썼고, 내단을 사분(四分)하는 술식까지 창안했을 뿐만 아니라 그걸 실패 한 번 없이……."

잔뜩 흥분하여 말을 잇던 성 각주가 잠시 말을 멈추고 악정호의 눈빛을 마주했다.

"가주, 듣고 계십니까?"

"아? 물론이오."

멍한 표정을 짓고 있던 악정호가 황급히 고개를 끄덕였다.

누가 봐도 한동안 넋을 잃은 표정이었다.

"흐음……!"

성 각주가 애써 흥분을 가라앉히며 말을 이었다.

"아무튼 소가주가 실패 한 번 없이 네 개의 귀한 영단을 조제했다는 것이 제가 드리고픈 말씀이지요. 가주께도 다시 오지 않을 기연이 될 겁니다."

"그렇구려……."

방금 전 악정호가 멍한 눈빛을 보였던 건 이유가 있었다.

분명 엄청난 기연이었건만.

영단에 쉽게 손을 뻗을 수 없었다.

아니, 그러지 못했다.

이 영단은 아들이 험한 일과 수많은 공부를 인내하며 만들어 낸 기적이다.

한참을 고심하던 악정호가 이내 고개를 저었다.

"운이에게 돌려줘야겠소."

"아들이 고생해서 만들어 낸 기적이라서 그러십니까?"

"하하……."

성 각주는 어색하게 웃는 악정호를 보며 웃음 지었다.

"이럴 때 보면 소가주의 나이가 참 안 믿깁니다. 기특하다 못해 어른스럽지요."

"무슨 말씀이시오?"

"자식이 전해 주는 것이 훨씬 감격스러울 터이니, 가주께 직접 전해 드리라 제가 안 권했겠습니까? 그랬더니 소가주가 뭐라 전했는지 아십니까?"

"뭐라고……하더이까?"

악정호의 눈빛이 잘게 흔들렸다.

"직접 전달하면 자식이 고생한 것이 눈에 밟혀서 거절하실 게 분명할 것이라고. 그래서 사실 이 영단 조제를 해낸 것도 제가 해냈다 전해 달라 하더군요."

"그런데 어째서 사실대로 전하셨소?"

"더없이 기특한 일을 해냈는데 칭찬하지 않고 넘어가는 게 말이나 되겠습니까? 무슨 이유로든 간에 그건 안 될 말이지요. 잠깐만 허심탄회하게 말씀드려도 되겠습니까?"

"그러시오."

성 각주가 씨익 웃었다.

"이보오, 가주."

"……."

"내가 나름 삶을 살며 하나 느낀 게 있다면, 어른이든 애든 신뢰로 이어진 사람들로부터 받는 진심 담긴 칭찬과 인정이 삶의 고난을 이겨 낼 큰 원동력이 되더이다. 애늙은이 같은 운이라고 다르겠소?"

악정호는 말없이 눈을 내리깔았다.

성 각주의 조언이 가슴에 콕콕 박혔다.

"그중에서도 가장 큰 인정은 사랑하는 부모가 건네는 애정 담긴 인정일 것이오. 미안함 때문에 칭찬도, 성의도 못 받아들이겠다? 그것이야말로 세상에서 가장 바보 같은 짓이오. 그러니…….”

성 각주가 목갑을 악정호 쪽으로 밀어 주며 말을 이었다.

“자식의 마음을 고맙게 여겨서라도 각고의 혼신을 다해 복용하십시오, 가주.”

악정호가 고개를 숙였다.

“성 각주에게 큰 가르침을 받았소.”

“나야말로 소가주를 내게 보내 준 가주에게 고마워하고 있습니다. 하나를 알려 주면 열…… 아니, 백을 익히는 제자가 생긴 기분이니…….”

악정호는 그제야 굳은 표정을 풀고 미소를 지었다.

동시에 한 가지 궁금한 것이 스쳐 지나갔다.

“그런데 남은 세 개의 영단은 어디 있는 것이오?”

“지금쯤…… 벌모세수를 위해 쓰이고 있을 겝니다.”

악정호가 눈을 부릅떴다.

하다 하다 이젠 벌모세수까지 해낸다고?

이걸 웃어야 할지 울어야 할지 모르겠는 악정호였다.

❧

언 대주는 악운의 처소 바깥에서 호법을 서는 중이었다.

문밖으로 새어 나오는 강렬한 기파.

전보다 훨씬 깊고 정심한 기운이 느껴진다.

아마 새로운 깨달음에 접어들어 새로운 정수에 접근한 게 분명했다. 그럼 더욱더 강해지고자 하는 성장욕이 꿈틀거릴 텐데……

'소가주는 그럼에도 벌모세수를 택했다.'

악운이 잠깐 찾아와 했던 이야기가 스쳐 지나간다.

　　－벌모세수를 진행하려 합니다.

　　－벌모세수라면……?

　　－동생들 모두에게요.

　　－그런데 굳이 내게 말씀해 주신다는 것은……. 설마 예랑이도 함께 진행하려 하심이오?

　　－랑이는 제 동생과도 다름없는 아이입니다. 그 아이가 더 성장할 수 있는 길을 열어 주는 것이 형으로서 해야 할 일이겠지요.

　　－그날, 소가주가 새로운 경지로 입문하던 날, 그 경지를 전부 가늠할 순 없었지만 적어도 천하를 논할 실력에 이르렀다는 것을 확실히 느꼈소.

　　－그럼 절 믿어 주시지요.

　　－못 믿어서가 아니라오. 확신이 없으면 아이들을 데리고 이런 결정을 하지 않을 것도 알고 있소. 내가 걱정하는 이는 소가주요.

악가의
운

-제 내공이 소실될까 봐서요?

-그렇소. 세 명을 모두 진행한다면 소가주가 많은 내공을 잃어야 할 테고, 어렵게 쌓아 올린 내공을 다시 쌓아야 한단 뜻이니. 그건…….

'다음 경지로 나아가기 위한 동력을 잃어버릴 수도 있단 뜻일 터.'

언성운의 눈빛이 무거워진 건 당연했다.

고마움과 미안함이 교차하는 지금…….

언성운은 악운이 남긴 마지막 이야기가 가슴에 콕 박힌 채 선명하게 떠올랐다.

-고금제일인은 강을 달리며 산마저 가릅니다. 하지만 고금제일가는 산에 도시를 세우고 강에 배를 띄워 수로를 냅니다.

그러고는 이어지는 한마디.

-어느 쪽이 나아 보이십니까?

그 마지막 반문을 듣는 순간.

언성운은 뜨거운 감정이 울컥 치솟았다.

이러니…… 못 떠났지.

❧

드륵!

악운이 문을 열고 안뜰로 나오자 우두커니 선 세 사람이 보였다. 언 대주와 성 각주 그리고 악정호가 함께 처소 앞에 서서 벌모세수가 끝나길 기다리고 있었던 것이다.

"아들!"

악정호가 서둘러 다가와 악운의 얼굴을 두 손으로 이리저리 매만지며 몸이 멀쩡한지를 살폈다.

"이놈아, 벌모세수는……!"

"아이들은 별일 없이 기를 갈무리 중이에요. 염려 안 하셔도 돼요."

악정호가 말없이 얼굴을 찌푸렸다.

악운은 그 표정을 보고 이번 벌모세수를 악정호가 크게 걱정한 것이라고 여겼다.

안심시켜 드리기 위해 성 각주를 통해 전한 것이기도 했는데…… 혼이 나려나.

"전 충분한 기연을 얻었고 많은 깨달음이 있었어요. 기를 통해 타인의 신체를 깊이 들여다볼 만큼 관조가 가능해졌고……."

말을 잇던 악운이 머쓱해졌다.

악정호의 표정은 나아질 기미가 안 보였다.

크게 걱정하셨나 보다.

"걱정 끼쳐 드려서 송구해요."

"이유를 설명할 필요도, 용서를 구할 필요도 없다."

고개를 숙이려던 악운의 눈가에 놀람이 스쳤다.

"예?"

악정호의 눈가가 눈물로 글썽였다.

찌푸렸던 표정은 화가 나서가 아니었다.

"어디 네가 동생들의 목숨을 함부로 대할 위인이더냐? 아비는 그저 동생들을 위한 네 희생에 고마웠을 뿐이야. 아비가 못한 일을 네가 해내는 통에 부끄럽지만, 부끄러운 만큼……."

악정호는 마지막 말을 뱉으며 악운을 끌어안았다.

"네가 자랑스럽다. 내 금쪽같은 아들."

언 대주와 성 각주가 따뜻한 시선으로 그 모습을 지켜봤다. 악운의 처소 위로 여명이 터 오고 있었다.

꽃

그렇게 작은 소란(?)이 있은 후.

악운의 동생들은 괄목상대했다.

평균적인 일류 고수로 거듭나려면 내공은 대개 이십 년에서 삼십 년 사이, 즉 반 갑자 정도가 뒷받침되어야 한다.

그런데.

세 아이는 이번 벌모세수로 소주천을 위한 세맥의 터를 닦았으며, 한 명도 뒤처짐 없이 십오 년의 공력을 얻게 된 것이다.

피식—!

악운은 그날의 기억을 떠올리면서 웃었다.

'어찌나 놀라시던지.'

그럴 법도 했다.

아이들 모두 태영단의 예상된 효험이 완벽히 흡수된 것이다.

대부분 영약이나 영단 같은 경우.

영단의 십 할을 흡수하면 그중 칠팔 할은 세맥에 잠재되거나 아님 노폐물과 섞여 소멸된다.

'하지만 그건 어디까지나······.'

기의 충돌이란 주화입마까지 고려해야 하는 일반적인 벌모세수!

아이들은 달랐다.

'혼세양천공 덕분이야.'

중재력 덕분에 아이들의 진기를 비롯해 달마세수경의 기운까지 한데 어우러진 것이다.

시전자가 한정적인 역할만 하는 일반적 벌모세수와는 달리.

'아이들과 충돌 없이 일심동체가 됐으니.'

그 결과 막힌 혈과 세맥에 잠긴 노폐물을 단숨에 밀어낼 수 있었던 것이다.

이제 남은 건 아이들의 노력이다.

악운은 흐뭇해졌다.

십 년 내공의 소실이라는 작은 희생을 치른 건 그저 회복하면 그만이다.

회복할 만한 다른 방안이야 얼마든지 있다.

어쨌든.

이 일로 인해 세 아이가 비슷한 또래의 가솔들의 구심점이 되고 나아가 성장에 자극을 주는 이정표가 될 수 있다면…….

'더할 나위 없겠지.'

이번 일을 계기로 아버지도 태영단의 복용을 위해 폐관에 들었으니 일석이조였다.

'전보다 한층 진보된 모습으로 돌아오시겠지. 과거 진명과의 대화를 토대로 내 조언을 담은 심득서까지 지니고 들어가셨으니까.'

천휘성의 삶을 살며 진명과 나눈 대화들을 통한 심득을 남기는 것은 크게 어려운 일이 아니었다.

아마, 아버지에게 있어 새로운 전환점이 될 것이다.

그 심득서야말로.

'아버지가 늘 목말라했던 사부의 빈자리를 채워 줄 터이니.'

악운은 비로소 악진명에게 진 과거의 빚을 조금이나마 갚은 기분이 들었다.

스륵―!

악운은 오랜만에 악진명을 추억하며 악정호를 통해 복원된 비급을 손끝으로 쓸어내렸다.

사락!

최근에서야 집필이 끝난 악가의 상승 비급.

'악가겁화창(岳家劫火槍)'이었다.

악운은 오래전 진명의 모습을 떠올리며 오랜 시간 악가겁화창의 비급을 탐독했다.

진명의 이야기는 끝났어도.

악가의 이야기는 이제 시작이었다.

악정호가 큰 성취를 이루고 폐관을 끝냈을 때쯤.

본격적인 겨울 한파가 몰아쳤다.

눈이 제법 많이 내려 하루가 멀다 하고 마당을 쓸어야 했다.

산동성의 전란도 깊어졌다.

"안구현에서 큰 충돌이 일었다 합니다. 이제까지의 충돌들이 작은 분란이었다면 이번에는 다릅니다."

호사량의 보고에 악정호가 물었다.

"어째서 그렇소?"

"각 가문의 검수(劍手)들이 일부 사망하거나 다쳤고, 그중에…… 황보여진이 있었다고 합니다. 나백과의 충돌에서 내상을 입고 해당 지역에서 치료 중이라 합니다."

"황보여진이라면……?"

조 총관이 덧붙였다.

"태산배사(泰山倍事)의 혈사에서 황보정이 유일하게 칼을 들이밀지 않았던 형제가 셋째 황보숭이었습니다. 황보여진은 그의 딸이지요."

호사량이 고개를 끄덕였다.

"예, 황보정은 선천적으로 몸이 약한 황보숭을 아꼈고 당연히 그의 딸까지 무척 아꼈습니다. 그런 그녀가 다쳤다는건……."

언 대주가 미간을 찌푸렸다.

"도화선을 건드린 셈이구려."

"맞습니다. 이제는 산동성 각지에서 전면전이 시작될 겁니다. 대비해야 합니다."

사마 각주가 악정호를 쳐다봤다.

"가주님, 상로(商路)의 확장을 통하여 준비해 온 계획을 실행해야 합니다. 이미 각 가문의 군수창고 병장기들이 각지로 운송되는 중이고, 백우상단과 태호상단은 시중에 풀린 곡식을 경쟁하듯 매입하는 중이라 합니다."

악정호가 신 각주를 쳐다봤다.

"우린 얼마나 비축해 두었소?"

"겨울을 버티기엔 충분합니다만, 이대로 곡식값이 천정부지로 치솟으면 앞으로가 문제이지요."

악정호가 고개를 저었다.

"염려 마시오. 그간 괜히 대비책을 강구해 둔 것이 아니지 않소? 우선 신 각주는 최근 유입된 동평 내의 보호비를 관리하는 데 최선을 다해 주시오."

"예, 그리하지요."

악정호가 이어서 명을 하달했다.

"일당주."

"예, 가주!"

"상로를 확장해 안구현까지 두 가문의 충돌에 휘말리지 않고 지날 수 있는 최단거리를 확보하시오. 이당주와 삼당주는 일당주를 도와 물자를 차질 없이 준비하시오."

"크하핫! 알겠습니다!"

"공들여 키운 제 새끼들만 믿으십시오!"

마차를 준비했으니 다음은 이에 실을 물자였다.

악정호가 성 각주에게 물었다.

"조제된 은정단의 물량은 얼마나 확보되었소?"

"열 대의 마차에 가득 실을 정돈 됩니다. 아울러 '비력단(肥 力丹)'도 충분히 보급 가능한 수량입니다. 다만 이번 상행엔 한 대의 마차에 비력단 소량과 은정단만 실을 예정입니다."

'비력단(肥力丹)'.

한동안 치료 환단 조제에 심혈을 기울였던 악운과 성 의원 이 중지를 모아 제작한 신단(新丹).

활력과 체력을 북돋고 진탕된 기혈을 안정시키는 효험이 있었다.

주로 쓰인 재료는 중급 연단술에 속할 환약이었으나 다중 효과를 내는 연단술식을 통해 상급 치료 환단이 되었다.

최상의 가성비를 가진 치료 환단이 조제된 것이다.

성 각주가 잔뜩 흥이 올라 깔깔댔다.

"두 가문 모두 한번 써 보고 나면 애가 탈 겝니다."

악정호는 성 각주에게 마주 미소 지어 준 후 마지막으로 언 대주를 바라봤다.

"언 대주는 악가상천대(岳家常踐隊)에 가문 주둔을 명하고, 악가진호대를 차출하여 삼당주와 함께 상단의 호위를 맡으 시오. 이번 상로의 총대주(總隊主)로 명할 것이오. 악가상천대 수장의 공석이 채워질 때까지만 겸직해 주시오. 부탁하오."

"명 받듭니다."

"좋소. 이제 본격적인 겨울이 왔소. 동평은 평화롭다고는 하나 전운은 언제든 우리도 집어삼킬 수 있음을 모두 아시리라 생각하오. 그러니 하나만 기억해 주시오."

악정호의 눈빛에 전과 비교할 수 없이 굳건해진 위엄이 실렸다.

"가문이 곧 여러분이니……."

늘 그를 신뢰해 주는 가솔들의 조력을 악정호 역시 믿고 단결했기에 보일 수 있는 성장이었다.

"그 어디에서도 당당해 주시오."

조 총관의 고개를 필두로.

"가주의 명을 받듭니다."

"가주의 명을 받듭니다."

각 부처의 수장들이 고개를 숙였다.

그 엄숙한 가운데.

"그런데……."

잠깐 무게가 실렸던 악정호의 음성이 다시 가벼워졌다.

"운이 그 녀석 혹시 또 폐관에 들었소? 폐관에서 나와 문안 인사만 하더니 또 사라져 버렸군."

일순 팽팽했던 긴장감이 깨지고 웃음이 터져 나왔다.

❦

악운은 눈밭을 걸어 동평에 진입하는 초로(初路)에 서 있었다.

"눈이 많이도 오는구나."

악윤은 어깨 위에 수북이 쌓인 눈을 손으로 털어 내며 생각에 잠겼다.

최근까지도 참 바쁜 나날이었다.

아버지의 폐관이 시작되던 날부터 십 년 내공의 회복을 위한 수순을 밟았기 때문이다.

그 시작은.

국화귀서(菊花貴書).

제목만 보면 아름다운 꽃들을 적어 놓은 서적처럼 보이나 이건 사실 천휘성이 천애독후와 함께 남긴 저서였다.

그녀가 이 저서 이름을 지을 당시 지었던 아름다운 표정은 아직도 머릿속에 선명했다.

여러모로 사연이 많은 저서다.

아무튼 한동안은 '국화귀서(菊花貴書)'란 저서의 독물 배합을 통해 조양섬에서 가져온 온갖 독과 독초를 연단했다.

하지만 이를 완성시키기에는 부족한 게 하나 있었다.

그 하나가 도착할 때를 기다리면서 새로 더한 무공들을 고민하며 연마하는 시간을 가졌다.

하지만 초대 태양성인의 조력을 통해 걷기 시작한 새로운 길은 그동안 천휘성이 겪어 왔던 길과는 확연히 달라 신중하게 다각도로 접근해야 했다.

그러나 멈출 순 없었다.

상생, 상동을 넘어 이루기 시작한 상극의 길은 반드시 완숙에 이르러야 했다.

그래야만 진정한 의미의 일계(一界)에 이를 것이고 나아가.

'우(宇)로의 경지로 나아갈 수 있으니.'

문득 초대 태양성인이 했던 이야기가 스쳐 지나간다.

존재들을 이해하는 것, 그것이야말로 태양의 정수, 태양정의 시작점이니.

'시작점이라고 했다, 분명.'

일계(一界) 다음은 우(宇)의 경지.

아직도 가늠하기 힘든 우의 경지가 고작 시작점이라니.

악운은 끓어오르는 호기를 느꼈다.

"해내야겠지. 그래야 내가 갈망해 온 삶을 꿈꿀 수 있을 테니."

다가올 미래가 설레다 못해 그리울 지경이다.

그 순간.

저벅저벅.

저 멀리서 일단의 무리가 등장하기 시작했다.

여러 이유로 기다려 왔던 사람들이 등장한 것이다.

"왔구나."

등랑회.

동진검가가 가장 두려워할 그들이 동평에 도착했다.

검은 면사가 달린 죽립을 벗은 유예린이 전보다 훨씬 밝아진 안색으로 미소 지었다.

처음 봤을 때 선명히 보이던 반쪽의 화상은 덧씌운 인피면구로 인해 조금도 티가 나지 않았다.

"오랜만에 뵙네요, 소가주."

선한 눈매와 둥근 턱선.

그리고 미소 지을 때 접히는 보조개와 작고 둥그런 콧등은 그녀의 어릴 적 순수했던 모습을 짐작게 했다.

"예, 그간 평안하셨습니까?"

"네, 덕분에요."

"보내 주신 전서구는 잘 받았습니다. 지금쯤 도착하시리라 생각해 마중 나왔는데, 잘 선택한 것 같군요."

"그러실 필요까지는 없었는데요."

"별말씀을 다 하십니다. 자, 이제 들어가시지요."

"그 전에."

돌아서던 악운이 발걸음을 우뚝, 멈춰 세웠다.

"사군위께서는 뭐 하시나요."

불가의 사대천왕처럼 그녀의 곁에 우뚝 서 있던 중년인들이 성균을 필두로 부복했다.

"은인을…….."

"뵙습니다."

다흑, 자룡, 정엽 세 사람에 이어 유예린이 떨어지는 눈발 아래 무릎을 꿇고 앉았다.

"은인을 뵙습니다."

악운은 서둘러 그녀에게 손을 뻗었다.

"어서 일어나십시오."

유예린이 악운의 부축을 못 이기고 일어났다.

"곤륜의 일이 잘 끝났나 봅니다."

그녀의 눈빛이 세차게 흔들렸다.

오랜 세월 쌓였던 지난 한을 비로소 내려놓을 수 있었던 모양이다.

"네, 기적이…… 일어났어요."

곤륜파는 현재 구파일방의 자리에서도 위태로운 실정이다.

태양무신의 유산 각축전을 경멸하며 떠난 곤륜.

그들은 구파일방 중에서도 가장 많은 피해를 입어 봉문 직전에 다다른 것은 물론이고, 그나마 남아 있던 소수의 고수들은 도납을 벌기 위해 각지로 퍼졌다.

다시 세를 회복하고자 두문불출 중에 있는 그들에게 있어.

실전된 무공이 여러 주인을 거쳐 돌아왔다는 것은 그들에게 있어서도 '기연'이었다.

서로의 목적이 맞았으니까.

그녀의 목소리에 울음이 섞였다.

"절명검마(絕命劍魔)라 불린 마두의 절학은 감숙 기련대전에서 실종된 옥청궁의 장로, 태허진인의 유산으로 증명되었어요."

악운의 눈빛에 이채가 흘렀다.

아, 태허진인의 유산이었던가.

태허진인(太虛眞人).

당시 곤륜파 장문인의 사제로서 옥청궁의 수장이었다.

그리고……

─산에 있으면 할 게 그리 많지 않다네.

주귀였다.

친분은 깊지 않았다.

스치듯 조우해 몇 번 대화를 나눴던 정도.

도문은 규율이 아니라 삶에 쓰여야 한다고 부르짖던 현묘한 선인이었던 것으로 기억한다.

'그였단 말인가.'

당시 천휘성은 택일을 해야 했다.

수많은 곳에서 전투가 매일 벌어졌고 천휘성이 향해야 할 곳은 늘 중요한 기점의 전투여야 했다.

기련대전의 전투가 소규모였다는 것이 아니다.

더 큰 전투가 있었던 것일 뿐.

절명검마가 사사했다는 동굴은 대설산 부근.

그는 그곳을 빠져나와 몸을 숨겼던 모양이다.

"진산 절학을 이어받긴 했으나 직접 사사한 게 아니라 기연으로써 이어받았기에 형부는 속가제자로 인정받았어요."

"옥산(玉山)의 제자가 되신 걸 경하드립니다."

옥산은 곤륜산 봉우리 중 하나로 곤륜파의 수호신 '서왕모'가 머문다는 신화가 있는 산이다.

즉 옥산의 제자가 되었다는 말은 곤륜의 제자가 되었단 뜻이기도 했다.

"고맙습니다. 그리고……."

유예린이 고개를 들어 악운을 올려다봤다.

"곤륜에서는 저희가 산동악가의 가솔이라는 것을 알고 가주님을 뵙고 싶어 했어요."

"차차 그리될 겁니다. 그분들의 도움을 받을 일이 앞으로 있을지도 모르니까요. 그 전에……."

악운이 손을 뻗었다.

"해야 할 일이 아직 남지 않으셨습니까?"

유예린이 악운이 건넨 손을 맞잡았다.

"얼마든지요. 제 목숨을 포함해 우리의 목숨은 이제……."

유예린을 따라 사군위, 등랑회가 일제히 포권을 취했다.

"소가주의 것입니다."

공석으로 남아 있던 악가상천대의 수장이 정해진 순간이었다.

～〰～

겨울을 지나 도착한 삼백의 정예 고수들과 백 필의 말.

집의전주 장설평이 언급했던 이야기가 호사량의 머릿속에 다시 맴돌았다.

　–그건 지지 기반이 강해진다면 모든 것을 갖추게 된다는 뜻이지.

'그가 말했던 지지 기반이 왔다.'

화룡각에 앉아 있는 유예린부터 그녀를 따르는 사군위까지.

그들은 오랜 시간 단련된 정예 고수들이었다.

더구나 최근 악가의 대대를 이루는 가솔들의 주축은 '장노야'와 연이 닿은 하오문 출신들이 많았다.

끊임없이 터전을 찾으며 이용당하고 방황하던 사람들.

유원검가와 절명검마의 죽음으로 묶인 등랑회 또한 '장 노야'라는 공통된 연이 있으니…….

'화합은 문제없을 것이야.'

비로소 산동악가의 전력이 그 구색을 갖춰 가고 있는 것이다.

"언 대주는 어찌 생각하시오?"

악정호는 착석해 있는 언 대주를 불렀다.

장내에 모인 수장은 세 명.

언 대주와 사마 각주 그리고 호 부각주였다.

각자 맡은 임무로 인해 바쁠 것을 고려해 등랑회와 관련해 의견이 필요한 수장들만 부른 것이다.

"최근까지 두 개 대대 통솔을 해 오셨으니, 대대 운용을 어찌할지 언 대주의 의견부터 듣고 싶소."

"저는 우선……."

언 대주가 유예린과 눈을 마주쳤다.

자연히 둘 사이에 묘한 긴장감이 감돌았다.

어느 정도 언급은 해 뒀지만.

갑자기 낯선 이에게 통솔하고 있던 대대 중 하나를 내놔야 하는 상황이기에 더욱 그랬다.

언 대주가 불편한 심기를 보이면 자칫 서로 곤란한 분위기가 생길 수 있던 그때.

"능력에 부치는 겸직에 힘들었는데, 이를 벗어나게 도와주는 것에 고맙다고 전하고 싶습니다, 가주님."

언 대주의 환대에 딱딱하던 분위기가 일순 풀어졌다.

무표정하던 유예린과 사군위의 입가에 잔잔한 미소가 흘렀다.

그 와중에 언 대주의 말은 계속 이어졌다.

"오히려 가주님께 여쭤볼 것이 있습니다."

"무엇이오?"

"등랑회의 가세로 전투에 참여할 정예 가솔의 숫자가 많아졌으니 이번 기회를 통해 외원을 구축하는 것이 어떻겠습니까?"

동석하고 있던 사마 각주가 고개를 끄덕였다.

"가주님, 충분히 일리 있는 제안입니다. 상로를 확장한 만큼 대대의 책무 역시 분할해야 합니다. 외원을 설립해 동평의 치안을 맡기시고 내원 조직은 심각한 사안에 움직이시지요."

"좋은 말씀들이오. 다만, 지금은 내원의 숫자도 부족한데 내원의 가솔을 줄여 외원을 세우는 게 큰 의미가 있겠소?"

악정호의 반문은 분명 당연한 의문이었다.

별말 없이 듣고 있던 유예린이 말했다.

"한 말씀 드려도 되겠습니까?"

악정호가 지체 없이 허락했다.

"얼마든지 하시오."

"예. 우선 제가 이끌고 온 등랑회의 정예 고수들 외에 싸울 수 있는 삼백 명의 등랑회가 더 있다는 말씀을 드리고 싶습니다."

"받아들일 가솔이 더 있다는 말씀이시오?"

"그렇습니다. 외원의 인원을 구성할 때 차출하면 되리라 생각합니다. 청주현에 자리 잡은 등랑회 일원을 연락을 취해 합류하게 하면 됩니다."

"그럼 그리하십시다. 운이를 통하여 청주현 일대에 크게 자리를 잡았다는 소식을 듣긴 했소만, 규모가 그리 클 줄은 예상 못 했소. 놀랍구려."

"이거야, 원……. 이렇듯 순식간에 외원 설립이 가능해진다면 이제 우리도 황보세가나 동진검가에 하등 뒤떨어질 것이 없습니다."

사마수가 잔뜩 고무된 표정으로 말했다.

모두가 기분 좋은 미소를 감추지 못하던 그때.

악운이 무겁게 입을 열었다.

"가주님, 경하드립니다."

"갑자기 웬 축하 인사더냐? 너……."

"예."

"또 일 벌이려고 그러지?"

"……."

"내가 조금 있으면 점도 보겠다."

"말씀드리지 말까요?"

"아니. 차라리 말해 주고 벌이거라."

한차례 웃음을 터트리는 수장들과 함께, 악운 역시 입가에
미소를 머금었다.

"소자 또 한 번의 무림 출도를 떠나려 합니다."

"갑자기?"

"예."

"차라리 언 대주의 곁에 함께하지 그러느냐? 큰 전력이 될
텐데."

"이를 말입니까?"

언 대주도 고개를 끄덕였다.

하지만 악운은 좌우로 고개를 저었다.

가문은 당분간 바쁘게 돌아갈 것이다.

상행이 안구현에 도착하고 나면 본 가는 보현각의 세부 계
획대로 우선 비력단과 은정단을 무료로 배포할 것이다.

효능을 알아야 거래를 청할 테니.

당연히 그다음부터는 거래를 위해 그들이 직접 찾아오리
라고 확신한다.

태양무신의 비급을 얻고자 눈이 멀어 버린 그들의 문파대
전은 겨우 시작에 불과할 테니 앞으로 부상자가 기하급수적
으로 늘어날 것이다.

그렇게 점점 은원이 쌓이고 나면 서로 걷잡을 수 없는 전화에 휩싸일 것이고…….

'마침내 우리에게도 이를 들이밀겠지.'

악운은 그것을 준비해야 했다.

두 세력이 욕망에 사로잡혀 명분 따위 관계없이 산동악가가 지닌 것을 삼키고자 마음먹을 그때를…….

"부각주와 함께 가겠습니다."

호사량이 황당한 표정을 지었다.

사전에 언급도 없었을 뿐 아니라 자신을 마냥 팽팽 노는 줄 오해하고 있는 것 같아서다.

"갑자기 말이오? 내가 얼마나 바쁜지 아시오?"

"아, 그렇습니까?"

"대체 그 표정은 무엇이오?"

전혀 납득 안 된다는 악운의 표정에 호사량이 얼굴을 찌푸린 그때.

사마 각주가 대신 응했다.

"데려가시오. 웬만한 굵직한 일들은 내가 이미 맡아서 하고 있고, 보현각의 가솔들이 워낙 현명해서 부각주의 공석 따윈 느끼지도 못할 것이오."

"스승님?"

"난 직설적이라 있는 말밖에 못 하는 거 너도 알지 않느냐? 너, 요즘 수련하는 시간이 일하는 시간보다 더 많던데."

"……."

"언제든지 데려가시오. 옆에서 잔소리나 해 대지, 일도 안 한다오."

꿀 먹은 벙어리가 된 호사량을 보며 악정호가 호탕하게 웃었다.

"부각주 표정이 무표정한 줄로만 알았지, 이렇게 다채로운 줄 이번에야 알았소."

지켜보던 유예린도 새삼 놀랐다.

마흔 살이 가까운 냉철한 관리 출신의 문사가 열여섯 소년에게 쥐락펴락당하고 있는 분위기는 쉽게 보기 힘든 일이었으니까.

❧

회의가 끝나고 모였던 수장들이 다시 흩어졌다.

당연히 호사량은 의외의 제안을 한 악운에게 자초지종을 묻고자 그의 방에 앉아 있었다.

"굳이 나와의 동행을 고려한 소가주의 의중을 한번 생각해 봤소. 심각한 여러 상황 속에 갑작스러운 출도이기도 했으니……."

"그래서 짐작은 해 보셨습니까?"

"여러 가지 이유가 있으리라고 보지만 확신하긴 힘들 것 같소."

"가장 큰 이유가 무엇일 것 같으십니까?"

"태양무신과 관련된 것이오?"

"왜 그리 생각하셨습니까?"

"명확하게 얘기를 해 주지는 않았지만 소가주는 섬에서 가져온 태양무신의 유산을 안구에 묻은 게 틀림없었소. 하지만 과연…… 섬에는 그것밖에 없었을까, 하는 의문이 들어 해낸 추측이지."

"태양무신의 다른 무학을 이어받았을 것이다……라고 추측하신 겁니까?"

"그보다는 태양무신의 유산이 다른 곳에 묻혀 있다는 단초를 얻었으리라 보고 있소. 그래서 혹시나 모를 숨겨진 진법을 해체하기 위해 나를 쓰려는 것이 아니오?"

"아닙니다. 다른 이유죠."

"대체 무엇인지 궁금하구려. 단, 그 전에 하나 묻고 싶은 게 있소."

악운은 올 게 왔다는 생각이 들었다.

"말씀하시지요."

"그 고서의 배후에 소가주가 있다는 것을 가주님께는 어째서 알리지 않으셨소?"

"아버지가 양지라면 저는 음지에 있게 될 겁니다. 적어도 전란의 시대에는요. 어쩌면 전란이 끝난다면……."

악운의 눈빛이 잠깐 가라앉았다.

다음 세대의 의지, 제후, 예랑 혹은 그 누군가 가문의 평안함을 이끌 지도자에게 넘기는 것도 나쁘지 않으리라.

하지만 그러기 전까지는.

'내 몫이니.'

그래서 알리지 않았다.

혼자 짊어지려는 게 아니다.

아버지에게 아버지의 일이, 자신에게는 자신의 일이 있다.

"저는 협의지사가 아닙니다. 가문을 삼키려하는 야욕을 보인 자들에게는 더욱 그러합니다."

호사량의 표정이 딱딱해졌다.

하지만 호사량이 악운을 이해 못 해서가 아니었다.

열여섯의 악운이 떠올린 생각치고는 너무나 강인해서였다.

'하긴 무공뿐 아니라 삶의 지고한 경지에 올라야 가능하다는 화경에 오른 천재에게 나이 따위를 대입하는 것도 웃긴 일이지.'

이미 악운이 성취해 낸 일은 일대 종사의 수준이었다.

"늘 말했고 다시 말하지만 나는 소가주의 편이오. 같은 편이기에 비난도 서슴지 않소. 그게 도움이 되는 길이라면……."

"어째서 이번 경우엔 비난하지 않으십니까?"

"내가 왜 그래야 하오? 내가 본 동진검가의 가주는 오만한 쓰레기이며 황보세가 가주는 탐심 가득한 기회주의자였소. 그들에게 악가를 빼앗길 순 없지. 그러니……."

호사량의 눈이 어느 때보다 활력 있게 빛났다.

"소가주의 꿈, 마음껏 펼쳐 보시오."

악운은 호사량의 진심 담긴 격려에 고마움을 느끼며 무겁게 고개를 끄덕였다.

"알겠습니다. 그럼 제가 굳이 부각주와 동행하고자 했던 이유와 현 시기에 무림 출도에 나서게 된 이유를 말씀드리지요."

"그 이유들이 연결되어 있는 것이오?"

"예."

악운이 의미심장하게 웃었다.

"우린 이제부터…… 적과의 동침을 고려할 겁니다."

암상, 유준

호사량이 사마수에게 할 일을 인계하기 위해 악운의 처소를 떠난 지 얼마쯤 흘렀을까?

떨어진 눈밭 위로 노을빛이 내려앉은 시각.

유예린이 악운의 처소를 찾았다.

어깨에 쌓인 눈을 털며 들어선 그녀는 김이 모락모락 나는 차를 보고 가벼이 놀랐다.

찻잔은 두 개였다.

마치…….

"제가 지금쯤 이곳에 당도하리라 생각하셨나 보네요."

문득 유예린은 우스운 생각이 들었다. '소가주는 점성술이라도 하는 걸까?' 하는…….

"언 대주께 앞으로 지휘해야 할 악가상천대에 대해 인계받을 사항을 듣고 오실 테니 지금쯤 도착하시리라 생각했습니다. 날도 추운데 이리저리 찬 바람을 쐬셨을 터. 우선 언 몸부터 녹이시지요. 직접 우려낸 차입니다."

유예린의 무표정한 얼굴에 짧은 미소가 스쳤다.

절정 고수의 체온은 쉽게 떨어지지 않지만 그럼에도 굳이 차를 준비한 건 '배려'일 터.

"사소한 것에 마음을 둘 줄 아시는군요. 하긴…… 제가 뒤집어쓴 이 절반의 인피면구도 일부러 언급하지 않으신 것일 테죠."

그녀가 얼굴 반쪽을 쓸어내렸다.

"오해가 있었군요."

"네?"

"루주께서, 아니 이젠 유 대주라 부르겠습니다."

"그러세요."

"유 대주님의 외관은 처음이나 지금이나 늘 유 대주님과 대화함에 있어서 제게 그리 중요한 요소가 아닙니다."

유예린이 피식 웃었다.

늘 느끼는 거지만 참 소가주답다.

열여섯 소년의 확고한 가치관은 산전수전 겪은 서른 중반의 여인마저 흔들어 놓을 만큼 깊고 은은한 매력이 있었다.

다향 같은 사내, 아니 소년이었다.

"탈속한 애늙은이 같아 보이는 건 소가주 본인도 아시지요?"

"종종 듣습니다."

이어서 차를 음미하던 유예린의 눈에 그리움이 스쳤다.

"노산 녹차네요."

"예."

"다향이 좋아요. 아주요……."

어릴 적 언니가 우려냈던 노산 녹차의 다향은 풋풋한 향이 강하지도 약하지도 않게 은은하니 잘 배어 있었다.

희한하게도 악운이 내온 차가 그랬다.

"찻잎에 기를 실어 따뜻하게 비벼서 우리게 되면 다향이 더욱 풍성해진다더군요. 귀동냥으로 듣고 한번 따라 해 봤습니다."

"다음에도 맛보고 싶네요. 진심으로요."

"언제든지요."

"내일이라도 청을 드렸으면 하지만…… 떠나신다니 못내 아쉽군요. 동이 트면 떠나시나요?"

"예, 아버님께 문안을 드린 후 떠나야 할 거 같습니다."

"그럼 서둘러 전해 드려야겠네요."

그녀는 비단을 감아 담아 온 목갑을 풀어 헤쳤다.

목갑 안에는 꿀이 묻은 벌집 단면이 가득 쌓여 있었다.

하지만 일반적인 벌집과는 조금 달랐다.

대략 벌집의 크기에 비해 꿀이 거의 극소량이었기 때문이다.

"제게 청하신 흠원의 벌집이에요."

악운의 청을 받은 등랑회가 곤륜파 내에서 구해다 준 것이다.

악운이 만족스러운 눈빛으로 목갑을 내려다봤다.

흠원(欽原).

악운이 곤륜의 일이 성공적으로 끝났을 시에만 구해 달라고 했던 벌의 이름이다.

'아귀 같은 벌이지.'

꿀을 만드는 재주 대신 꿀벌을 비롯해 웬만한 살모사까지도 독침으로 학살한다.

그래서 귀한 꿀을 수확해 내는 양봉으로 유명한 곤륜파는 한때 꿀벌들을 학살하는 거대 벌을 제거하기 위해 사천당가에 협조를 요청했다.

사천당가나 오독교 혹은 독야문이나 제독문 등이 봤을 때 이 벌은⋯⋯.

'귀한 독이니까.'

독성이 강한 건 둘째 치더라도.

옥산 내에서만 서식하며 개체 수가 많지 않았다.

부르는 게 값인 독인 것이다.

"비급을 복원시켜 준 보답 덕분인지 일말의 고민도 없이 보관하고 있던 벌집을 내주시더군요. 처음 독향을 맡았을 땐 아찔했어요. 두 번은 경험하고 싶지 않네요."

그녀가 또다시 풍겨 나오는 지독한 독향에 서둘러 목갑을 봉했다.

"그런데…… 어떻게 백목(白木)에 대해 알고 있었던 거죠? 다들 흠원의 존재는 알아도 극독을 봉할 수 있는 백목의 특성은 저희 중 누구도 모르던 사실이었어요."

유예린의 눈빛에 흥미가 감돌았다.

악운이 일러 준 백목을 언급했을 때 곤륜파의 장로들은 무척 놀라워했다.

백목이 지닌 특성은 곤륜파의 도궁에서 몇 년 동안 사사한 도동들이어야 겨우 알 수 있는 공부였기 때문이다.

"옥산에서만 나는 하얀 나무를 책에서 읽어 본 적이 있습니다. 잊으셨습니까? 장 노야는 제게 있어 또 한 분의 스승이나 다름없었어요. 그분이 가지고 계신 많은 고서들을 통해 세상을 배웠죠."

하오문은 다양한 정보를 사고파는 집단이었다.

여러 귀한 서적들을 갖고 있는 게 이상해 보이지는 않았다.

"아…… 그랬군요."

"예, 방문할 때마다 다 읽은 서적은 팔아넘기고 새로운 책을 가득 채워 놓으셨지요."

백목에 관해 배운 건 천휘성의 삶으로부터였으나 마지막으로 남긴 말만큼은 진실이었다.

장 노야는 늘…….

'의지와 나를 기특하게 여기셨으니.'

성정상 말을 많이 걸진 않으셨어도.

아이들에겐 따뜻했던 시선과 행동을 통해 느껴지기 마련이다.

악운의 기억 속의 장 노야는, 아버지를 제외하면 망해 버린 악가의 혈손들에게 유일하게 따뜻했던 사람이었다.

장 노야의 기억이 떠오른 것일까?

마주 앉은 유예린이 슬픈 눈빛으로 미소 지었다.

"좋은 스승님을 두셨군요."

"예."

"아마 소가주의 장성에 기뻐하실 거예요."

"안 그러실 겁니다. 성가시고 귀찮은 녀석이 됐다고 투덜대셨을 분이니까요."

"하긴."

공감하듯 고개를 끄덕인 그녀가 흠원의 벌집이 담긴 목갑을 빤히 내려다보았다.

"곤륜파 도장들에 의하면 오랜 시일이 보관해 둔 독이기에 부패 독까지 스며 있을 거라 하더군요. 벌집만 해도 말 수백 마리가 즉사할 극독이라던데, 부패 독까지 더한다면 능히 천독지체는 되어야 견딜 수 있을 텐데요."

그녀가 의구심 담긴 눈빛을 지어 보였다.

곤륜파에 의하면 수집은 가능하다 쳐도 여러 독공의 고수들도 이 독을 복용하거나 활용할 땐 안전을 도모할 수 없다고 했다.

"이를 어디에 쓸 것이냐 묻는 것이겠지요."

"맞아요."

"복용할 겁니다, 전부 다."

악운이 조금의 고민도 없이 대답했다.

"안 돼요. 말했듯이 능히 천독에 이른 사람마저도……."

말을 잇던 그녀의 뇌리에 문득 언 대주에게 인계를 받으며 들었던 이야기가 스쳤다.

―최근의 악가에는 희소식만 들리는구려. 소가주의 성취에 이어 유 대주의 합류라니. 같은 가솔로서 악가의 미래가 밝다는 것이 새삼 피부로 와닿소.

설마…… 그 성취라는 것이?

입을 닫은 그녀의 눈에 이채가 흘렀다.

"혹여 산동악가의 비기가 창이 아니라 독공이었던가요?"

정말 놀란 듯한 그녀의 눈빛에 악운이 너털웃음을 터트렸다.

설마 화경에 올랐으리란 예상은 전혀 못 하는 눈치다.

하지만…….

'마냥 틀린 것도 아니지.'

악운은 내심 얼떨결에 진짜 진실에 접근한 그녀를 귀엽다는 듯 바라보았다.

"저기, 소가주."

"예."

"생전 제 부친처럼 나를 바라보고 있는 것 알고 있나요? 새삼 짚어 드리지만 내가 소가주보다 스무 살은 족히 많아요. 그러니 그런 눈빛은 좀…… 당황스럽네요."

악운은 또 한 번 너털웃음을 터트렸다.

"그만 좀 웃고 내 질문에 대답이나 해 주시겠어요?"

놀리고 싶은 마음에 대답 없이 또 한 번 웃고 싶은 악운이었다.

귀여운 걸 어떡하나.

포각.

처소를 나온 유예린은 조금 멍한 눈빛을 짓고 있었다.

소가주의 한마디가 잊히질 않았다.

-유원검가가 내쫓기던 그 시절, 동진검가의 가주는 많이 강했습니까?

　-그는…… 절정 고수였던 형부를 세 합 만에 도륙했어요. 아버지께서는 슬프지만 그가 먼 미래에 산동제일검이 될 수도 있다 하셨죠. 황보세가 가주를 위협할 만큼요.

　-아닐 겁니다.

　-네?

　-이젠…….

만약, 정말 만약이라도.

소가주의 실력이 확신을 뒷받침할 만한 수준이 되었다면.

꿀꺽-!

유예린은 마른침을 삼켰다.

"대체 그 짧은 시간에 얼마나 성장한 거지?"

그녀는 온몸에 전율이 이는 것을 느끼며 저도 모르게 자문했다.

그와 척지지 않고 산동악가에 합류한 건 생애 최고의 선택이 될지도…….

"모르겠어."

나직한 그녀의 한마디가 바람에 흩날리는 눈발 속에 흩어져 갔다.

악운은 그녀의 기척이 점점 멀어져 가는 것을 느끼며 눈을 반개했다.

홀로 남은 방 안.

그녀가 가져온 흠원의 벌집을 입안에 가득 넣고 콰득 씹었다.

스륵.

코를 찌르는 부패한 독향.

그녀가 제대로 구해 온 게 틀림없다.

아주 만족스러웠다.

콰득, 콰득-!

점점 입안의 침이 마르고 썩은 내가 코를 메우다 못해 시큼하고 강한 통증이 밀려들었다.

벌집 안에 스며 있던 흠원의 극독이 목울대를 타고 내려가니 구역질이 치밀어 올랐다.

츠츠츠!

혼세양천공의 기운이 꿈틀거린다.

독을 체외로 자연히 밀어내려는 것이다.

'아직은…… 때가 아니야.'

악운의 의지가 극독이 세맥으로만 퍼지지 않게, 혼세양천공의 기운을 이끌었다.

그러자 혼세양천공이 독기를 밀어내지 않고 감싸 안았다.

콰콰콰!

씹어 삼키는 양이 늘어날수록 흠원의 독수(毒水)가 노도처럼 콸콸 밀려들었다.

그럼에도 악운은 멈추지 않았다.

'더, 더 오너라!'

독수는 수많은 벌 떼처럼 한데 뭉쳐서 혼세양천공의 기운과 충돌했다.

내부의 진동이 느껴진다.

쾅!

통증이 밀려드니 혼세양천공의 기운이 크게 흔들렸다.

도인에 차질이 빚어진 순간.

독수가 혼세양천공의 기운에서 벗어나려 발버둥 쳤다.

두 번, 세 번.

쾅! 쾅!

계속 부나방처럼 밀어닥치는 독수와 함께 악운의 얼굴이 검은빛으로 물들어 갔다.

스륵!

입가 옆으로 새어 나오기 시작한 피가 거뭇하게 떨어지며 피부를 보랏빛으로 물들였다.

일계로 이어진 나머지 기운들이 혼세양천공의 기운을 돕기 위해 움직이려 했다.

하지만 때는 늦었다.

쾅!

지금까지와 비교도 할 수 없는 강한 충돌과 함께 독수가 혼세양천공의 도인을 뚫고 나왔다.

순식간에 독수들이 전신세맥으로 퍼지려던 그때.

악운의 머릿속에 과거의 기억이 선명하게 스쳐 지나갔다.

　-무릇 독(毒)이란 옳게 쓰면 약이지만 잘못 쓰면 독이 된답니다. 지금의 나처럼요.

국화귀서의 그녀, 당양희.

그녀는 독공에 뛰어난 자질을 타고났다.

당연히 그녀의 부친은 야망이 컸고 '만독화인(萬毒化人)'이란 금기의 비술로 그녀를 정련하려 했다.

오직 성장만이 그녀의 삶을 채웠다.

하지만 그녀는 실패했고 무너졌으며.

꽃다운 나이에 얼굴 대부분이 녹아내렸고 단전마저 잃었다.

서늘한 빙화처럼 아름다웠던 그녀가 이목구비라 부를 수조차 없는 천형을 떠안게 된 것이다.

그 후 부친은 그녀를 버렸다.

그렇게 그녀는 평생을 가문 내에 숨어 살며 심신이 죽어

가고 있었다.

천휘성을 만나 함께 지내기 전까지는…….

─옳게 쓰려면 독이 가진 성질을 알아야 해요. 이 중 부패 독은 불과 같아요. 뭉치면 더 사나워지죠. 가장 극렬하게 타오르는 순간에 가장 강한 독성을 띠며, 무엇이든 삼키려 들 거예요. 마치 불처럼. 그러니 그때가 되면…….

'상극에 이른 독마저 삼키려 들지.'

악운은 기억의 잔영들을 되새기면서 호흡을 다스렸다.

흠원의 독수를 제압하지 않고 고통을 견디면서까지 부드러운 도인으로 이끈 건.

'흠원의 독수가 절정으로 이르게 하기 위한 것이었으니!'

화아아악!

잔뜩 절정에 오른 독수가 가장 먼저 보이는 맥으로 빨려들어갔다.

콰콰콰!

시작이다.

그 안에 놈들이 가장 기피했어야 할 숙적.

'청훼의 왕이 기다리고 있으니.'

마침내.

콰콰콰!

벌 떼처럼 밀려든 흠원의 독수가 청후단이 스며든 '독공'과 조우한 것이다.

조양섬에서 독물들을 쓰러트리며 익힌 또 하나의 절기이자 당가에 의해 버림받은 당양희, 그녀가 창안한 절예.

'도반천록공(導反天鹿功).'

—마지막 바람이 있다면 유일하게 편견 없는 눈으로 나를 바라봐 준 이 기공이. 당신의 삶만큼은 평안하게 지켜 주길……

유언으로 남은 그녀의 목소리가 다시 한번 머릿속에 벼락처럼 내리꽂혔다.

콰지짓!

도반천록공의 기세에 독수가 물러나려 했지만 이미 혼세양천공과 나머지 기운들이 신장처럼 모든 퇴로를 막았다.

'오래 기다렸다.'

상생, 상동을 거쳐 상극의 깨달음으로 향할 첫 번째 시작은 '독수'를 삼킴으로써 열릴 것이다.

콰아아아!

그러자 청훼의 왕이 잠든 도반천록공의 독기(毒氣)가 어마어마한 속도로 부패한 흠원의 독수를 씹어 삼키고 짓밟으며 더욱 거세게 휘몰아쳤다.

그럴수록.

도반천록공의 근간인 청후단의 기운이 흠원의 독수와 충돌하며 빠른 속도로 내공 가속을 일으켰다.

쿠아아앙!

독기의 확장이 간에서 방으로 이어지며, 일계 안에 자리를 잡아 갔다.

그 위로 혼세양천공의 중재력이 실렸다.

격렬하던 독기의 싸움이 빠르게 진정되어 가자.

츠츠츠.

보랏빛으로 물들었던 악운의 입가 주변으로 청염이 피어오르며 재생되기 시작했다.

잃었던 십 년 치 내공 그 이상의 내공이 도반천록공의 축기로 인해 일계(一界) 안에 가득 채워진 것이다.

쏴아아.

온전히 뜨인 악운의 두 눈에 도깨비불 같은 검푸른 기화(氣火)가 번쩍였다.

목생화의 증폭을 제어할 상극의 시작.

"이루었나."

'수극화(水極火)'였다.

✦

목욕재계한 후 악운은 무표정한 눈빛으로 동경을 마주

봤다.

갓 태어난 아이처럼 하얀 피부, 날 선 콧날과 턱선, 쌍꺼풀 없는 날카로운 눈매가 보인다.

큰 체격은 살집 없이 말랐으나…….

지방 대신 최적화된 근육의 자태가 보인다.

각 무공마다 자주 쓰이는 근육들이 효율적으로 압축되어 가고 있는 것이다.

'여러 무공을 다룰수록 신체가 그에 맞게 해금되어 가는 중인 거야.'

조양섬에서의 태양정 회수 이후.

신체는 깨달음 못지않게 비약적으로 성장했다.

황옥정을 통해 도검불침을 완성하였고 청훼를 비롯한 독물들과의 싸움을 통해 천독불침에 가까워졌다.

그리고 이번 독공의 성취로…….

'완벽한 천독불침에 이르렀다.'

악운은 손끝을 뻗어 가볍게 도반천록공을 이끌어 냈다.

츠츠츳—!

도반천록공을 그녀가 만들었다면.

이를 뒷받침했던 무공은 천휘성의 유산이다.

그녀가 남긴 저서를 근간으로 제독문(制毒門)의 공부와 천휘성의 공부를 덧입혀 탄생한…….

'국화독장(菊花毒掌).'

국화의 꽃말은 고결함.

흉측했던 외관 따위 무시할 만큼 그 누구보다 따뜻하고 고결했던 그녀를 추모하며 이름붙인 이 독공은 이제 완벽히 악운의 것이 되었다.

그로 인해 화에 속한 무공들의 '증폭' 현상이 조화롭게 어우러졌다.

'적어도 화에 속한 무공들은 운기, 축기 모든 면에서 기의 수발이 빨라지고 훨씬 안정적으로 변해 가고 있어.'

기존에 익힌 해룡포린공.

새로 발돋움한 도반천록공.

그 두 가지의 기운이 가져온 영향력이었다.

하지만…….

'일계는 모든 것이 연결되어 있으며 증폭 과다 현상은 언제 일어날지 모른다.'

이번 성취는 수극화를 위한 첫발일 뿐.

아직 일계를 이루고 있는 나머지 무공들은 여전히 '증폭' 과다 현상에 노출되어 있다.

아직까지는 별문제가 없었지만.

'익혀 둔 다른 무공들의 확실한 성장이 없다면…….'

증폭 과다 현상이 점점 표면화되어서 혼세양천공의 중재력이 약화될 것이다.

그럼…….

'내공 충돌로 인한 주화입마까지 감당해야 해. 부단히 노력해야 한다.'

급격한 성장만큼 그만한 자격이 필요해진 것이다.

이윽고 고심을 끝낸 악운이 동경을 벗어나던 그때.

전속 시비가 된 홍련의 목소리가 들렸다.

"공자님, 가주님께서 전하신 복장을 준비해 두었습니다."

"나갈게."

아버지에게 가문을 맡겨 두고, 잠시 가문을 떠날 시간이었다.

유예린의 합류 직후.

악가상천대와 악가진호대의 조직은 등랑회의 흡수로 개편됐다.

등랑회는 본래 매난국죽이란 직위의 수장들이 각각의 인원들을 책임지고 있었으나.

이 중 매와 난의 인원이 악가상천대에 남고 국과 죽의 인원이 악가진호대에 합류했다.

그리고 네 개 조로 운영 중이던 악가진호대 역시 두 개 조를 악가상천대에 합류하게 했다.

전력(戰力)을 균일하게 나눠 탄력적인 대대 운용을 기대한 것이다.

덕분에 유예린은 취임식과 함께 쌓이기 시작한 대주 업무
에 꼭두새벽부터 부지런히 움직여야 했다.

❦

저벅저벅.

새로 배정된 처소로 돌아온 유예린은 조금, 허기짐을 느끼
며 안뜰을 지나 내실로 향했다.

때마침 방 안에서 나오는 시비.

'따로 청한 적이 없는데?'

악운의 전속 시비, 홍련이 깜짝 놀라 제자리에서 멈칫했다.

"무슨 일로 들어온 건가요?"

"아침 식사와 차를 준비해 두라 이르셔서……."

"누가요?"

홍련이 서둘러 말했다.

"소가주께서 하명하셨어요."

"아……."

"그럼, 이만 물러가 봐도 될까요?"

"그러세요."

그때 홍련의 옷깃에 은은하게 밴 향이 유예린의 코끝에 닿
기 시작했다.

분명, 이 향기는…….

"노산 녹차인가요?"

"네. 소가주께서 떠나시기 전에 직접 우려내셨어요. 그럼 소인은 물러가 보겠습니다."

"그래요."

유예린은 물러나는 홍련의 뒷모습을 바라보며 희미하게 미소를 머금었다.

'설렌다니까 그러네.'

정신 차려야지.

나이 차이만 스무 살 가까이 난다.

유예린이 고개를 가로저으며 식사가 차려진 탁자로 향했다.

오랜만에 느끼는 평화롭고 따뜻한 아침상이었다.

⁂

"하아, 하아……!"

호사량은 거친 숨을 몰아쉬며 안간힘을 다해 달렸다.

동이 트자마자 얼마나 달렸는지 모르겠다.

일류에 이르렀을 뿐 아니라, 연단술 덕분(?)에 백독불침까지 이룬 경지이건만.

"우에엑!"

악운이 쓴 방갓 그림자도 못 밟았다.

마치 신기루가 따로 없다.

잡힐 듯 잡히지 않게 아른거리며 달리는 악운.

타닥!

헛구역질을 하는 호사량의 앞으로 평온한 얼굴의 악운이 다가왔다.

"전보다 체력이 약해지신 거 같습니다. 수련을 게을리하신 겁니까?"

"이 사람이 진짜……! 우억!"

말을 잇다 말고 다시 헛구역질이 올라와 호사량이 황급히 입을 틀어막았다.

그 순간 악운의 손끝이 반항할 틈도 없이 호사량의 전신을 두드렸다.

타타타탁!

정신이 아찔해지는 통증과 함께 호사량이 벌떡 일어났다.

"이게 뭐 하는 짓이오! 갑자기 사람을 개 패듯 패……."

호사량은 되레 미소 짓고 있는 악운의 표정을 보며 문득, 자기 몸을 내려다보게 됐다.

'어느새?'

지쳐 있던 체력이 다시 활력으로 바뀌며 다신 일어나지 못할 것 같았던 몸에 힘이 감돈다.

"추궁과혈……?"

추궁과혈(推宮過穴).

내상이나 체력 소모로 인해 기가 원활하게 흐르지 않거나, 주화입마의 전조 증상을 보일 때 혈을 때리듯이 짚는 점혈법이었다.

단, 자칫 잘못 쓰면 오히려 상세가 악화된다.

"성 각주님께 기침술을 배우다 보니 훨씬 효율적인 추궁과혈법이 가능해지더군요. 뭉친 근육을 풀고 기가 원활하게 흐르도록 자극했으니……."

악운이 호사량의 등을 토닥였다.

"한 시진 정도는 더 뛰고도 남을 겁니다."

"아?"

악운이 싱긋 웃었다.

"뭐 하십니까, 안 뛰시고?"

호사량의 얼굴이 와락, 일그러졌다.

이거야, 원…….

고마워해야 하는 건지, 욕을 해야 하는 건지.

"그런데, 그들이 우릴 반기겠소?"

"글쎄요. 뛰기나 하시죠."

악운이 다시 땅을 박찼다.

그 뒷모습을 보며 호사량이 눈살을 찌푸렸다.

적과의 동침이라…….

자신이 필요한 이유에 대해 듣고 나서 호사량은 꽤나 놀랐었다.

설마 소가주가 그런 생각을 할 줄은 몰랐으니까.

❧

노숙을 거치며 부지런히 달린 악운과 호사량은 빠르게 동평 남쪽으로 길을 잡았다.

목적지는 제녕.

악운이 그곳을 택한 건 호사량과의 대화를 통해서였는데…….

—제남, 동평, 태산 등에는 우리를 비롯해 이미 거대 문파나 가문 혹은 많은 수의 무관 등이 자리 잡고 있죠.

—그렇소. 헌데?

—제가 만약 낭인이라면 큰 세력을 가진 가문, 혹은 문파의 영향력이 크게 닿지 않은 곳들을 두루두루 지나면서 의뢰를 받겠습니다. 그래야 골치 아픈 경쟁 없이 다양한 의뢰를 받으면서 푼돈이라도 벌겠죠.

—그거야 그렇지만, 갑자기 낭인들의 이야기를 꺼낸 이유가 무엇이오?

—풍수를 위해 산동 많은 곳을 돌아다니셨다지요.

—그랬소.

－낭인들이 많은 지역들을 선별해서 나를 안내해 주십시오. 길눈이 어둡지는 않지만 여러 도시나 마을의 동향에 밝은 부각주의 도움이 필요할 겁니다. 얼굴도 저보다는 덜 눈에 띄실 테고요.

　－하긴. 어쨌든 그다음은 어쩌시려고?

　－낭인들을 좀 만나 볼까 합니다.

　－낭인들을 만나서 무엇 하시려고?

　－가면서 차차 말씀드리죠.

　－그럽시다. 그럼 우선은 제녕으로 가는 게 좋겠소. 그런데 그런 정보를 위해서 나와 동행하는 것이었다면 삼당주들에게는 어째서 여쭤보지 않으셨소?

　－그분들은 바쁘잖습니까.

　－나는?

　－…….

　－하, 나도 바쁘다니까 그러네.

　그렇게 이런저런 대화를 나누며.

　악운과 호사량은 마침내 제녕의 작은 도심을 지나 허름한 객잔에 당도할 수 있었다.

　다자객잔(多者客盞).

"우선 이곳에서 씻고 옷이나 갈아입읍시다. 나흘 넘게 흙 먼지를 굴렸더니 꼴이 말이 아니오."

"그러시지요. 그 전에…… 먼저 들어가시겠습니까? 친구 가 하나 따라붙은 것 같군요."

호사량의 눈에 이채가 흘렀다.

"친구라……. 따라붙는 걸 못 느꼈는데?"

"금방 정리하고 들어가겠습니다."

"알겠소. 그럼 설명은 나중에 들으리다."

"예."

호사량은 악운에게 의중이 있으리라 짐작하고는 홀로 객 잔 안으로 들어갔다.

저벅.

동시에 악운이 객잔 맞은편 골목 쪽을 주시했다.

"오랜만이군."

그제야 기척을 감추고 있었던 한 인영이 골목 안쪽에서 터 벅터벅 걸어 나왔다.

건들거리는 걸음걸이.

얼핏 나른해 보이는 권태 섞인 눈빛의 낭인.

"산동에서 제일 바쁘실 분이 제녕의 여러 엽보장(獵報帳)이 모이는 다자객잔까지는 무슨 일로 오셨나그래."

마주 선 백훈이 이를 드러내며 웃었다.

"도평검객."

"그 별호는 집어치워. 동진검가 놈들에게 쫓기는 통에 예전 신분은 갖다 버렸어. 놈들도 최근엔 바빠졌는지 제녘까지는 추격해 오지 않더군. 가솔이 부족한가 봐. 덕분에 신분을 바꿔 소일거리나 하는 중이지."

"혹시……."

"그래, 궁금한 게 많을 테지. 물어봐라."

"내가 궁금해했던가? 아닐 텐데."

"……."

꿀 먹은 벙어리가 된 백훈이 잠시 입을 닫았다.

빌어먹을 소가주 놈.

할 말 없게 만드는 건 여전했다.

"날 어떻게 알아봤지? 방갓을 썼는데?"

"남다른 눈썰미, 판단력 그리고 눈칫밥으로 살아왔어. 네 남다른 체격과 방갓 아래 하관만 봐도 답 나와."

"그런가. 그런데…… 내게 무슨 볼일이지?"

"없어, 그런 거."

"헌데 왜 쫓아온 거지?"

백훈은 대답 대신 악운을 잠자코 쳐다봤다.

"돈 좀 있냐?"

백훈의 예상 못 한 반문에 이번에는 악운이 할 말을 잃었다.

잠시 정적이 흐르고.

"없으면 없는 거지, 왜 말을 못 해?"

"이유는 궁금하지 않으니 묻지 않겠지만 하필 왜 내게 그걸 묻는지가 의아한데? 은원도 이제 청산했고 빚도 갚은 것 같은데 말이야."

"그거야……."

말을 잇던 백훈이 눈살을 찌푸렸다.

사실 딱히, 이유는 없었다.

일상이 지루하던 중에 악운이 보였고 무심결에 따라왔을 뿐이다.

술. 여자. 노름.

과거와 맞물려 끊임없이 방탕한 생활을 유지하고자 택한 낭인 생활.

오랜 세월 밥 먹듯이 해 온 그 생활에 염증이 났다.

거대 집단에 휘둘리는 것도 지겨웠다.

그냥…….

"있으면 나 좀 고용해라. 싸게 받을게."

다른 삶이 궁금해졌다.

우두커니 서 있던 악운은 아무 대답이 없었다.

그저 빤히 바라보기만 할 뿐이었다.

'사실 이게 말이나 되는 소린가.'

얼마 전까지 검으로 도륙하려던 사이에 갑자기 고용을 하라고 찾아오다니.

피식.

백훈은 스스로도 참으로 웃기다 생각했다.

"됐……."

괜한 소리로 거절당하기 전에 먼저 돌아서려던 그때.

"수당은 하는 것 봐서. 선금은……."

악운은 등에 메고 있던 행낭을 풀어 작은 주머니를 던졌다.

탁-!

반사적으로 주머니를 받아 든 백훈의 눈에 이채가 흘렀다.

"세어 볼 필요도 없이 그거면 충분할 거 같은데. 아닌가?"

사실 돈이 중요한 게 아니었다.

마음이 가는 대로 악운의 근처를 배회한 백훈에게 악운은 곁에 있어도 된다는 명분을 준 것이다.

백훈이 헛웃음을 흘렸다.

일전에도 느꼈던 것이지만 이 능구렁이 같은 소가주는 대체 무슨 배짱일까?

대체…….

"뭘 믿고?"

악운이 눈을 치켜떴다.

"나. 그리고 상황. 더 필요한가?"

그 이유만으로도 백훈을 받아들이기 충분했다.

악운의 눈에 비친 백훈은 상처 입고 길 잃은 맹수였다.

그 맹수가 왜 자신을 찾아왔는지는 몰라도 한 가지는 분명했다.

스스로의 삶을 증명하기 위해 굶주렸으리라.

爻

어색한 공기가 감돌았다.

"그러니까…….."

전후 사정을 듣게 된 호사량이 맞은편에 앉은 백훈을 쳐다
봤다.

"동행을 하신다고?"

"그렇소만."

"소가주, 생각 잘하셔야 하오. 동진검가가 아마……."

"거 되게 깐깐하시네. 이번 의뢰만 받고 떠나면 될 거 아
니오?"

"깐깐한 게 아니라 귀하가 해 온 행동이 본 가에 해를 끼
치는 게 싫은 것이오. 우둔하기는……. 하긴, 우둔하지 않았
으면 그따위 의뢰를 받지도 않았겠지."

"뭐야? 보자 보자 하니까. 말라비틀어진 문사 새끼가 뒈지
려고!"

투덕거리고 있는 두 사람은 무척이나 시끄러웠다.

웬만한 객잔이었다면 순식간에 좌중의 시선이 몰리고 두
사람 역시 조용해졌으리라.

하지만 객잔 안이 그보다 더했다.

별의별 얘기가 다 쏟아져 나왔다.

"으하하!"

"뭐야, 이 쓰레기 같은 놈이! 네가 어제 내 돈 다 떼먹었잖아!"

"표행 의뢰 들어왔습니다. 의뢰 받으실 분!"

"인편 의뢰 있습니다!"

"꺼억! 어제 매향이 그년이 기둥서방한테 얘기해서 나를 쫓아내지 뭔가!"

그런 면에서 이 두 사람의 투덕거림은 얌전한 편에 속했다.

오히려 시끌벅적한 가운데.

악운은 팔짱을 끼고 두 사람의 통성명(?)을 구경했다.

원래 무인이라면 모름지기 자존심 싸움이 벌어지기 마련 아니겠나.

"소가주!"

"이봐!"

동시에 악운을 부른 두 사람의 시선에 악운이 알아서 하라는 듯 어깰 으쓱였다.

"원래 다들 싸우면서 큰답니다. 풀릴 때까지 하십시오."

악운의 한마디에 호사량과 백훈이 헛웃음을 지었다.

대체 누가 애고 누가 어른인지……

호사량과 백훈은 한참 동안 싸우고 나서야 악운의 한마디로 타협을 택했다.

"내가 고용했습니다."

시끄러운 가운데 악운이 기를 흘렸다.

그러자 주변 소음, 목소리가 차단되고 세 사람의 목소리가 또렷해졌다.

신기한 건 밖의 인파는 여전히 시끄럽게 떠드는 중이라는 것이다.

"전음은 아닌데."

호사량이 깜짝 놀라 악운을 쳐다봤다.

'……전음입밀(傳音入密)!'

기를 실어 원하는 상대에게만 소리가 닿게 하는 상승 기예였다.

그게 가능하려면 기를 잘 다뤄야 하니 당연히 절정 고수들이나 가능했다.

그런데…….

이 현상은 일반적인 전음과 달랐다.

백훈이 서둘러 물었다.

"어떻게 한 거지?"

"전음이 가능하면 범위를 넓혀 소리를 굴절시키는 것도 가능하지. 메아리와 비슷한 방식이야."

백훈은 혀를 내둘렀다.

"실력이 갈수록 일취월장이네. 다음에 보게 되면 천하제일인이라도 되려나?"

"목적은 아니야. 과정은 되겠지만."

백훈은 꿀 먹은 벙어리가 됐다.

농담 삼아 천하제일인을 뱉은 걸 누가 이렇게 진지하게 대답할까?

그런데 어째 우습게 느껴지지가 않는다.

'이 수법만 해도 감히 엄두도 못 내는 기의 활용법이니.'

호사량도 혀를 내둘렀다.

"사방에 소리를 퍼트려 기척을 감추는 육합전성과는 정반대로 소리를 차단하는 수법이니 육합반성(六合反聲)이라 불러도 되겠소."

"좋을 대로 부르셔도 됩니다. 그보다 조금 조용해졌으니 하던 얘기나 계속하시지요."

"좋소. 대체 이자를 고용한 이유가 무엇이오? 소가주의 목숨을 노렸던 전적이 있는 자요."

"이젠 저보다 동진검가에 원한이 더 많을 테니 그 부분은 걱정하지 않으셔도 됩니다."

"실익은?"

"절정 고수의 영입은 딱히 손해라고 보긴 어렵지요."

"배신을 밥 먹듯이 하잖소."

"대신 고용주의 의뢰를 완벽히 해내려는 낭인이죠."

호사량은 마저 남은 질문을 토해 냈다.

"이번 일에 반드시 필요한 것이오?"

호사량의 마지막 질문에 백훈이 입을 열었다.

"그건 나도 궁금하던 차야. 하려는 일이 대체 뭐기에 나를 고용한 거야?"

악운이 백훈의 시선에 운을 뗐다.

"그러려면 설명이 좀 필요해."

"해 봐. 듣고 있으니까."

"나를 습격했을 때를 복기해 봐."

백훈이 눈살을 찌푸렸다.

"너를 습격했을 때?"

"그래. 오령문이 나타났을 때를 말하는 거야."

자존심 상한 호사량의 눈썹이 꿈틀거렸다.

"다신 그런 일 따윈 없을 거다."

백훈이 조소했다.

"퍽이나."

"시험해 볼 테냐?"

지켜보던 악운이 호사량을 나직하게 불렀다.

"부각주."

"말씀하시오."

"마저 이야기하겠습니다."

호사량이 할 수 없이 다시 입을 닫았다.

그제야 악운도 다시 입을 열었다.

"그들은 동진검가에 원한이 있었는데 마침 나와 동진검가 사이에 혼담이 오간 것을 알고 난 후 나를 습격한 거야."

"그게 네 일과 무슨 상관인데?"

"동진검가가 왜 굳이 대척점에 있었던 오령문을 이제까지 놔둔 걸까? 힘이 없어서?"

"그럴 리가."

"맞아. 비효율적이기에 그런 거야. 쓸데없이 전력을 소비하고 싶지 않았겠지. 기존의 영역을 지키면서 가장 큰 적인 황보세가를 견제하길 원하니까."

"후…… 그럼 내 경우도 그랬겠군."

"하긴 그쪽 역시 더 이상 쫓지 않았지."

"내가 강하니 괜히 날 쫓다가는 전력의 큰 낭비가 이어질 테니 그런 거 아니겠어?"

"그럴 수도 있겠지만 아닐 수도 있지."

"그게 뭔데!"

백훈이 얼굴을 와락, 구겼다.

"약해서. 혼자서는 아무것도 할 수 없을 테니까."

"이봐, 나 산동십대고수야. 도평검객 하면 제법 알아준다고!"

"이미 한 번 붙잡혀서 고독을 삼킨 건 왜 빼?"

"이익……."

자존심이 상해 잔뜩 얼굴이 붉어지는 백훈을 보며 호사량의 무표정한 얼굴에 희미한 미소가 감돌았다.

"어이, 웃지 말지?"

호사량이 눈을 치켜뜨려던 그때.

악운의 목소리가 먼저 흘러나왔다.

"집중해."

"젠장, 그래서 네가 하려는 일과 이게 무슨 연관성이 있다는 거야?"

"오령문이나 그쪽 같은 사람이 한둘일까?"

그러면서 악운이 객잔을 둘러봤다.

"보통 낭인들이 주로 활동하는 지역은 거대 세력과는 거리가 좀 떨어져 있다지. 거대 가문이나 문파에 보호비를 내는 지역엔 낭인이 크게 할 일이 없어서."

"근데?"

"그럼 이곳이야말로 그쪽이나 오령문 같은 자들이 은신처로 삼기에 최적의 지역들이란 소리 아닌가?"

백훈의 눈동자에 이채가 흘렀다.

"너…… 설마?"

"나뭇가지 하나는 쉽게 부러지지만…… 모이면 얘기가 다르지."

호사량에게 언급했던 '적과의 동침'.

여기서 '적'은 산동악가의 적을 의미하는 게 아니었다.

동진검가, 황보세가의 적을 의미했다.

결국…….

"적의 적은 아군이다?"

"맞아."

"그래서 네가 낭인들이 많이 모이는 제녕을 찾은 거고."

"그래. 그중에서 본 가와 손을 잡을 수 있는 옥석을 가려 볼 생각이야."

"너, 열여섯…… 맞냐? 하물며 동진검가에 쫓기면서도 그런 생각을 해 본 적이 없었는데."

백훈이 혀를 내둘렀다.

'이놈은 대체 어떻게 자라 왔기에 이런 생각까지 하는 거지?'

할 말을 잃은 백훈에게 악운이 마저 말을 이었다.

"내게 있어 부족한 점은 부각주가 충분히 채워 주고 있어. 산동성 각지에 대해 누구보다 잘 알고 있으니까."

"그럼 나는?"

악운이 손가락을 들어 바닥을 가리켰다.

"그쪽은 이 바닥 생리를 잘 알지."

"아아…….."

"원래는 부각주에게 일을 시작하기 위한 정보를 알아보라고 부탁할 계획이었지만 그쪽이 나타나 줬으니 굳이 그럴 필요가 없어졌지."

"왜, 직접 하지 않고?"

악운이 쓰고 있는 방갓을 슬쩍 들어 올렸다.

"내 얼굴이 너무 튄다며?"

살짝 미소를 머금는 악운을 보며, 백훈은 두말없이 고개를 끄덕였다.

더럽게 잘생겼네.

"인정."

"동의해 준다니 잘됐군."

"좋아. 그럼 쓸만한 엽보장(獵報帳)부터 골라 줄게. 돈은 좀 있어? 가격이 좀 비쌀 수도 있는 정보들이야."

"구해야 돼."

"돈을 구한다고? 왜? 가문도 잘나가면서."

듣고 있던 호사량이 피식 웃었다.

신 각주를 모르니 할 수 있는 질문이다.

"내 돈이 아니니까."

"하, 청렴도 하셔라! 그래서 개털인데 정보는 필요하니까, 이 바닥 생리를 아는 내가 알아서 처리해 봐라 이건가? 내가 안 나타났으면 어쩌려고 그랬어?"

"그래서 일을 시작하기 위한 정보라고 언급했잖아."

"바로 정보를 구하려던 게 아니었소?"

"네."

사실 이 부분은 호사량 역시 전혀 듣지 못했던 부분이었다.

악운은 백훈과 호사량의 시선을 느끼며 빙긋, 웃었다.

"의뢰 하나 가져와. 웬만하면 불가능해 보이는 걸로. 단……."

"단?"

"되도록 쓰레기 정리하는 일로 골라 와."

백훈이 씨익 웃으며 자리에서 일어났다.

"그거야 쉽지. 종종 하던 일인데."

금세 자리를 떠나는 백훈의 뒷모습을 보며 악운이 고개를 갸웃거렸다.

"종종 하던 일? 그럼 나도 쓰레기로 보였나?"

호사량이 피식 웃었다.

다자객잔엔 엽보장을 운영하는 사람이 많았다.

하지만 질 좋은 정보와 의뢰를 다루는 엽보장 중엔 신분을 감추기 위해 중개인을 쓰는 이들이 몇몇 있었다.

그중 굉장히 신뢰받는 중개인이 한 명 있었는데, 그의 이름은 유준이었다.

유준이 하는 일은 주로…….

"빌어먹을, 오늘도 딴 돈 다 잃게 생겼군."

마조(馬弔) 판에 낀 유준은 뿌연 장죽을 피워 올리며 머리를 벅벅 긁었다. 고른 게 하필 최악의 패인 어(漁)다.

털썩.

그때 백훈이 어깨동무를 하며 옆에 앉았다.

"어이, 어설픈 도박패에 인생 낭비하지 말자고."

"너나 잘해. 그제 새벽에 술에 절어 마조 판에서 쫓겨난 게 누구시더라."

백훈이 유준의 장죽을 빼앗아 피우며 사람 좋게 웃었다.

"그래서 나도 슬슬 청산하려고. 그래서 말인데 이 바닥 인생 깔끔히 끝낼 만큼 위험하고 비싼 의뢰 없나? 되도록이면 쓰레기 처리로."

유준이 다시 장죽을 빼앗아 피우며 피식 웃었다.

"나야 고맙지. 근데 동진검가에 쫓기는 처지에 괜찮겠어?"

"그건 걱정 말고. 있어, 없어?"

"여기서 할 얘기는 아니니까 따라와."

자리에서 일어난 유준이 백훈과 지하 마조장을 빠져나갔다.

어두운 거리로 걸어 나온 두 사람이 시끄러운 홍루 거리를 걸으며 대화를 시작했다.

하지만…….

"다 싫다고?"

"어, 시시해."

"미친놈, 그럴 바엔 대자사(大慈寺)나 털어 봐. 놈들이 이젠 주변 암상들 주머니까지 노린다던데."

"보시 대신 협박으로 돈 쓸어 담는 것도 모자라서?"

"그래, 대자사 놈들이 압전전(押佃錢)을 통해 돈 쓸어 모으고 있는 건 너도 잘 알지?"

압전전.

소작농이 땅을 빌리며 맡긴 보증금으로, 소작료를 밀렸을 때 대신 차감하는 돈이다.

그런데 대자사는 보증금을 적게 받되 이를 악용했다.

"알지. 소작농들을 밤중에 건드려서 크게 다치게 한 다음에 농사를 못 짓게 만든다며."

"맞아. 그럼 소작료를 못 내고 차츰 빚만 쌓이지. 종내엔 보증금도 빼앗기고 노역을 하게 돼."

악순환이다.

"이 인근 정파랍시고 힘쓰는 놈들은 나설 생각도 안 하지?"

"이 인근 비옥한 땅이 전부 대자사 소유인 데다 이 일대 쓰레기는 다 결집시켰어. 낭인, 파락호, 사파 잔당, 도적 다 모여서 승려랍시고 다니니 작은 무관들은 눈치 보기 바쁘지. 너도 그냥 흘려듣겠지만."

그 순간.

툭.

백훈이 제자리에서 멈춰 섰다.

"건드리면?"

"최후의 한 놈까지 네 불알을 뜯어먹으려 들 거다. 네가 그 놈들을 잘 몰라서 그러는데. 아니다, 됐다. 이 얘긴 여기까지."

"계속해 봐."

"됐어. 들어 봤자 못 해."

"해 보라고. 여기 있는 거 다 줄 테니까."

백훈은 악운에게 받았던 돈 주머니를 유준의 품에 반강제로 집어넣었다.

유준이 쩔렁이는 소리를 듣고 나서야 입맛을 다셨다.

"주니까 받겠는데…… 아마 듣고 나면 준 돈이 아까울 거야. 그때 가서 무르지나 마."

"대답이나 해."

"진위 여부는 진작 판명 난 건데. 그놈들 주력 고수들의 전신(前身)이 사천당가 못지않게 지독했던……."

유준이 괜히 좌우를 둘러보며 나지막이 속삭였다.

"독야문이란다."

그 말을 들은 백훈이 다시 조용해졌다.

❧

백훈은 밤이 되어서야 악운이 있는 다자객잔의 방으로 돌아왔다.

"나더러 술이나 깨라던데? 그냥 언급했던 의뢰들 중에서 나 선택하래."

보고(?)를 마친 백훈이 의자에 털썩 등을 기댔다.

"독야문이라……?"

호사량이 까끌한 수염을 쓸어내렸다.

독야문(毒夜門).

한때는 독에 있어서 사천당가를 바짝 따라잡았다며 유명했던 문파다.

하지만 악운은 놀라기는커녕 오히려 스산한 눈빛만 보였다.

호사량과 백훈은 악운이 악행을 듣고 화가 나서 그런 것이라고 지레짐작했다.

"혈교 앞잡이 노릇 하다 팽당했던 자들이긴 하지만 웬만큼 악질인 놈들도 고개를 절레절레 젓는 곳 중 하나요. 사분오열됐다더니 그 세력의 일부가 여기 자리를 잡은 게로군."

"그래. 이 인간 말대로 놈들은 악질 중의 악질이야. 포기하는 게 편해."

"동의하십니까?"

팔짱을 낀 채 듣고 있던 악운이 호사량에게 다시 물어봤다.

그런데…….

"여기까지 왔는데 왜 돌아서겠소?"

예상 못 한 호사량의 답변에 백훈이 깜짝 놀라 의자에서 등을 뗐다.

"악질이라며?"

"포기한단 말은 아니었다. 생긴 것도 우둔하더니, 말귀도 제대로 못 알아듣나."

백훈이 호사량에게 한 소리 하려다가 참을 인 자를 새기며 말했다.

"미쳤어? 독야문에서 떨어져 나온 후신이라니까?"

"……."

백훈은 이미 마음을 굳힌 호사량의 눈빛을 읽고는 재빨리 악운을 쳐다봤다.

"야, 아무리 네가 강해도 극독을 가진 놈들과의 싸움은 진흙탕 중에서도 진흙탕이야. 차원이 달라."

"얼마나 쓰레기지?"

"뭐?"

"놈들이 이 일대에서 얼마나 쓰레기냐고 물었어."

"대자사는 회임이 된 여인부터 아이, 노인, 건장한 사내까지 다 건드려. 노예처럼 부리고 심지어 그들을 데려다 일부러 독에 중독시켰다가 제독하는 걸 반복한다는 말도 돌더라."

"놈들이 뭘 하려고 그러는데?"

"싸움은 어디에든 존재하지. 약이 돈이 되듯, 독도 늘 돈이 되니까. 대자사의 자금으로 독단을 조제해 팔려는 거겠지."

"그 정도면 됐어."

백훈이 어느새 걸음을 옮기는 악운을 붙잡았다.

"왜?"

"미친 짓이라니까?"

뒤따라 함께 일어난 호사량이 대신 말했다.

"말 잘했다."

"그래, 내가 잘 말려 주는 거라고."

"아니, 독이 있으면 약이 있다는 그 말."

"그게 뭐?"

"때론 독이 더 독한 독을 누르며 약이 되는 법이지."

"뭐라는……."

인상을 구긴 백훈에게 호사량이 마저 말을 이었다.

"놈들 같은 쓰레기가 독이라면 소가주는……."

어느새 악운은 창을 챙겨 밖으로 나가고 있었다.

"그 독을 약으로 만들 독이야."

백훈은 지체 없이 뒤따르는 호사량을 멍하니 지켜보면서 헛웃음이 나왔다.

'젠장, 괜히 엮였나?'

그나저나…….

"야, 너는 언제까지 나한테 반말할 거야? 나는 가솔도 아닌데 형이라고 안 하냐!"

백훈이 악운의 뒤를 쫓아가며 투덜댔다.

하지만 나중에도 원하는 대답은 못 들었다.

※

독야문(毒夜門)의 제자 구분은 어깨에 차는 매듭으로 표시한다.

유일한 오결제자인 문주는 황색 매듭이며 그다음이 회, 흑, 청, 적 순으로 이어진다.

"유 선생에 의하면 놈들 전통은 여전해."

백훈이 객잔 계단을 나란히 내려오며 말했다.

호사량이 끼어들었다.

"그럼 독야문의 근거지도 대자사이더냐?"

"어, 맞아."

"하필 사찰의 승려들이 동조하다니. 중생을 구제한다는 작자들이 썩을 대로 썩었군."

"중도 아니야. 대부분 관에서 쫓기던 범법자 놈들이야. 관이 망해서 더는 쫓을 놈도 없으니까 활개 치는 거지. 어쨌건 웬만한 대소사는 전부 대자사 승려들이 한다고 보면 돼."

"독야문은 음지에서만 움직이나?"

"그러겠지. 근데 왜 친한 척이야?"

"내가 언제?"

투덕거리는 두 사람을 이끌고 선두에서 걸어가던 악운이
우뚝 걸음을 멈춰 세웠다.

"흐음."

악운의 눈에 부엌 쪽에서 벌벌 떨고 있는 객잔 주인과 점
소이들 그리고 계단 앞의 탁자가 보였다.

딱딱딱.

목탁 소리가 들리는 그곳에는 다섯 명의 승려가 긴장한 표
정의 한 사람을 붙잡고 있었다.

"반갑소, 시주들. 이 미천한 중생은 대자대비한 부처의 은
덕을 입고 있는 우승이라 하외다."

우승이라 밝힌 승려가 입고 있는 비단 승복 사이로 불거진
근육을 드러냈다.

"유준 시주, 다시 한번 확인해 보시오. 저들이 시주의 벗
이 맞소?"

"하하, 스님. 벗이라니요, 그냥 가끔 스치면 인사나 하는
사이입니다. 저는 아무 관련이 없으니 보내 주시는 게 어떠
십니까?"

유준은 백훈에게 받았던 돈 주머니를 다시 우승에게 건넸
다.

"뻔하네."

돌아가는 상황을 눈치챈 백훈이 악운에게 짧게 설명했다.

"내가 유 선생 말고도 대자사 놈들 뒤를 좀 캐고 다녔거

든. 운 나쁘게 유 선생과 있던 게 덜미를 잡힌 모양이야."

악운이 고개를 끄덕였다.

"그래. 그쯤 되면 우리가 궁금도 하겠지."

"저 친구, 자기 목숨 걸린 일이라 굽실대는 거니까 너무 나쁘게만 생각하진 말고."

호사량이 눈살을 찌푸렸다.

"소가주, 그럼 우리 책임이오."

백훈은 꽤나 의외였다.

"웬일이래? 배신한 중개인부터 죽이자고 길길이 날뛸 줄 알았더니?"

"내 신의도 지키기 바쁜 현실이야. 오지랖 떨 생각은 없다. 저자가 본 가의 가솔이라면 지금의 반응과는 달랐겠지만."

"제법 합리적이네."

백훈의 대답이 끝나기도 전에 악운은 이미 차분하게 남은 계단을 내려가는 중이었다.

"원래 저렇게 말도 없이 먼저 가?"

"소가주? 오늘 정도면 양호한 편이지. 평소엔 그림자도 못 밟을 게다."

호사량은 여로에 오를 때마다 해 온 경공 수련을 떠올리며 몸서리를 쳤다.

저벅저벅.

아무 말 없이 다가오는 악운을 보며 위화감을 느낀 것일 까?

스릉.

우승이 의자 옆에 기대어 둔 도집에서 도를 꺼냈다.

"시주, 보시(布施)는 유 시주의 목숨으로 받아도 되겠소?"

그 순간…….

사아악.

악운이 지닌 바 기도를 개방했다.

최절정이 기운을 개방해 일부 공간을 장악할 수 있다면 신 화경에 이른 자들은 맞닿는 모든 경계를 장악한다.

닿는 것이 사물이든, 상대든 무엇이든 닿는 경계가…….

'내 것이 되니.'

덜덜.

의기양양했던 우승이 눈알만 뒤룩뒤룩 굴리며 목석처럼 굳어 버렸다.

츠츠츠!

순식간에 노랗게 젖기 시작한 우승의 바지 아랫도리.

완벽한 압도였다.

"으……으……읍……."

애처롭게 쥐어짜 내는 우승의 신음 속에 악운이 산책하듯 우승을 스쳐 지나갔다.

다른 승려들 또한 마찬가지.

한 줌의 숨도 허락지 않는 위압감을 보인 악운이 유준의 앞에 이르렀다.

"편을 선택해야 할 시기가 온 것 같아 보이는데, 가능하면 아는 사람이 있는 쪽이 낫지 않겠소?"

"부, 분부만 내리십시오, 공자."

눈치 빠른 유준이 재빨리 납작 엎드렸다.

그 순간.

번쩍!

유준의 눈앞에 있던 악운의 모습이 흐려지더니.

콰득! 쿵! 쿵!

우승을 포함한 대자사의 승려들이 목과 팔, 다리가 기형적으로 꺾인 채 모로 쓰러져 갔다.

꿀꺽.

백훈은 한동안 마른침만 삼켰다.

단순히 적의만으로 놈들을 제압해서가 아니라 장악력에 놀란 것이다.

직접 그 적의를 마주하지 않았는데도 손끝이 저릿할 만큼 강렬한 여파였다.

'엄청난 경지에 오른 거구나.'

기에 예민한 절정 고수였기에 방금 전 그 모습이 더욱 강렬하게 느껴졌다.

꼴깍!

'대체 몇 번째 침만 삼키는 건지.'

백훈은 돌아오는 악운을 맞이하며 애써 태연하게 웃어 보였다.

너무 놀란 모습을 보이기엔 자존심이 조금 상했다.

"좀…… 하네?"

호사량이 백훈을 지나쳐 가며 피식 웃었다.

"놀랄 만큼 놀라 놓고 태연한 척하기는. 이마에 흐르는 땀이나 닦고 말해라."

"땀은 무슨……!"

그러면서 슬쩍 손등으로 이마에 난 땀을 훔치는 백훈이었다.

'진짜 반로환동이라도 했나? 알고 보니까 가주 아들이 아니라 가주 할아비인 거 아냐?'

하다 하다 새삼 악운의 나이까지 의심해 보는 백훈이었다.

대자사로 향하기 전에 유준은 일행의 계획을 듣고 도움을 주겠다고 자처했다.

"어이."

한참 걷던 유준이 나란히 걷는 백훈에게 말을 걸었다.

"왜."

악운과 호사량은 다섯 걸음 정도 뒤에서 따라오는 중이었다.

"대체 저 공자는 어디서 나타난 거야? 생긴 것만 봐도 범상치 않은 신분 같아 보이는데."

"유 선생, 중개인 접어야겠네."

"왜?"

"최근 산동성 내에 온갖 화젯거리는 저 녀석이 다 몰고 다니는데, 저 얼굴을 몰라? 평범하게 생긴 것도 아니잖아."

그 말에 유준은 방갓을 쓰기 전 악운의 모습을 되새겼다.

'하긴 천하 전역을 뒤져도 저 정도 옥면(玉面)은 찾기 힘든데……'

얼마쯤 흘렀을까?

골몰히 고민하던 유준의 눈에 놀람이 서렸다.

"옥룡불굴?"

그는 일전에 한 엽보장을 통해 접했던 용모파기를 떠올렸다.

화제가 되는 인물들은 미리 기억을 해 두는 편이 낫기에 유통되는 용모파기를 구입해서 본다.

확실하진 않아도 얼추 특징들은 알아낼 수 있다.

하지만…….

"용모파기가 쓰레기였네. 완전히 사기당했어."

용모파기는 악운을 십분지 일도 담지 못했다.

아니, 안 닮은 수준이다.

"실력 있는 엽보장 중개인이 사기를 당해서야 쓰나. 감 많이 떨어졌나 보네. 쯧쯧."

유준은 평소 같으면 혀를 차는 백훈에게 한마디 받아쳤겠지만 이번에는 입이 열 개라도 받아칠 말이 없었다.

"저렇게 강하다고? 부풀린 소문들인 줄 알았는데?"

"흔하진 않지만 소문이 더 축소되기 마련이기도 하니까. 설사 소문이 맞는다고 해도 소문이 퍼지는 동안 더 강해지고도 남을 놈이야."

"하긴 산동십대고수도 말이 산동십대고수지, 그보다 더한 자들이 산동성 내에 우글거릴 테니."

"왜 내가 기분이 나쁘지?"

"아이고! 산동십대고수 중 한 분을 못 알아봤네."

유준이 피식 웃었다.

"어쭈?"

대놓고 하는 무시에 백훈이 눈을 치켜뜨려던 찰나.

유준이 눈치 빠르게 화제를 바꿨다.

"소가주씩이나 되는 귀한 분이 제녕까지는 뭔 일이래? 산동성 내의 분위기도 험악한 마당에."

"쓸데없는 질문은 접어 두고 목숨 구해 준 보답이나 잘해. 이미 엎질러진 물이니 이참에 대자사 제대로 뿌리 못 뽑으면 선생이나 나나…… 다 죽는 거야."

"누가 뭐래?"

유준의 걸음이 도시 저자의 한 허름한 과일 점포로 향했다.

이윽고.

점포 천막에 가려져 있던 통로를 지난 유준이 허름한 철문의 잠금장치를 풀고 문을 열었다.

끼익.

열리는 문 뒤로 내려가는 계단이 보이고, 유준이 먼저 앞장섰다.

"자, 이리로 오십시오."

함께 지하로 내려간 일행의 앞에 커다란 지하 공간이 펼쳐졌다.

천장 밧줄에 매달린 열 개의 야명주가 실내를 환하게 밝혔으며 그 아래엔 검, 도, 창, 궁, 다양한 병장기들이 거치대에 꽂혀 있었다.

백훈이 깜짝 놀랐다.

"아니, 중개인이 무슨 돈이 그리 많아서 이런 것들을 사뒀어?"

그 외에도 다양한 쇠붙이들이 각 장(欌)에 분류되어 보관되어 있었고, 정(井) 자로 배열된 장들의 뒤쪽에도 역시 도자기

와 동상이 전시되어 있었다.

"소가주님, 예의를 갖춰 인사 올립니다. 제녕 암상(暗商), 유준이라 하옵니다."

암상(暗商).

관의 가중된 세를 피하며 밀업을 해 온 상인들을 이르는 말이었지만, 지금에 이르러서는 수단과 방법을 가리지 않고 부를 착복하는 상인을 가리켰다.

관이 없어진 지금은 언제 어떤 세력에 재산을 빼앗길지 모르기에 더욱 깊게 숨어들어 움직인다.

"중개인으로 알았는데?"

악운의 반문에 유준이 씨익 웃었다.

"눈치껏 부업을 하는 중이었지요."

"나한테는 한마디도 안 했잖아? 아니, 왜 이제 와 밝히는 건데?"

백훈도 몰랐던 눈치였다.

"신분이 다르잖아. 이쪽은 거물. 너는 쪽박 찬 낭인."

유준이 어깨를 으쓱였다.

"우릴 돕기 위해 다양한 병장기들을 지원해 주는 건 고맙지만 이렇게 선뜻 비처의 위치까지 알려 주는 데엔 그만한 이유가 있는 것 같은데…… 아니오?"

"하하. 역시 소가주, 과연 예리하십니다."

"계속 말씀해 보시오."

"대개 투자란 실패 변수가 클수록 돌아올 이익이 큽니다. 그런데 최근에는 대자사의 위협 때문에 제대로 장사도 못 해 봤습니다."

유준의 눈빛이 살쾡이같이 번뜩였다.

"이런 시기에 소가주의 대자사 토벌은 앞뒤 젤 거 없는 매력적인 투자처죠. 생각해 보십시오."

신장이 작지만 탄탄한 체구의 유준은 그 눈빛이 마치 노회한 상인같이 독기 있고 영민해 보였다.

"귀한 목간과 곡식 가득한 곳간 그리고 희귀한 도자기까지…… 그것뿐이겠습니까? 대자사가 보관하고 있는 탱화 액자와 대형 전장의 공증을 받은 토지 문서는 덤이지요."

"그래서?"

"대자사가 이렇게 재산이 많다는 것은 크게 알려져 있지 않지요. 토지를 제법 누리고 있는 사찰 정도로만 알려져 있으니……."

"하기야."

악운도 제녕에 와서 여러 일을 겪지 않았다면 대자사의 존재도 몰랐을 것이다.

"그래서 우리를 지원하고 이익을 나눠 받겠다는 것이오?"

"지원뿐만은 아닙니다. 탱화나 도자기 등의 재산 처분은 제법 많은 인력이 들 일이지요. 산동악가 내의 중요 인력을 이런 일에 쓰는 것보단 더 쓰임새 있는 일에 쓰시는 게 낫지 않겠습니까?"

"그럼 그대가 원하는 건 무엇이오?"

"대자사를 통해 얻을 이익의 일 할만 내주시지요."

"목숨 빚까지 져 놓고 양심도 없는 거냐? 일 할은 무슨! 우겨도 적당히 우겨야지."

"얼마든지 헤쳐 나올 수 있는 위험이었다."

"뭐?"

"내가 암상인 걸 들키지 않고 대자사의 꼬리를 소가주에게 떠넘길 수 있는데, 굳이 튀어서 뭐 하게?"

"그게 뭐? 어쨌든 소가주에게 떠넘긴 건 변함없는 사실일 텐데?"

"크흠!"

단순한 백훈이 의외의 정곡을 찌르자 유준은 괜히 헛기침을 했다.

호사량이 그런 두 사람을 신기하게 쳐다봤다.

"벗과 같은 사이 아니었던가? 아, 혹시 암상인 걸 이제야 밝혀서?"

"그런 데에 일일이 화낼 만큼 애송이는 아냐. 공사를 구분하는 것뿐이지. 솔직히 같이 목숨 걸고 대자사에 쳐들어갈 것도 아닌데 일 할을 떼 주기는 왜 떼다 줘? 차라리 내 몫을 더 줘."

"결정은 내가 해. 널 고용한 건 나고. 애초부터 네 몫은 없었어. 고용비는 이미 줬을 텐데?"

악운이 백훈을 단번에 꿀 먹은 벙어리로 만들었다.

"그래, 네 맘대로 해라! 해! 도와줘도 지랄이야!"

백훈이 확 돌아서 버리자 악운이 호사량에게 물었다.

"부각주는 어찌 생각하십니까?"

"받아들이는 것이 낫다고 생각하오. 물론 결정은 소가주가 하는 게 맞다고도 생각하고."

"그렇군요."

"내 결정의 이유는 묻지 않아도 이미 아는 것 같구려."

"예."

악운이 고개를 끄덕였다.

현재 가문의 전력은 동진검가, 황보세가를 견제하고 나아가 그들을 통해 환단을 파는 데 집중되어 있다.

유준을 통해 처리하는 게 빠르고 간편하다.

"부각주 말씀대로 하지요."

"알겠소."

"하하! 현명하십니다."

호사량의 시선이 자연히 유준에게로 향했다.

"인력이나 마차 등은 충분하오?"

"하하, 암상 일을 어디 하루 이틀 합니까? 당장 배는 못 띄워도 운용할 마차는 널렸습니다."

그러자 악운이 나섰다.

"그 전에 확실히 해 둬야 할 게 있소."

"예, 말씀하시지요."

"사찰이 소유한 전답은 수탈당했던 노역민들에게 돌려주고, 산동악가의 이름으로 제녕의 낭인들을 고용해 한 해 동안 노역민들을 지키게 하시오."

"하하, 그거야 별로 어려운 일도 아닙니다. 또 하명하실 일이 있으신지요?"

"있소. 지역 인근의 의원을 고용하여 오랜 노역으로 다친 병자들을 구휼하게 하시오."

"과연 협의지사이십니다. 나머지 곡식은 어찌할까요?"

"남은 곡식은 전부 본 가로 운송해 주시오."

"그러지요. 곡식을 제외한 남은 재산들은……."

순간 악운이 눈살을 찌푸렸다.

얘기하다 보니 새삼 의문이 생긴 것이다.

"그들의 재산이 정말 그리도 많소?"

유준이 호탕하게 웃으며 말했다.

"하하! 아마 깜짝 놀라실 겁니다."

악운이 혀를 내두른 후 호사량에게 일을 넘겼다.

"그럼 나머지는 본 가의 부각주와 논의하도록 하시오."

손익에 능한 호사량이야말로 이 일을 진행하기에 제격이었다.

"부각주를 모셔 오길 잘했군요."

악가의
무신

"이제야 깨달으셨소? 내가 머리를 쓰려 가솔이 됐지, 몸이나 쓰려 가솔이 된 게 아니라니까."

호사량이 흡족하게 웃었다.

이번 일로 다음에는 경공 수련을 조금 덜 시키지 않을까, 하는 조금의 기대감 때문이었다.

❦

호사량과 유준은 암중의 거래를 조율해 계약서의 수결까지 끝마쳤다.

그제야 유준이 둥근 탁자에 빠른 속도로 수투, 쇠뇌, 각종 암기, 비수 등을 선별해서 깔아 놓았다.

"제가 한창 밀무역을 다닐 때 여러 장인들에게서 수집해 놓은 병장기들입니다. 가격은 걱정하지 말고 쓰십시오, 하하!"

"고맙소."

"잘 쓰리다."

"유 선생, 돈 좀 쓸 줄 아네?"

악운을 필두로 각자의 방식대로 고마움을 표한 세 사람은 빠르게 무장을 갖춰 갔다.

백훈은 허리에 찬 검대(劍帶)에 비수 다섯 자루를 나눠 차고, 수투를 착용했다.

쇠뇌에도 잠깐 손을 가져다 대 봤지만 이내 고개를 저었다.

"역시 쇠뇌는 여인이나 쓰는 거지."

호사량은 백훈이 주저했던 쇠뇌를 집어 들어 왼손에 착용했다.

"쯧쯧! 사내, 여인 따지다가 목이나 떨어지지 마라."

"정정. 약해 빠진 문사 놈이나 차는 걸로. 딱, 그쪽이 쓰기 좋겠네."

호사량이 쇠뇌를 장전했다.

철컥.

"네 정수리부터 이 화살촉을 박아 주랴?"

"그 전에 내가 든 비수부터 네놈 정수리에 꽂힐 거다. 누가 빠른지 해 볼까?"

"오냐!"

유준은 끊임없이 티격태격하는 두 사람을 본 후 그들에게 무관심한 악운에게 다가갔다.

"화합이 썩 잘되는 모양새는 아닌가 봅니다."

"내 눈엔 잘되는 것 같소."

태연자약한 악운의 대답에 유준이 어색한 미소를 흘렸다.

'……대체 어딜 봐서?'

물론 목구멍까지 차오른 그 말을 딱히 하진 않았다.

그사이 악운은 유준이 깔아 둔 병장기들을 지나쳤다.

썩 내키는 게 없는 눈치였다.

"마음에 드시는 게 없습니까?"

계속해서 주변을 살피던 악운이 돌연 입을 열었다.

"찾았소."

유준은 당연히 선별해 놓은 병장기에 손을 댈 줄 알았다. 이래 봬도 돈 되는 물건은 병장기부터 약재까지 보는 눈이 높다.

당연히 선별해 놓은 병장기들은 이 안에서 최고의 품질인 것들로⋯⋯.

'응?'

유준은 선별한 병장기들을 지나 성큼성큼 걸음을 옮겨 이동하는 악운을 멍하니 쳐다봤다.

이윽고.

"이것도 내줄 수 있소?"

악운의 걸음이 멈춰 선 곳은 가장 낡고 녹슨 양 동상이었다.

"이 동상은⋯⋯."

유준은 무척 의아해했다.

"어디서 들여왔는지도 기억 안 날 만큼 흔해 빠진 동상입니다만. 어째서 저 귀한 것들을 두고 이 동상을 달라 하시는지 모르겠습니다."

적의 기습을 앞두고 쓸 만한 병기를 골라야 할 판에 거추장스러운 동상이나 달라니?

유준은 당최 이해가 안 갔다.

"가능하단 소리로 알겠소."

"아, 예. 물론입지요. 뭐든 가져가십시오."

악운의 고집에 한발 물러난 유준은 대체 이 양 동상을 악운이 어디에 쓸지가 궁금해졌다.

쩌적!

그런데 악운이 양의 두 눈을 동시에 누르자마자 신기한 일이 벌어졌다.

양의 머리에 실선이 생기더니 그 실선을 따라 동상이 좌우로 틈을 내어 갈라진 것이다.

스륵!

악운은 망설임 없이 틈 사이에 손을 넣었고 마침내 그가 꺼내 든 것은······.

"요대?"

유준이 멍한 눈으로 악운을 쳐다봤다.

멀리서 으르렁거리던 백훈과 호사량도 잠시 싸움을 멈추고 놀란 눈빛으로 악운을 쳐다보고 있는 중이었다.

"대체 이게 왜 이 동상에서? 아니 그보다······ 양이 이렇게 반으로 갈라질 걸 어찌 아시고."

"우연이오."

악운은 그가 믿든 말든 조용히 옛 기억을 되새겼다.

─혈난 전에는 천하 전역에 내 업이 쌓인 작품들을 남겼다오. 되레 망한 작품이나 팔아 치웠지. 그러니 살다가 내

흔적이 남아 있는 동물 동상을 발견하면 말이오. 주저 말고 눈부터 부서질 정도로 찌르시오.

-찌른 후엔?

-공짜로 가지는 거지. 그 또한 그 작품의 운명이니.

-자네의 작품이 악용되거나 혈난의 중심이 되면 어쩌려고 그러는가?

-선한 자의 손에 들려도 선한 자가 이용당하면 결국 악한 자의 것이 되는 거요. 그럴 바엔 운명에 맡기는 게 낫겠지.

-그럼 내겐 무엇 하러 알려 주나?

-맹주인 그대야…… 무림에 헌신만 하다가 단명할 것 같아서…… 측은지심 정도로 생각해 두시오. 죽음을 향해 당신만큼 빨리 달려갈 사람도 없는 것 같으니. 그럼 비밀도 함구될 거 아니오?

결과적으로는 야철종가 모야루의 말이 옳았다.

천휘성은 정말 그렇게 살다가 지독한 결말을 맞았다.

어쨌든…….

모야루는 마음에 드는 후계자가 없다는 이유 하나로 일인 전승인 야철종가의 유산을 그 누구에게도 전수하지 않았다.

가끔씩 찾아와 말벗이 되어 줬던 천휘성의 검(공식적인 모야루의 유작 중 하나)만 손질해 주었을 뿐이다.

하지만 왕성하게 활동하던 때에 제작했던 그의 표식이 새겨진 작품을 이곳에서 조우할 줄은 꿈에도 몰랐다.

'여덟 송이 연화(蓮花)를 여기서 볼 줄이야.'

모야루는 숨겨 놓은 작품에 연꽃 여덟 송이를 새겨 놨다고
했다. 그걸 아는 자는 그가 생전 유일하게 마음을 터놓고 얘
기했던 사람인 천휘성뿐이었다.

그리고 이제 그 마음과 기억은…….

흑룡아(黑龍牙).

요대에 새겨진 이름을 통해 악운에게 전해졌다.

스윽.

악운의 손끝이 검은 요대의 겉면을 부드럽게 쓸었다.

느껴지는 은근한 예기(銳氣).

얼핏 검대(劍帶)로 사용할 수 있는 검고 평범한 요대처럼
보인다지만……

기를 실으면 얘기가 달라진다.

이미 악운의 눈에 이 요대는 검으로 보였다.

웅! 웅!

강렬한 공명음과 함께 검은 요대가 검푸른 빛을 띠기 시작
하며 빳빳이 펴졌다.

사아악.

이윽고 숨겨져 있던 검날이 드러났다.

날이 붙어 있지 않은 자리가 검파(劍把) 역할을 하고 나머지 부분이 검날이 되는 매끈한 사복검으로 변화한 것이다.

'맙소사……!'

유준은 너무 놀라 입을 제대로 다물 수가 없었다.

'검푸른 빛을 띠는 검신이라니.'

평생 값어치 나가는 물건을 사고팔아 온 유준의 눈에는 검의 진가가 그 누구보다 확실하게 보였다.

'기가 실릴 때 드러난 선명하고 검푸른 검신의 빛.'

이 빛은 제련술 중에서도 소수의 장인들만 다룰 수 있는 냉단법이란 정련술을 증명하는 것이다.

최고급 정련술인 냉단법 과정을 거친 검은 웬만한 검을 무처럼 자른다.

하지만 유준이 경악하는 이유는 따로 있었다.

'어떻게 사복검에서 냉단법의 흔적이 보일 수 있는 거지?'

냉단법으로 제작되는 병장기 중에는 사복검이나 연검 등의 유연한 검이 거의 없다.

유연한 성질 때문에 강도가 약한 사복검이나 연검 등은 냉단법을 제대로 거치기도 전에 깨져 버리기 때문이다.

'설마…… 운철(隕鐵)이라고?'

운철이 섞여 있다면 말이 된다. 하늘에서 내린다는 자연 광석을 섞게 되면 견고함은 수십 배가 된다고 들었다.

꿀꺽!

미치도록 탐이 날 만큼 완벽한 사복검이다.

'저런 검이 내가 가진 싸구려 양 동상에 있었다니, 말도 안돼! 젠장, 이 등신 같은 유가 놈아!'

그때 유준의 눈에 악운이 들고 있는 창이 보였다.

'그래, 이거다.'

어차피 소가주가 자주 쓰는 독문병기는 창이다.

무인인지라 귀한 검인 건 금방 알아보겠지만, 자주 사용할 수 있는 뛰어난 창을 보여 준다면 금방 시선을 빼앗길 것이다.

'무공 수련하기도 바빴을 어린 소가주가 병장기의 재질, 가치 등을 어찌 판단하겠나.'

호사량과 백훈도 별말이 없는 걸 보니 이 검의 가치를 완벽히 파악하진 못한 것 같았다.

양의 눈을 찌른 이유가 단순히 우연이라 답한 게 신경 쓰이기는 하지만……

'사실일 수도 있지.'

유준은 서둘러 입을 열었다.

"소가주, 기연을 경하드립니다."

"고맙소."

악운이 모야루를 떠올리게 하는 흑룡아에서 눈을 떼지 못한 채로 대답했다.

"일견 비싸 보이는 사복검입니다. 안 그렇습니까?"

"덕분이오. 유독 양의 눈이 균형에 맞지 않게 불룩한 거 같아 눌러 본 것인데…….”

“다 소가주의 복입니다. 하지만 가치란 게 때때로 상대적인 거 아니겠습니까?”

악운이 흑룡아를 다시 본래의 요대 형태로 되돌리며 고개를 돌렸다.

“그래서.”

“차라리 제게 넘기시는 것이 어떻습니까? 어차피 소가주의 독문병기는 창인 데다가 이 정도 물건이면 그동안 제가 아껴 왔던 최고 품질의 창을 내드릴 수 있을 거 같습니다.”

“괜찮은 제안 같은데?”

곁에 있던 백훈이 진심으로 동조했다.

“네가 들고 있는 창보다 나을 수도 있잖아? 명검처럼 보이긴 해도 자주 쓰지 않으면 쓸모없는 철붙이에 불과하니까.”

“내 생각도 같소. 바꿔 줄 수 있다는 창이나 한번 구경이나 해 보시는 게 어떻소?”

호사량도 같은 생각을 한 눈치다.

결국 악운이 흑룡아를 허리에 감으며 말했다.

“보고 판단하겠소.”

그러면서도 악운은 내심 흑룡아가 마음에 들었다.

무게, 유연한 형태 등 다양한 검법, 특히 쾌검을 구사하기에 좋을 듯해 흡족했다.

검이 필요하던 차에 마침 아주 잘됐다.

"그럼 잠깐만 기다려 주십시오. 비처에 얼른 다녀오겠습니다."

유준이 애써 차분한 걸음걸이로 움직였다.

괜히 서두르는 모습을 보였다간 사복검이 얼마나 귀한 병기인지 들킬 염려가 있었기 때문이다.

유준이 금세 다른 통로로 이어지는 문을 통과해 사라졌다.

한참 후에야 돌아온 유준이 온갖 부적들로 봉(封)해져 있는 기다란 목갑을 쿵 소리 나게 세웠다.

탁, 타닥.

유준은 거침없이 부적들을 떼어 낸 다음 붉은 염료로 칠해진 목갑의 문을 열었다.

덜컹!

곧이어 연마제까지 칠해져 있는 창 한 자루가 유준의 손을 통해 세상 밖으로 나왔다.

"무공이 얕은 제가 들기에는 좀 무겁기는 하지만, 소가주와 같은 고수에게는 깃털보다 가벼울 겁니다. 한번 들어 보시지요."

악운이 한 손으로 창을 쥐어 받아 들었다.

"과연 말한 것과 같소."

조 총관으로부터 받은 창을 계속 써 왔던 악운은 새로운 창에 충분히 관심을 보였다.

피가 뚝뚝 떨어질 거 같은 적창(赤槍)은 확실히 전에 쓰던 것보다는 무거웠지만…….

"품질 면에서 훨씬 예리한 것 같소."

"당연하지요. 게다가 창대, 창신 등이 모두 붉고, 기를 불어 넣으면 창날에 붉은 빛이 돈다 해서 '필방(畢方)'이란 이름까지 붙었습죠."

"필방이라……."

"예, 이름이 재수 없긴 해도 외관이 희귀해서 소장 가치까지 있는 최상급 품질의 창입니다."

필방(畢方).

지나는 자리에 반드시 불을 부른다는 불길한 학을 뜻했다.

방금 상자를 봉하고 있던 부적들도 떠도는 이야기를 마냥 무시하긴 힘들어서였으리라.

악운이 아무 말도 않고 창을 보고 있자 유준은 내심 쾌재를 불렀다.

마음에 드는 게 틀림없으니 쐐기를 박아야 했다.

"지니고 계신 창을 굳이 분류하자면 이화창에 가깝지만 '필방'은 미첨도에 가깝지요. 마상에서 쓰시기에 더 적합하실 겁니다."

"흐음."

악운이 선뜻 결정을 내리지 못할수록 유준은 몸이 달았다.

"심지어 이 창을 제작한 게 누군지 아십니까?"

"누구였소?"

"혈교에 의해 사라진 청벽야장(淸璧冶匠) 벽계동입죠. 이름만 강호에 남았을 뿐, 어디에서도 그를 본 이가 없다고 하지요."

악운의 눈이 가늘어졌다.

청벽야장 벽계동이라면 분명 들어 본 바 있다.

'석가장의 유가인 벽중가를 세운 초대 가주이자 손꼽히는 야장.'

한때 혈교와 무림맹은 둘 모두 뛰어난 야장들을 확보하는 데에 열을 올렸다.

천휘성이 당시 최고의 야장이었던 모야루와 연이 닿은 것도 이 이유 때문이었다.

하지만 천휘성이 모야루를 구하는 동안 벽계동과 일가족은 혈교에 의해 끌려갔다.

그래서일까?

악운은 창을 쓸어내리며 쓰게 웃었다.

"좋은 창이오. 그것도 아주."

"그럼 제안을 받아들이시는 것으로 생각해도 되겠습니까?"

"그 전에 하나 묻고 싶소."

"아, 예. 얼마든지 물어보시지요."

"이 흑룡아가 무엇으로 제작되었는지 혹시 추측되시오?"

"보나 마나 최상급 연철입지요. 제작에 든 비용은 흑룡아나 필방이나 비슷할 겁니다, 하하!"

"그런가……?"

유준의 얼굴에 화색이 돌려던 그때.

"내가 보기엔 운철인데 말이오."

유준은 순간 숨이 멎는 표정을 지었다.

꼴깍!

한차례 침을 삼킨 유준에게 악운이 계속 말을 이었다.

"그런 데다 냉단법으로 제작된 사복검이라……. 그 가치는 무인이라면 일성을 통째로 줘도 안 바꾸리라 생각되는데. 많은 병기를 수집했을 그대가 이를 못 알아보는 게 말이 안 될 터."

악운의 눈빛이 엄중해졌다.

순식간에 유준의 얼굴이 새하얗게 질렸다.

잡아떼도 소용없을 만큼 악운의 눈빛은 확고해 보였다.

'빌어먹을, 잘못 건드렸구나!'

애초부터 악운은 흑룡아가 어떤 가치를 지닌 병장기인지 단박에 알아본 것이다.

"그것이 정말이오?"

"미쳤군. 저게 그렇게 대단한 보검이라고? 유 선생, 정말이야?"

호사량과 백훈도 각자 놀란 눈빛을 보이며 자연스레 유준을 향해 시선을 옮겼다.

유준은 꿀 먹은 벙어리가 된 채 악운의 눈치를 봤다.

진땀을 줄줄 흘리며 악운의 단호했던 손 속을 떠올렸다.

하지만 이대로 가만히 있을 수는 없었다.

'다 잡은 거래까지 망치게 생겼군. 안 되지. 안 되고말고!'

결국 유준은 울며 겨자 먹기로 있는 힘껏 외쳤다.

"용서하십시오, 소가주! 신뢰를 회복하겠단 증표로 사복검과 창을 전부 다 내놓겠습니다!"

황급히 무릎 꿇는 유준의 모습에 백훈이 혀를 내둘렀다.

"허! 동상에서 주운 검에 귀한 창까지? 역시 될 놈은 뭘 해도 되나 보네."

호사량이 처음으로 그의 말에 동조했다.

"그러게 말이다. 저 친구만 불쌍하게 됐구나."

"지 잘못이지, 뭐. 쯧쯧!"

백훈이 조용히 창을 거두고 있는 악운을 보며 헛웃음을 흘렸다.

'준다고 하니 또 마다는 안 하네.'

열여섯에 저런 상술이면 옆에 있는 가솔들 굶어 죽이지는 않을 것처럼 보인다.

"내가 왜 이딴 생각을 하는 거지?"

백훈은 서둘러 고개를 절레절레 저었다.

귀신에 홀린 기분이다.

대자사

예상치 못한 소란(?)이 지나고 우여곡절 끝에 세 사람의 무장이 끝났다.

백훈은 검과 비수, 암기 그리고 최하급 피독주를 챙겼다.

최하급 피독주는 제독 기능이 전무한 대신 주변의 독을 색 변화로써 감별해 준다.

호사량 역시 최하급 피독주와 암기를 챙긴 후 손에 잘 맞는 검과 쇠뇌를 골랐다.

악운이 잘 고른 것 같다며 지나가듯 칭찬한 건 덤이었다.

그 말을 들은 호사량이 몇 번 검을 휘둘러 보니 확실히 원래 쓰던 검보다 훨씬 가볍고 매서웠다.

겉으로 내색은 안 했지만 무척 흡족해진 호사량이었다.

반면 악운은 두 사람과 달리, 오히려 착용하고 있던 것을 벗는 것부터 시작했다.

떠나기 전 아버지에게 받아 착용한 울루갑을 호사량에게 입으라고 건네준 것이다.

호사량도 악운의 실력을 알기에 한사코 사양하지 않고 착용했다.

그제야 악운은 흑룡아를 허리에 감고. 입고 있는 검은색 피풍의 위로 창 두 자루를 끈에 매달아 걸쳤다.

"가지."

이윽고 호사량과 백훈이 서로 눈을 마주친 후 각각 좌우에서 악운의 뒤를 따라나섰다.

'제발 무탈하게 성공해라. 너희한테 처바른 돈만큼은 벌어야 될 거 아냐.'

유준이 그 뒷모습을 지켜보며 구시렁댔다.

자나 깨나 돈 걱정이 우선인 유준이었다.

⁂

덜컹!

호사량은 흔들림을 느끼며 술독 안에서 몸을 웅크리고 있었다.

—우리를 찾아왔던 대자사 일당은 신뢰할 만한 인력을 부려서 발견되지 않게 따로 가둬 놨습니다. 놈들은 아직 아무 것도 모르고 있을 겁니다.

잠시 멈췄던 마차가 출발했다.
초입을 지키던 승려들은 마부와 아는 사이인지 질 낮은 농담을 던지며, 마차 안을 수색하지도 않았다.

　—마침 놈들과 자주 거래하는 육순도가(六順都家)의 술들이 오늘 들어가는 날입니다. 제가 아는 인맥을 통해 몇 개의 독만 바꿔서 잠입하시지요.

덜컹.
마차가 다시 크게 흔들리며 오르막을 오르는 게 느껴졌다.
슬슬 유 선생이 언급했던 도착 지점에 가까워져 가고 있는 것이다.

　—동이 튼 후에 술을 나를 테니 마차를 인적 드문 빈 창고 앞에 댈 겁니다.

마지막으로 크게 흔들렸던 마차가 더는 움직이지 않고 제자리에 멈춰 섰다.

스륵!

그제야 호사량과 백훈이 독 안에서 몸을 일으켰다.

완벽히 기척을 숨긴 두 사람이 누가 먼저라고 할 것도 없이 입안에 피독주를 물었다.

마차를 몰고 온 마부의 기척이 점점 멀어질수록 밖이 고요해졌다.

선두에 있던 백훈이 잠겨 있는 마차 문을 걷어찼다.

－인적이 드문 곳에 있을 테니 문 부수는 소리는 아무도 감지하지 못할 겁니다.

콰당!

문이 마차 밖으로 부서져 나간 그때였다.

"소리가 났어!"

"마차다! 마차 앞의 기습이다!"

"습격이다! 마차 안에 매복했던 적이 나타났다!"

삼 층 요사각(寮舍閣. 승려들이 기거하는 숙소)이 순식간에 소란스러워졌다.

눈 깜짝할 새 무장을 한 승려들이 횃불을 들고 모였다.

예상치 못한 상황에 호사량과 백훈은 찰나간 어안이 벙벙해졌다.

"시발."

육순도가의 술이 들어가는 날도, 마차가 초입을 지나 창고 앞에 도착한 것도 다 맞았다.

하지만…….

"하아, 돌아가면…… 죽일까?"

"이하 동문이다."

호사량이 인상을 구겼다.

다 좋은데 하필 창고 옆이 대자사의 승려들이 기거하는 요 사각인 걸 빼놓고 말하면 어쩌란 말인가?

"과정이야 어찌 됐건 이목은 확실하게 끌었군."

"놈들을 쳐라!"

기습을 하려다 기습(?)을 당하게 된 판이다.

호사량과 백훈이 욕지거리를 내뱉으며 밀려드는 승려들을 향해 마주 달렸다.

⚜

악운은 달빛이 닿지 않는 대웅전 지붕에서 기척을 숨기고 있었다.

일행이 마차를 통해 진입하는 동안 외곽의 산길을 지나 진 입한 것이다.

'예상보다 빠른데?'

대자사의 타종 소리가 곳곳에서 시끄럽게 울려 댔다.

시작이다.

-현재 대자사에 숨은 독야문 무리가 어디에 기거하고 있
는지 정확하게 알고 있소?
-그것까진 못 알아냈습니다.
-그럼 가장 높은 전각이 어디요?
-전각들 중에서는 대자사의 대웅전이 가장 높은 전각이
라고 알고 있습죠. 그건 왜 물으십니까?
-그거면 됐소.

악운은 타종 소리를 듣고 달려 나오는 수많은 무리를 둘러
봤다.
하지만.
'특별한 건 없어.'
복장을 통해 독야문의 무리를 구별할 수는 없을 것 같다.
'방법을 바꾸는 수밖에.'
악운의 눈에 청염이 일렁였다.
수극화는 수가 관장하는 '파장력(波長力)' 또한 큰 성장을 가
져왔다.
때론 보는 것보다 듣는 것이 진실을 구분해 내기 쉽다.
바로…….
'발소리.'

고수의 걸음은 무게를 싣는 것부터 시작해 다양한 부분에서 하수보다 뛰어나다.

'지금처럼.'

악운은 그들의 발소리를 통해 수많은 걸음걸이들을 예민하게 구분해 냈다.

얼마쯤 흘렀을까?

악운이 고개를 번쩍 들었다.

위치는 대자사 내의 북쪽 나한전(羅漢殿).

"거기 있었구나."

악운의 몸이 순식간에 흐릿해지더니 눈 깜짝할 새 지붕 위에서 사라졌다.

저벅!

피에 전 승복을 입은 노인이 나한전 안쪽에서 성큼성큼 걸어 나왔다.

"웬 소란이더냐."

미리 나한전 밖에 나와 있던 독야문의 고수들이 대자사의 주지를 무릎 꿇렸다.

"장로님께 말씀드리거라."

"그, 그것이…… 거래하던 도가의 마차를 통해 두 명의 고수가 잠입했다고 합니다."

"그래서?"

"사찰 내 승려들이 합세하고 있습니다만, 여의치 않다 합니다."

노인의 눈썹이 꿈틀거렸다.

"새 옷을 가져오너라."

한때 독야문의 장로로서 활동했던 '독명일수(毒螟溢手)' 조덕출은 현재 상황이 무척이나 짜증 났다.

새로 조제한 독의 성능을 시험해 보고 있는 예민한 작업 중에 소란이라니.

"여기 있습니다, 장로님."

"오냐."

회색 매듭이 달린 새 옷으로 갈아입은 조덕출이 안뜰에 모여 있는 독야문 제자들을 이끌고 이동했다.

"주지에 의하면 최근에 한 낭인이 사찰의 뒤를 캐내고 다녔다고 합니다. 접선한 자는 엽보장의 중개인이며……."

"계획적으로 기습한 것이로구나."

"예."

"내 귀에까지 들린 것으로 보아 대자사가 감당하기 힘든 고수들일 터. 그런데."

삼결제자의 보고를 들으며 이동하던 조덕출이 우뚝 걸음을 멈춰 세웠다.

약자의
무신

"허무하게 들켰다는 것이 이상하지 않으냐. 엽보장까지 썼다면 치밀하게 준비했다는 뜻인데, 너무 허술하군. 다른 의중이 있는 것인가?"

"우리의 진짜 재물에 대해 아는 것은 아닐까요?"

"설마 놈들이 보관하고 있는 '그것'을 알고 노린 것인가?"

골몰히 생각에 잠겨 있던 조덕출이 삼결제자에게 다시 물었다.

"두 놈이라 했느냐?"

"예."

"두 놈을 발견하거든 수단과 방법을 가리지 말고 생포해 오너라. 목적을 알아야겠다."

조덕출의 눈이 새파란 안광을 번뜩이며 사나워졌다.

"줄줄 새는 내장에 독수가 스며들고 나면 말하기 싫어도 말할 수밖에 없을 게야. 클클!"

이어 조덕출은 동선을 바꿔 다시 나한전으로 걸음을 옮겼다.

"나는 만약을 대비해 나한전에 있겠다."

조덕출의 입가에 비릿한 미소가 스쳤다.

❧

마침내 나한전에 도착한 악운은 나한전 앞에서 덜덜 떨고 있는 수십 명의 인질들과 마주했다.

갈색 포대를 뒤집어쓴 그들은 말도 제대로 잇지 못하고 무릎 꿇려 있었다.

"다른 무리가 더 있을 줄은 예상했다만, 한 명일 줄은 몰랐구나."

조덕출이 인질들 사이로 걸음을 옮기면서 말했다.

"인질들에 멈칫거리는 것을 보니 재물이 아니라 협의를 관철하러 온 게로구나. 클클! 아직도 이런 멍청한 자들이 있었던가?"

조덕출이 새하얀 이를 드러내며 웃었다.

"영리했으나 상대를 잘못 골랐구나."

그 순간.

의기양양하던 조덕출의 눈앞이 번쩍였다.

지닌 바 독공을 펼칠 시간도, 여유도 없었다.

"커, 커헉……!"

그저 피가 뭉텅뭉텅 터져 나오기 시작한 목을 두 손으로 부여잡은 채 희미해지는 의식을 붙잡고 있을 뿐이었다.

'어, 어떻게?'

악운이 점점 잔영처럼 좌우로 나뉘어 가듯 늘어지게 보였다.

"대체…… 네놈은 누…… 커흡!"

조덕출은 입안에서 들끓는 피를 느끼며 몸을 파르르 떨

었다.

그제야 악운이 흑룡아를 든 채 입을 열었다.

"살기 위해 혈교의 개로 살았으면 방심을 피하고 오만을 줄였어야지. 네놈들은 여전히 오만하구나."

"네…… 이……노오옴!"

마지막 혼신을 다해 독야문의 독장을 쏟아부은 조덕출의 한 팔이 마저 잘려 나갔다.

서걱, 툭.

"끄아아악!"

비명을 지르는 조덕출을 향해 악운이 말했다.

"아직도 모르겠나. 영리했지만 상대를 잘못 고른 건……."

악운의 눈빛에 청염이 일렁였다.

"네놈이다."

독야문은 한때 혈교의 앞잡이가 되었던 일문으로 혈교의 앞을 가로막는 모든 적을 말살했다.

그리고 그들에 의해 짓밟힌 이들 중엔 천휘성이 존경했던 무림의 선배인 '우효성'이란 사내가 있었다.

번쩍!

악운의 검이 이번엔 조덕출의 다리를 베며 노기를 보였다.

우효성의 기억이 머릿속을 스쳤다.

종남파의 번성을 위해 군문에 투신한 그는 군이 망한 후에는 천강문이라는 속가 문파를 세워 천휘성의 동료로 자리 잡았다.

하지만 결국 그에게 돌아온 건 독수에 죽어 가는 몸과 일가족의 몰살뿐이었고, 결국 임종 직전 독문절기를 천휘성에게 남겼다.

그 유산이 토극수(土剋水)의 시작이 될…….

'태을분광검(太乙分光劍).'

극한의 쾌검이 오랜 세월을 지나 흑룡아란 병기를 통해 완벽히 부활한 것이다.

툭!

위풍당당했던 조덕출은 하늘과 땅이 뒤집히는 걸 느끼며 천천히 의식을 잃어 갔다.

하지만 그는 웃었다.

아직 싸움은 끝난 게 아니었으니까.

❧

─대자사 승려들은 파락호 수준입니다. 크게 신경 쓰지 않으셔도 됩니다.

호사량과 백훈은 이 순간 유준을 동시에 떠올렸다.

'미친! 이게 어떻게 파락호 수준이야?'

두 사람이 사용한 암기에 빠르게 대처할 만큼 놈들은 어느

방파 못지않게 조직적이었고 잘 훈련되어 있었다.

좌르륵! 콰쾅!

비처럼 쏟아지는 유성추를 피한 후 다시 땅을 박찬 호사량이 유려한 보법으로 검을 뻗었다.

악운의 조력을 통해 삼킨 온갖 영단이 용솟음치는 내공 기반이 되어 주었고, 매번 달릴 때마다 붙기 시작한 근력과 체력이 일 검을 휘두를 때마다 중심을 잡아 준다.

겪어 본 대인전의 경험도 한몫했다.

하지만 위기는 순간적으로 찾아왔다.

"잡았다, 이놈! 네놈을 도와줄 이는 아무도 없다!"

부딪치던 유성추 하나가 빙글 휘돌아 호사량의 검을 낚아챘다.

콱!

눈 깜짝할 새 다섯 개의 유성추 또한 호사량의 검을 결속시켰다.

"병기를 결속시켰다! 놈을 찔러! 죽이란 말이다!"

대부(大斧)와 장창이 기회를 놓치지 않고 쇄도했다.

절체절명의 위기 속에 호사량은 도움이 필요해 보였다.

하지만 호사량의 눈빛은 어느 때보다 흔들림 없이 단단했다.

　－차력미기의 묘리를 이해해야 비로소 칠현풍원검의 정

수를 담았다 할 수 있을 겁니다.

칠현풍원검(七絃風遠劍), 회회반천(回回反踐).

"누가······."

일곱 개의 현처럼 퍼져 가는 검 끝의 바람이 적들을 끌어당겼다.

이젠 악운의 가르침을 검에 정확하게 구사할 수 있다.

"도움이 필요하다더냐."

애초에 유성추에 검이 결속된 것조차 계획된 것이었으니.

쿠아앙! 콰직!

검에 묶여 있던 유성추들이 일제히 달려 있던 추와 함께 역방향으로 튕겼다.

구속이 풀린 호사량의 검초가 배가된 날카로움으로 적을 휩쓸었다.

서걱! 쐐애액!

승기를 잡은 것 같은 그때.

"우에엑!"

가슴에 검이 박힌 승려가 입안에서 뭔가를 콰득 깨물더니 거멓게 변한 침을 질질 흘렸다.

"크흐흐!"

호사량이 입에 물고 있던 노란 피독주가 아지랑이를 내며 보랏빛으로 바뀌었다.

'이런.'

호사량은 서둘러 박혀 있던 검을 회수하려 했지만, 승려가 호사량을 향해 침을 뱉는 게 그보다 빨랐다.

핑! 콰직!

다급했지만 호사량은 침착하게 반응했다.

텅!

서둘러 쇠뇌를 발사한 후 혹시나 모를 독을 피하기 위해 얼굴을 소매로 가렸다.

"킥!"

짧은 단말마가 들리고, 호사량의 시선 끝에 녹아내리고 있는 소매가 보였다.

"퉤."

일회성 피독주를 입에서 뱉은 호사량이 인상을 와락 구겼다.

스르륵!

'하나가 아니야.'

방금 베어 죽인 놈들 중 아직 숨이 붙어 있는 놈들이 꿈틀댄다.

놈들은 녹아내리는 얼굴도 아랑곳하지 않은 채 다시 일어나기 시작했다.

어차피 죽어 가는 것, 동귀어진을 택한 것이리라.

"크ㅎㅎ!"

애석하게도 죽어 가는 놈들을 살아 있는 산성 독으로 만든 셈이었다.

그러자 호사량은 문득 그런 생각이 스쳤다.

만약 놈들이 목격한 독단보다 훨씬 지독한 독단들을 조제하고 있었다면?

"지독한 것들. 다시는 마주치지 말자."

호사량이 이를 악물었다.

악운은 덜덜 떨고 있는 인질들의 포박을 풀어 줬다.

그러나 인질들 모두 상태가 좋지 못했다.

"사, 살려 주세……. 열이…… 우에엑!"

"몸이…… 쿨럭."

다들 온몸이 검게 물들어 가는 중이었다.

놈들은 제녕 사람들을 닥치는 대로 데려와 중독시킨 게 분명했다.

혐오스러울 만큼 지독한 손 속이다.

'독인가.'

평범한 독같이 느껴지진 않는다.

진맥을 위해 손을 잡은 아이가 콜록, 하고 기침을 토했다.

마침 아이의 얼굴에 검은색의 수포(水疱)가 빠른 속도로 번

지고 있다.

츠츠!

혼세양천공의 기운이 아이에게 반응했다.

그러자 숨과 함께 뱉어진 독이 감히 악운의 신체를 침입하지 못하고 체외로 빠져나갔다.

'천독불침을 뚫어 낼 만큼의 독성은 아니다.'

그나마 다행인 일이었지만 안도하기엔 일렀다.

악운을 제외한 나머지는 빠른 속도로 죽어 가고 있었다.

해독약을 찾으러 안으로 들어간다고 해도…….

'늦어.'

이미 쓰러지는 사람도 더러 보인다.

나머지도 얼마 버티지 못할 게 분명했다.

악운의 눈빛이 가라앉았다.

'결국…….'

악운은 아이의 명문혈에 손을 뻗었다.

그 와중에도 이미 아이는 혼절 직전에 이르러 있었다.

시간이 없는 이 순간.

그 방법 말고 다른 방법은 생각나지 않았다.

⚜

얼마쯤 흘렀을까?

숨이 거칠어진 악운의 온몸은 불덩이처럼 뜨거웠다.

반면 중독되었던 환자들은 방금과는 비교도 할 수 없이 호전되었다.

"사, 살 것 같아."

"살았다. 살았어! 은인께서 우릴 치료하셨어!"

"은인!"

혼절한 사람들을 제외하고, 중독에서 벗어난 사람들은 오연히 서 있는 악운의 앞에 무릎을 꿇었다.

"밖은 위험하니 이곳과 가까운 전각에 몸을 숨기고 계십시오. 소란이 끝나고 나면 여러분을 찾겠습니다. 어서 떠나십시오."

악운이 처음 구해 줬던 아이의 모친이 고마움에 울음을 터트렸다.

"존성대명이라도 말씀해 주세요! 제 딸이라도 평생 은인을 기억하고 살게 하겠습니다!"

"이름은 됐습니다. 그저 산동악가의 가주께서 보내신 사람 정도로 알아 두세요. 그러니 희소식을 듣게 될 모두에게, 산동을 지켰던 호랑이가……."

악운이 아이의 머리를 쓰다듬은 다음 애써 웃음 지었다.

"다시 돌아왔다 전하십시오."

그거면 되니까.

홀로 남고 나서야 악운의 입에서 검붉은 각혈이 터져 나왔다.

발길을 쉽게 떨어트리지 못하는 사람들을 밀어내려 애써 괜찮은 척을 해 온 것이다.

"쿨럭."

악운은 해독제를 찾는 것보다 혼세양천공의 기운을 통해 사람들의 독을 흡수하는 게 더 빠르다고 판단했고 그 선택이 확실히 주효하게 먹혔다.

악운의 체내에 흡수된 독은 그에게 갇혀서 전염성을 잃었다.

쾅!

문을 부수듯 열어젖힌 악운은 서둘러 나한전 안의 방으로 진입했다.

걸음을 옮길 때마다 서른아홉 명이 품고 있던 어마어마한 양의 독수(毒水)가 악운의 체내에서 활활 타는 것 같은 통증을 일으켰다.

터벅터벅.

호법 따위는 생각할 겨를이 없었다.

'운기부터!'

운기만 시작한다면 청후단과 흠원의 독을 통해 성장했던

도반천록공은 충분히 몸 안의 독을 흡수할 역량이 있었다.

쏴아아아!

혼세양천공의 중재 아래 도반천록공의 기운이 빠른 속도로 몸 안의 독을 아귀처럼 빨아들였다.

독기(毒氣)가 성장할수록 수(水)에 속한 무공의 기운들이 함께 성했다.

콰아아!

점점 도반천록공이 균형을 깨트리고 있었다.

덩달아 혼세양천공의 중재력이 약화되었다.

전부터 예견된 수순이었다.

'이대로는 일계(一界)의 한 축이 무너진다!'

심해지면 모든 기운이 상충되어 중독보다 더 심각한 주화입마에 이른다.

'우 선배.'

악운은 이 순간 그의 유산을 되새기며 우 선배의 마지막 눈물과 회한을 다시 떠올렸다.

-천 아우, 그대는 그대의 삶을 반드시 지키게. 나는 회한만 남는군. 어째서 이리 늦게 깨달았을까.

그 뜻을 온전히 따르지 못했다.

'일신의 삶만을 추구하는 건 죄악이라고 생각했으니까.'

그러나 아니었다.

진정으로 의지할 수 있는 가족과 동료의 곁을 돌보는 것이야말로 지치지 않고 계속 싸워 나갈 수 있는 최소한의 동력이었다.

'이제야 그 뜻을 받아들이니.'

꺼졌던 천휘성이란 불빛이 다시 태을을 관통하는 악운이란 빛이 된다.

츠츠츠.

동시에 새로운 기운을 느낀 일계가 꿈틀거렸다.

일계 안에 자리 잡은 토양이 울렁이고, 토양의 중심에 있던 달마경이 차오르기 시작한 물의 기운을 미친 듯이 빨아들였다.

물을 머금은 토양은 점점 더 확장했다.

하지만 비옥진 땅이 되려면 따스한 빛이 필요하다.

그 빛이 바로.

'태을신공(太乙神功).'

조양섬에서 익힌 또 하나의 무공이 큰 성취를 이룰 기회를 잡은 것이다.

'수(水)가 성한 지금이야말로 토극수(土極水)의 시작점이니.'

콰콰콰!

토에 속한 무공들이 성하자 '감별력(鑑別力)'이 한층 강화되었다.

감별력은 일계 안의 나쁜 기운과 선한 기운을 선명하게 구분 짓는 것을 도왔다.

콰아아!

악운의 전신에서 피어오르던 시커먼 아지랑이 위로 청염의 불꽃이 달라붙어 번져 나갔다.

화르륵!

흔들렸던 혼세양천공의 중재력이 제자리를 되찾은 것이다.

파르르 떨리던 악운의 눈꺼풀 역시 차츰 그 떨림을 멈춰 갔다.

전화위복이었다.

호사량과 백훈은 독야문 제자 두 명에게 검을 들이밀고 있었다.

인질을 잡아 어렵게 얻은 잠깐의 대치 상태였다.

"하아, 하아⋯⋯!"

호사량은 거친 숨을 내쉬며 앞을 봤다.

독야문의 제자들이 일으킨 뿌연 독무(毒霧)가 바람결에 흩날렸다.

지친 것일까?

악한
무인

슬슬 힘이 빠져나갔다.

독단을 삼킨 승려들은 충분히 곤혹스러웠지만 끝끝내 제압할 수 있었다.

문제는 그 후에 도착한 독야문의 제자들이었다.

'젠장.'

암기는 날카로웠고, 독은 내부를 흔들었다.

하지만 백독불침에 이른 신체 덕분에 아직까지는 버틸 만했다.

"쿨럭."

반면 옆에 서 있는 백훈은 호사량이 보기에도 몸 상태가 썩 좋아 보이지 못했다.

"저 잡놈의 새끼들이 감히…… 이 몸에게 수작을 부려?"

백훈의 거친 기세는 여전히 그대로였으나 입 주변으로 떨어지는 검붉은 선혈은 점점 악화되고 있었다.

호사량은 소가주가 준 갑옷을 믿기로 했다.

"퇴로를 열 테니까 소가주한테 가거라. 독무만 덜 들이마셔도 할 만할 거다. 저놈들 실력이면 네 퇴로 정도는 만들어줄 수 있어."

"닥쳐! 이래라저래라 하면서 엄마같이 좀 굴지 마!"

"대놓고 멍청한 줄은 몰랐는데, 부디 이번엔 생각이란 걸 좀 해라."

검에 닿아 있던 독야문의 제자가 백훈에게 조소했다.

"큭큭, 저놈은 제법 독을 견디는 듯하지만 네놈은 조금씩 호흡이 가빠지고 눈, 코, 입에서 피를 뿜으며 불에 덴 것 같은 고통이 뇌리를 덮칠……."

"잡놈의 새끼들이 무슨 혓바닥이 이렇게 길어!"

백훈이 미처 다 듣기도 전에 검을 휘둘렀다.

퉁!

인질의 목이 떨어지자마자 호사량이 소리쳤다.

"머저리야! 누군 못 죽여서 이러고 있더냐!"

호사량이 이를 갈았다.

대치 상태에서 숨 좀 고르려고 했더니만, 일을 망쳐도 유분수지!

그 순간 호사량이 붙잡고 있던 독야문의 제자가 그의 검날 위로 목을 내밀었다.

"커헉!"

이어진 단말마의 비명과 함께 대치 상태가 깨져 버렸다.

"장로님을 위한 생포는 이쯤에서 포기한다. 한 놈도 남김 없이 모조리 사지를 뜯어 버려라."

삼결제자의 사나운 음성과 함께 장내에 남은 독야문 제자들이 일제히 땅을 박찼다.

타탁!

'칠성보(七星步).'

호사량의 발끝에서 펼쳐진 제갈세가의 칠성보가, 쇄도하

는 독야문의 쇄혼독장(碎混毒掌)을 피해 냈다.

쐐애액!

일결과 이결제자는 호사량의 털끝도 건드리지 못했다.

"백독불침은 우리가 맡는다! 중독되어 있는 놈을 노려라!"

삼결제자들의 지시에 일결, 이결제자들이 동선을 바꿔 백훈에게 이동했다.

그 빈자리를 삼결제자들이 채우며 호사량을 둘러쌌다.

퍼퍼퍼펑!

방금 전과 비교도 할 수 없는 위력의 쇄혼독장이 일제히 호사량에게 쏟아졌다.

"후우, 후우……!"

호사량은 쉴 틈 없이 쇄혼독장을 피하며 적들을 노렸다.

하지만 삼결제자들은 호사량의 검을 어렵지 않게 회피하고 다시 호사량을 노렸다.

그러던 찰나.

호사량의 눈에 놈들의 입가에 비릿한 미소가 스치는 게 보였다.

'왜지?'

삼결제자들 중 하나가 의미심장하게 웃었다.

"팔방쇄혼진(八方碎混陣)이 너를 삼키리라."

"이런……!"

그제야 호사량은 삼결제자들이 방금 전보다 가까워져 있

다는 것을 깨달았다.

모든 공수가 진법을 발동시키기 위한 과정이었던 것이다.

타닥!

호사량이 황급히 뒤로 물러나려 했지만 이미 때는 늦어 있었다.

삼결제자들이 입에서 번져 나온 독연이 호사량의 사위를 뒤덮었다.

"흐읍."

호사량이 서둘러 숨을 막았다.

그러나 이미 매캐한 연기가 들숨과 함께 코와 입으로 스며들었다.

'미혼연(迷魂煙)인가!'

놈들의 몸이 두 개씩 보인다.

콜록!

알싸하고 강렬한 향이 입안에서 돌자마자 구역질이 뱉어지고, 그럴 때마다 더 많은 양의 독연이 입안으로 들어왔다.

순식간에 눈이 시뻘게진 호사량은 이를 악물었다.

놈들의 움직임이 배는 빨라진 것같이 느껴지고, 혼란을 가중시키기 위한 놈들의 도발이 귓가를 미친 듯이 울려 댔다.

"백독불침도 본 문의 미혼연 앞에서는 하룻강아지일 뿐이로구나."

"긴장하지 마라. 흐려지는 네 눈과 귀를 받아들여라. 흐릿

함이 곧 네 앞날이 될 테니. 크흐흐!"

"네놈의 오장육부는 자근자근 짓밟아서 독에 절여 주마."

호사량은 아무 반응도 할 수 없었다.

한마디, 한마디 크게 울릴수록 메스꺼움과 어지러움이 더해졌다.

정신을 차려 보려 했지만 쉽지 않았다.

'독이 아니야.'

되레 온몸의 긴장과 맥이 풀리고 빠른 속도로 신경이 완화되고 있다.

백독불침인 것을 눈치챈 놈들이, 독이 아닌 강력한 긴장완화 효과가 있는 미혼연을 쓴 것이다.

인정하기 싫지만 효과는 탁월했다.

"커헙!"

기어코 삼결제자의 독장이 호사량의 가슴을 강타했다.

펑!

호사량이 내상을 입으며 볼썽사납게 땅을 굴렀다.

'안 돼! 이대로 포기할 순 없다!'

호사량은 바닥을 구르면서도 검을 쥔 손에 힘을 주고 다시 한번 고개를 들려 했다.

하지만 삼결제자들의 발이 그보다 먼저 날아왔다.

퍽!

호사량은 머리를 울리는 강한 충격과 함께 또다시 바닥을 나뒹굴었다.

쿠당탕!

호사량은 속이 뒤집히는 충격에 정신이 아득해지는 걸 느꼈다.

중심을 제대로 잡을 수도 없어 몇 차례나 바닥을 구르던 그때.

탁!

단단한 가슴이 호사량의 머리를 받아 냈다.

"후욱, 후욱······!"

동시에 희미해진 호사량의 시야에 익숙한 낯빛이 들어왔다.

"엄마처럼 잔소리할 때부터 알아봤다. 비쩍 곯아 터진 문사 놈아."

백훈이 어느새 모든 제자를 베어 낸 후 호사량을 도우러 온 것이다.

화아아악!

검풍을 일으킨 백훈이 쓸려 나가는 미혼연을 쳐다보며 거친 숨을 몰아쉬었다.

"내가 죽는 것보다 진짜 싫어하는 게 뭔 줄 아냐?"

피 칠갑을 한 백훈은 비틀거리는 호사량을 한쪽 어깨로 지탱한 채 걸음을 옮겼다.

"실력으로 무시당하는 거야."

백훈의 어깨 너머에는 독야문의 제자들이 싸늘한 주검이 된 채 쓰러져 있었다.

삼결제자들의 표정이 일제히 굳어졌다.

호사량에게 집중하느라 백훈을 놓친 것이다.

"어이, 문사 놈. 정신 차리면 쪽팔릴 거다. 네가 운운하던 그 퇴로는……."

백훈이 땅 위에 검을 박아 넣으며 허리춤에 손을 가져다 댔다.

"이 몸이 열어 줄 터이니."

동시에 비수 하나가 삼결제자들을 향해 쏘아졌다.

번쩍!

"큽!"

놀랍게도 벼락처럼 쇄도한 비수 한 자루에 삼결제자 하나가 픽 쓰러졌다.

"아직 네 자루 남았다."

현존하고 있는 산동십대고수 중 일인.

도평검객 백훈이 사납게 웃었다.

ꩰ

백훈은 피비린내 가득한 침을 꼴깍 삼켰다.

남은 비수는 네 자루.

남아 있는 독야문의 삼결제자도 네 명.

검을 쥔 손끝이 잘게 떨렸다.

방금 전 미혼연을 날려 보낸 검풍도 혼신을 다해 휘두른 것이니까.

퍼져 가는 중독 증세를 외면하고 끌어모은 내공은 이제 이 네 자루 비수에 쓸 것이다.

그러니.

'한 번의 실패가 죽음을 가른다.'

그나마 다행인 것은 놈들이 독공에 능한 대신, 동일 경지의 고수들에 비해 몸놀림이 둔하다는 점이었다.

방금 전의 일격이 삼결제자 한 명에게 정확하게 박힌 것도 그 덕분이었으리라.

'짐덩이 같으니라고.'

백훈은 호사량의 몽롱한 눈빛을 확인하고는 이를 갈았다.

우선 얼마 남지 않은 기를 흘려 호사량의 요혈을 자극했다. 중독을 늦추는 건 애당초 포기했다.

'빨리 정신 차려라. 되도록 빨리.'

그러나 깨어나려면 시간이 필요해 보였다.

손끝에 차가운 철의 감각이 느껴졌고, 적들 역시 쉽게 다가오지 못하고 신중하게 조금씩 거리를 좁혀 오고 있었다.

방금까지 보이던 방심과 오만 섞인 표정 역시 지워진 상태.

'쉽진 않겠어.'

놈들의 허를 찔러야 한다.

이를테면.

백훈 자신만 알고 놈들은 모르는 비수의 개수 같은 것.

"칫!"

백훈은 기대어 있는 호사량을 지탱한 채 비수가 아닌 검을 고쳐 쥐는 시늉을 했다.

"더 이상 비수가 없는 게로구나!"

삼결제자 중 한 명이 성급하게 땅을 박찼다.

타닥!

빠른 속도로 접근해 오는 삼결제자의 뒤를 또 한 명의 제자가 동조하듯 따라붙었다.

'지금!'

잠깐의 방심과 짧아진 거리는 성공 확률을 높인다.

번쩍!

백훈이 오랜 세월 익힌 비장의 한 수.

추혼접(追魂蝶)이 바짝 붙어 달려오던 삼결제자 두 명의 미간에 정확히 박혔다.

콱! 콰직!

쿠당탕탕!

비수가 박힌 두 명의 삼결제자가 내력이 가한 반탄력과 달려가던 속도가 가중되어 뒤로 벌러덩 나뒹굴었다.

"이런! 쳐 죽일 놈이!"

"간악한 놈 같으니라고!"

의심스럽게 경계하던 남은 삼결제자들이 쓰러진 동료들을 보며 악다구니를 썼다.

"누가 누구더러?"

애써 태연한 척 입을 뗀 백훈이 싱긋 웃은 후 남아 있는 두 명의 삼결제자들을 노려봤다.

팽팽한 긴장감 속에 삼결제자들 중 한 명이 말했다.

"놈은 계속 제자리에만 있었다. 안 움직이는 게 아니라 못 움직이는 거라면……?"

"얘기가 다르겠지."

눈을 빛낸 삼결제자들이 주머니에서 작은 쇠구슬을 꺼내 굴렸다.

데구루루.

입장이 바뀐 백훈은 굴러오는 쇠구슬이 암기인지 아닌지 확신할 수 없었다.

'젠장.'

더 생각하고 말고 할 것도 없었다.

백훈은 서둘러 호사량을 지탱한 채 몸을 뒤로 뺐다.

타다닥!

비수를 쓰기 위해 남겨 놓은 내공이 빠르게 메마르며, 온 몸을 타고 흐르는 중독 증세가 가중됐다.

"쿨럭!"

몇 걸음 물러나지도 않았는데 꽉 누르고 있던 검은 피가 입 밖으로 줄줄 새어 나왔다.

푸스스……

때마침 쇠구슬이 펑, 소리를 내면서 작은 불꽃을 튀겼다.

암기로 위장한 위협용 철구(鐵球)였던 것이다.

백훈은 움직인 것을 후회했지만, 이미 때는 늦었다.

쐐액!

삼결제자들은 기회를 놓치지 않고 땅을 박찼다.

백훈이 서둘러 비수에 손을 뻗었다.

두 개의 비수를 전부 던지지는 못하겠지만.

"아직 하나는 남아 있다!"

사력을 다한 비수 한 자루가 손끝을 벗어나 날아갔다.

하지만.

퍽!

비수가 박힌 곳은 이미 죽은 독야문 제자의 시체였다.

놈들이 동료의 시신을 방패막이 삼은 것이다.

"제길."

마지막 비수가 실패로 돌아가자마자 결국 백훈의 각혈이 입 밖으로 터져 나왔다.

"크헉!"

입가에 회심의 미소를 지은 삼결제자들이 들고 있던 시체를 집어 던지고 다시 쇄도했다.

"내장을 한 점도 남김없이 녹여 주마!"

"그 요사한 혓바닥부터 태워 버릴 것이다!"

악에 받친 고함과 함께 백훈은 검을 뽑는 대신 호사량의 앞을 가로막았다.

이유?

그딴 건 없었다.

그냥 몸이 움직였다.

마침내.

삼결제자들의 독장(毒掌)이 백훈의 전신을 두드렸다.

퍼어엉!

"큭……!"

삼결제자 한 명이 믿기지 않는 눈으로 가슴을 꿰뚫은 검을 내려다보고 있었다.

"네깟 놈에게 뒈질 만큼 시시한 놈은 아니다."

어느새 정신을 차린 호사량이 우측에서 쇄도한 삼결제자의 심장을 검으로 꿰뚫은 것이다.

이 순간 호사량은 백훈을 보호하듯 그를 비스듬히 가로막고 서 있었다.

두 명의 공격을 한 번에 막을 수 없으니 우측은 검으로 응수하는 대신 좌측에서 날아온 독장은 직접 몸을 던져 받아내려 했던 것이다.

"쿨럭!"

백훈의 눈빛이 흔들렸다.

남은 한 명은?

쿠당탕!

놀랍게도 좌측의 삼결제자는 호사량의 털끝도 건드리지 못했다.

오히려 쇄도하던 속도 그대로 목이 잘려 나가고 있었다.

투둑!

삼결제자가 쓰러지며 드러난 피 묻은 검은 피풍의.

"너무 늦었나?"

기다렸던 악운이 마침내 장내에 도착한 것이다.

백훈이 우에엑 피를 토해 내며 대답했다.

"그걸…… 말이라고 하냐?"

힘이 빠져 풀썩 쓰러지는 백훈을 호사량이 재빨리 지탱하며 부축했다.

"이 머저리가……! 그럴 땐 버리고 갔어야지!"

호사량의 타박에 백훈이 인상을 구겼다.

"네놈은 버렸냐?"

사부가 돌아가신 이후로는 늘 죽음 직전에 혼자가 될까 봐

죽음을 두려워했다.

하지만 어느 때보다 죽음에 가까워진 지금…… 이상하게 죽음이 두렵지가 않았다.

오히려 무척 담담했다.

악운과 호사량이 곁을 지켜 주는 모습이 닫혀 가는 시야 속에서도 또렷하게 보였으니까.

'사부, 보고 있소? 나 조금만 더 살고 싶소.'

탁-!

창문 닫히는 소리가 희미하게 들렸다.

그 소리를 기점으로 조금씩 주변의 소음이 선명해지기 시작했다.

저릿하긴 했지만 손끝의 감각이 돌아오기 시작하며 백훈은 차츰 눈꺼풀을 들었다.

지옥도, 무릉도원 둘 중 하나라기엔 온몸의 감각이 너무 선명했다.

특히 눈으로 스며들고 있는 더럽게 눈부신 빛까지도.

"으……!"

완전히 눈을 뜬 백훈은 창을 닫고 돌아서는 호사량과 눈이 마주쳤다.

"눈뜨자마자 어여쁜 미녀도 아니고 네놈 얼굴이라니, 확실히 무릉도원은 아닌가 보네."

호사량이 피식 웃었다.

"입 놀리는 걸 보니 낫긴 다 나았나 보구나. 겨울바람이 차서 창을 닫았는데, 이럴 줄 알았으면 활짝 열어 둘 걸 그랬어."

"어떻게 된 거야? 꼼짝없이 죽는 줄 알았는데."

"소가주가 아니었으면 그랬겠지."

호사량이 침대 옆에 앉으며 대답했다.

"그 녀석이 뭘 했기에?"

"네 몸에 퍼진 독을 대신 몸에 받아 냈다. 은인인 줄 알고 살아."

"은인은 무슨⋯⋯!"

말은 그렇게 했지만 백훈은 내심 그런 생각이 들었다.

'빚 떼려다 빚만 더 붙였군.'

살면서 누구한테 기대 본 적도 없었는데 유독 악운에게만은 매번 기대고 빚만 지는 상황이 왔다.

자처한 것이긴 했지만.

"얼마나 지났어?"

"보름."

"그렇게나 오래?"

"너를 봐준 의원이 앞으로 보름은 더 회복해야 한다더군. 그러니 툴툴대지 말고 시키는 대로 해라."

"의원은 무슨……! 웬만한 내상은 한잔 진탕 먹고 일어나면 낫는 거야. 어느 돌팔이를 데려왔기에 그따위 소리를 해?"

"소가주의 의술은 웬만한 명의도 혀를 내두를 수준이야. 까불지 마."

"걔가 침도 놓을 줄 안다고?"

"그럼, 네 몸에 놓인 침은 누가 놓은 것 같으냐."

호사량의 말을 듣고 나서야 백훈은 몸을 고슴도치처럼 만든 침들이 눈에 들어왔다.

허, 소가주 그 자식 별걸 다 할 줄 아네.

"나머지 일은 잘 끝났냐?"

"유 선생이란 작자는 보자마자 우릴 속인 대가로 정강이부터 걷어찼다. 어디서 약을 팔아?"

"잘했네! 푸하하! 커흑. 으……!"

호사량은 통증 때문에 웃음을 멈춘 백훈을 보며, 혀를 쫏쫏 찼다.

"그래도 남은 일 처리는 잘해서 봐줬다."

"나름 이 제녕 바닥, 아니 산동성 낭인 바닥에서는 신뢰받는 녀석이야. 제녕에 오기 전부터 녀석과는 제법 오래 거래했으니까. 물론……."

백훈은 유 선생 때문에 속았던 상황들을 생각하며 이를 부득 갈았다.

"마냥 믿기는 힘들지만."

이어서 백훈의 입가에 슬며시 미소가 지어졌다.

"아무튼 산동악가는 그새 떼돈 버셨겠네?"

호사량은 잠시 그간 있었던 일을 떠올렸다.

백훈의 말대로 대자사는 그야말로 금맥이었다.

아니, 그 이상이었다.

"그래. 유 선생의 말이 틀렸다는 게 처음으로 만족스러웠지."

"맞아서 만족한 게 아니라 틀린 게 만족스러웠다고?"

"그래. 대자사는 유 선생이 말한 것보다 더 엄청났어. 목간, 탱화, 도자기, 토지 문서가 다가 아니었다."

"그럼?"

"대량의 원보(元寶)가 발견됐다."

"은? 금?"

"금."

"허, 크게 노네……!"

원보(元寶)는 금과 은으로 나뉘는데, 금으로 만들어진 원보일 경우 그 가치가 한 덩이에 금자 스무 냥에 달할 정도였다.

"얼마나 발견됐기에?"

"관짝으로 열 개나 발견됐어."

한 관에 대략 들어가는 원보는 삼백 개쯤 될 것이다.

그게 열 관이나 발견됐다면…….

못해도 금자 육천 냥에 달한다.

일성(一城)이 들썩거릴 만큼 어마어마한 가치의 금액.

"어떻게 옮겼어?"

"소가주는 왜 옮겨야 하냐고 하던데?"

"뭐? 그 많은 돈을 가문으로 안 옮긴다고? 누가 훔쳐 가기라도 하면……!"

"쯧! 본 가에 있어 돈은 수단일 뿐, 목적은 아니다. 돈 때문에 쩔쩔매지는 않아."

"설교 늘어놓지 말고 그 돈 가지고 어쨌는지나 말해! 내 몫이 잘 있는지 아주 궁금하니까."

"투자했다."

"투자?"

"그래. 소가주는 제녕에 있는 모든 것들을 통째로 사들였다. 제녕의 작은 항구부터 전답까지. 그 중심에……."

호사량의 눈에 이채가 흘렀다.

"새로운 전장(錢莊)을 세우기로 했다."

"허……!"

백훈은 할 말을 잃었다.

전장(錢莊)은 그야말로 대도시의 상징.

상계에서도 거대 문파들의 비호를 받고 있는 몇 안 되는 거대 상인들만의 권한이나 다름없었다.

대형 전장의 전표가 곧 '신뢰'의 대명사였으니까.

"첫 전장의 총경리 자리에 유 선생을 세우려고 마음먹은 것까지 듣고 나면 까무러치겠군."

"뭐? 그 자식을 뭘 믿고?"

"내 제안이었으니 소가주에게 투덜대지 마라."

"뭐?"

"대자사와의 싸움을 앞둔 소가주를 아무나 배짱 좋게 도울 수 있을 거라 생각하나?"

"그거야……."

백훈이 말을 잇기도 전에 호사량이 덧붙였다.

"이미 그는 갖고 있는 재산으로도 충분히 제 몸 하나 정도는 건사할 수 있었어. 그런데 소가주에게 투자를 했지. 그는 충분히 야망이 있는 사내야. 기회가 필요했을 뿐이지."

"그 기회를 소가주와 그쪽이 줬다?"

"줬다기보다는 그의 역량을 제대로 활용하고 싶은 거지."

"녀석이 그 돈을 소가주가 원하는 방향과 다른 곳에 쓰려고 한다면 어쩌려고 그래? 나름 협객이잖아?"

"돈 한 푼 허투루 쓰지 못할 거다."

"어째서?"

호사량이 의미심장한 웃음을 지었다.

"여러 가지 일이 처리될 때까지 유 선생을 도와줄 신 각주라는 무시무시한 분을 요청했으니까."

"신…… 각주? 그게 누군데?"

신 각주에 대해 알 리가 없는 백훈은 이해가 안 간다는 듯 의아한 표정을 지었다.

"차차 알게 될 거다. 그만 떠들고 쉬어라."

"저, 근데……."

이윽고 자리를 뜨려던 호사량이 발걸음을 멈춰 세웠다.

"왜?"

"아무리 생각해도 대자사에 그렇게 많은 금원보가 있었다는 게 안 믿기는데? 대체 그 금원보, 출처가 어디야?"

"글쎄. 놈들이 적어 놓은 장부 기록에도 금원보에 관련된 기록은 아무것도 없었다. 하지만 놈들이 제작해 놓은 많은 독단과 그 조제 기록을 발견했지. 받아 낸 원보를 투자 기반으로 제작하고 있었던 모양이야."

"누군가 놈들이 제작한 독단을 기다리고 있었다는 건가? 그럼 그 돈이 독단을 조제하는 데 필요한 착수금이었던 거야?"

"착수금일 수도 있고, 혹은 거래 금액의 선금을 내준 것일 수도 있겠지. 어느 쪽이든 위험한 놈들이야."

"위험하긴 무슨! 독이라고 해 봐야 버틸 만하던데, 뭘."

"네가 당한 독이 문제가 아니야. 소가주가 목격한 독이 문제지. 소가주의 조사에 의하면 놈들에게 잡혀 있던 사람들이 중독됐던 전염성 강한 독이 독단으로 조제되고 있다더군."

"전염이라……? 대체 뭘 하려고 그만한 돈을 들여 가면서까지 그랬으려나?"

"모르지. 하지만 한 가지 확실한 건……."

호사량이 방문 밖으로 나서면서 덧붙였다.

"우리에게 꽤나 열 받았을 게야."

"이상하게 통쾌하네."

"이제 그만 떠들고 잠이나 더 자라. 아, 그리고 행여나 답답하다고 몸에 있는 침, 마음대로 빼지 않는 게 좋을 거다."

"놀고 있네. 빼면 뭐? 죽기라도 한다더냐?"

"소가주에 의하면 침 순서를 잘못 건드리면 구공분혈이 온다던데?"

"놀고 있네. 거짓말인 거 누가 모를까 봐?"

호사량은 백훈이 마저 욕을 뱉기 전에 문을 쾅 닫고 나갔다.

"문사란 놈이 사람 말 끝나기도 전에 나가는 건 예의에 어긋난다고 못 배웠나."

백훈은 한차례 혀를 찬 후에 슬쩍 침이 놓인 몸을 다시 한번 내려다봤다.

"크흠!"

꼭 문사 놈이 했던 얘기 때문이 아니라 기왕 쉬는 김에 푹 쉬도록 해야겠다.

신 각주는 악운의 요청을 받고 밤중에 도착했다.

"먼 길 오셨습니다. 별일은 없으셨습니까?"

"난데없이 겨울비가 온 터라 옷이 조금 젖은 거 말고는 괜찮소."

쓰고 있던 죽립을 벗은 신 각주가 자리에 앉자 악운은 미리 준비했던 다기를 내놓았다.

또르르.

찻잔을 채워 가는 청명한 찻물 소리.

"고맙소."

손수 우려낸 차에 감사를 표한 신 각주는 표정에서부터 벌써 본론을 꺼내고 싶어 안달이었다.

"요청을 듣자마자 사마 각주에게 이야기하고 출발했소."

"아버님께서는 안 계셨습니까?"

"가주님과 총관은 동평에서 활동하는 상인들과 보부상들을 불러 모은 회합에 가셨소. 새로 가문 내에 창설된 상단의 세를 본격적으로 확장할 계획을 논의하기 위해 향하셨지."

"그러려면 막대한 투자금이 필요할 텐데 앞서 보낸 환단 효험이 제법 널리 알려졌나 봅니다."

"맞소. 언 대주가 이끈 상단 행렬이 뿌린 환단이 가장 극심한 충돌 지역인 안구의 의방(醫房) 곳곳에서 쓰이고 난 후, 두 가문의 대표 상단에서 환단을 구입하겠다고 사람을 보내왔소."

악운은 백우상단과 태호상단을 보내기까지 두 가문이 얼

마나 고민했을지 안 봐도 알 거 같았다.

통쾌하긴 했으나 크게 기뻐할 정도는 아니었다.

이제 시작일 뿐이고 예상되었던 수순일 뿐이니까.

"그렇군요."

두 가주는 산동악가가 중간에서 이익을 취하려 한다는 것을 알면서도 당장엔 거래를 요청할 수밖에 없었을 것이다.

문파대전은 시작됐고 이미 서로 피해를 입었으니.

"한 가문이 확실한 우위를 점할 때까지는 이 싸움을 멈추지 않을 겁니다."

"그렇겠지. 우선 황보세가에서 태양무신의 심득서를 손에 쥐기는 했으나, 심득서가 온전히 보관된 채로 운송되어야만 비로소 얻었다고 할 수 있을 테니."

"예, 운송 과정에서도 심득서 탈취를 위한 싸움이 계속될 테죠. 각 정예 대대가 크게 충돌할 테니, 치료 환약은 전력 보존의 안배를 위해 반드시 필요할 테고요."

"그렇소. 그래서 가격 책정을 논의할 때 환단의 원재료값보다 세 배는 높은 금액을 책정하기로 결정했소. 거절하지 못할 제안이 될 테니. 하지만 더 확실히 우위를 점할 수 있었던 건 역시……."

신 각주의 입가에 미소가 지어졌다.

"우리의 약점이었던 부족한 곡식 문제가 해결되었다는 것이오. 두 상단 모두 이 점을 활용해 가격을 낮추려 했으니."

"우리를 흔들 패가 사라진 것이지요."

신 각주의 말대로 악가가 우위를 점할 수밖에 없는 판이 깔린 상황이다.

그런데 거기에 거래에 능한 조 총관과 상대의 심리를 꿰뚫어 볼 줄 아는 사마 각주, 그리고 손익에 능한 신 각주까지 힘을 보탰으니…….

악운이 웃음 지었다.

"성 각주께서 바빠지시겠네요."

"소가주가 두문불출하며 환단을 조제해 둔 덕에 일차 물량이야 크게 부족하지 않을 것이라 하셨소."

"다행입니다."

"하지만 이차 물량의 조달 시기가 오기 전에 소가주가 돌아왔으면 하시더이다."

"필요하면 가야겠지요. 그 전에 신 각주께 이곳으로 와 달라 부탁드렸던 일부터 틀을 잡아 놓은 다음에요."

"하긴…… 이곳 역시 중한 일이지."

신 각주의 눈빛에 이채가 흘렀다.

"내가 와야 하는 이유들은 서찰을 통해 보았으니 충분하오. 정말 제녕에 전장을 세울 계획인 것이오?"

"예. 우선은 제녕을 중심으로 그 영향력을 넓혀 갈 예정입니다."

"어떻게?"

"가문의 영역이 닿는 동평, 제녕, 청주, 창읍 이 네 곳에 농사에 필요한 물자들을 일 년간 빌려주고 이자를 적정 수준의 곡물로 받으려 합니다."

"인력이 많이 필요하게 될 텐데, 본가에서 충당하려 하심이오?"

"아뇨. 밀무역을 해 왔던 암상 한 명을 중심으로 그와 연결된 여러 인력을 전장의 인력으로 활용할까 합니다."

"그들을 믿을 수 있겠소?"

"그래서 신 각주께 이번 일을 청한 겁니다. 전장에서 따로 돈 새는 일이 없게끔 기틀을 잡아 주셨으면 합니다. 제가 언급한 사업을 포함하여 나머지 사업들도 지켜봐 주십시오."

"알겠소. 소가주가 기용한다는 암상은 어디 가면 만날 수 있소?"

"거의 다 온 모양입니다."

멀리서부터 기척을 느낀 악운이 빙긋 웃음 짓고 난 후 밖에서 익숙한 목소리가 들렸다.

"소가주, 유준입니다."

"들어오시오."

이윽고 방 안으로 들어온 유준은 신 각주와 통성명과 짧은 인사를 마친 후에 곧바로 전장 사업과 관련된 이야기를 진행했다.

"현재로서는 인근 세 곳의 중소형 표국을 주 운송로로 활용 중입니다. 기록들은 각 물량을 적어 놓은 것으로."

"잠깐. 이 세 곳을 운송에만 활용한단 말이오?"

"예, 뭐……."

"그럴 리가 있나."

"무슨 말씀이신지……."

"내 나이 육십이 다 되었소. 지금까지 내가 겪은 암상이 한둘일 거라 보오?"

"그게 무슨 말씀이신지……."

유준이 담담하게 웃자마자 신 각주가 자리에서 일어났다.

"직접 눈으로 확인해 보기까지는 이 기록들을 믿을 수 없소. 운송되는 물자, 물자가 거쳐 가는 장소, 모두 알아야겠소."

"하하! 어차피 저도 한 발 걸친 사업입니다. 제가 굳이 속일 필요가……."

"난 말로만 떠드는 신뢰, 그런 건 믿지 않소. 직접 보고 판단해야 직성이 풀리오. 게다가 이 혼란한 시기에 암상으로 지금껏 버텼으면……."

신 각주의 눈빛에 이채가 흘렀다.

"자금을 조성하기 위한 비처도 많을 것 아니오? 내놓은 기록보다 더 많을 수도 있겠지. 내게 내놓은 이 기록과 눈으로 보는 물자가 정확하게 맞는지 안 맞는지 확인해 봐야겠소."

"신 대인, 제가 쓰는 인력 중엔 낭인, 파락호 등 별의별 놈들이 다 있습니다. 제대로 구슬려서 원하는 일을 시키려면 몰래 빼돌리는 웃돈 정도는 좀 얹어 줘야……."

"그 웃돈까지 계산해서 서류로 명시하란 소리요. 사업에 필요한 투자라면 크게 상관치 않겠소. 투자는 그대의 몫이고, 그것들이 그대로 쓰이는지 안 쓰이는지를 판단하는 게……."

신 각주가 방문을 박차고 나서며 덧붙였다.

"내 몫이외다."

"허……."

악운은 당혹스러워하는 유준을 보며 자리에서 일어났다.

"쓸데없이 뇌물 드린다고 노하시게 하지 말고 그대 할 일이나 잘하는 것이 신상에 여러모로 나을 것이오."

"너무하십니다, 소가주. 언질이라도 좀 주지 그러셨습니까?"

"미리 알면 재미없지 않소?"

"하아…… 빡빡합니다요."

"부각주도 사업 파악과 호위 겸 동행할 터이니 그리 아시고."

"예, 알겠습니다."

"음지에서 양지로 나오는 일련의 과정이라고 생각하면 편할 것이오. 그리고……."

뒤따라 일어난 유준에게 악운이 대신 문을 열어 주며 말했다.

"이번 과정은 그대를 신 각주에게 천거한 이유를 그대가 직접 입증하게 되는 과정이 될 것이오."

"그러고 보니 갑자기 궁금합니다요. 전장을 세우는 임시 총경리를 하필 사기까지 쳤던 저로 택하셨는지요? 아니, 입증은 제가 하더라도 굳이 왜 저를 천거하셨는지⋯⋯."

"백 대협이 그러더군. 산동성 낭인 바닥에서는 낭인들 돈 안 떼먹는 최소한의 기준이 있는 사람이었다고."

"아⋯⋯."

유준이 겨우 그런 이유였나 하고 생각하려던 찰나.

악운의 말이 이어졌다.

"이익이 최고의 덕목인 상인 중에 자신의 독자적 기준을 잡고 사는 사람들이 몇이나 될 거 같소?"

"⋯⋯."

"작은 기준의 시작이 규율이 되고 때때로 규율은 이익을 얻는 데 방해가 되지. 암상이 오랜 세월 그 기준을 지킬 줄 알았다면 백 마디 말보다 더 많은 걸 내게 증명한 것이오."

잠시 아무 말 없이 우두커니 서 있는 유준의 등을 악운이 툭툭 두드렸다.

"그 외 개인의 역량은 차차 증명할 문제지. 그러니까 할 수 있는 한 최선을 다해 증명해 보시오. 그래야 앞으로 할 일이 많아질 테니."

"할 일이라⋯⋯. 대체 소가주는 뭘 꿈꾸십니까?"

"내 사람, 내 가문의 평안. 그리고 나의 평안."

예상 못 한 대답에 유준은 잠시 악운을 빤히 바라봤다.

평안이라…….

소박하다고 느낄 수도 있겠지만 유준은 그렇게 느껴지지 않았다.

'지금의 세상에서 완벽한 평안을 추구하는 사내라…….'

보통은 거상이 되고 싶다, 가문의 가주가 되고 싶다, 같은 구체적인 꿈을 꾸지 않나?

하지만 완벽한 평안이란 곧 그 누구도 감히 그의 평안을 넘보지 못하는 지경에 이르러야 가능한 것이다.

만약 제대로 해석한 것이라면.

이게 열여섯 살이 품을 수 있는 꿈의 크기라는 것도 믿기지 않았다.

유준은 헛웃음이 나왔다.

"소가주."

"말씀하시오."

"평생 나보다 욕망이 더 커 보이는 사람은 못 봤습니다. 무엇이든 가지고 싶은 욕망은 항상 제가 제일 컸습죠."

"그런데?"

"한 수 배우고 갑니다."

"무엇이든 도움이 되었기를 바라겠소. 그리고 하나 더."

"예."

"신 각주의 시험을 통과하지 못한다면 아무리 내가 천거했다고 해도 총경리에 오르지는 못할 것이오."

"하하, 대략 짐작하고 있었습니다."

이윽고 유준은 꾸벅 고개를 숙이고 난 후에야 방을 나섰다.

"그 평안을 위한 일로 전장 다음엔 뭘 할 겁니까?"

밖으로 걸음을 옮긴 유준이 다시 악운이 머물고 있는 장원을 돌아보며 나지막이 읊조렸다.

이 순간 그가 가진 야망의 크기가 자신보다 더 크다는 걸 인정할 수밖에 없었다.

그래서일까?

아직 전부 다 표면에 드러나지 않은 '평안'이란 야망이 유준은 몹시 기대가 되고 궁금해졌다.

꽃

'이로써 유준은 가문의 시험대에 올랐다.'

유준을 임시 총경리로 기용할 때부터 악운은 이미 그를 가솔로 염두에 두고 있었다.

하지만 악운은 개인의 판단과 결정을 독선적으로 고집하거나 밀어붙일 생각은 없었다.

그래서 가문 재정의 여러 주요한 역할을 하는 두 개 각(閣)의 수장들에게 여러 검증 과정을 맡긴 것이다. 그렇게 유준의 검증 과정이 성공적으로 끝나게 된다면…….

'그 역시 본 가의 가솔 중 한 사람이 되어 가겠지.'

가문을 견고하게 지탱하는 주춧돌이 또 하나 쌓이는 셈이다.

악운은 대자사를 통해 벌어들인 이익도 이익이었지만 유준과 맺게 된 인연 또한 무척 만족스러웠다.

그러나 문제가 하나 있었다.

바로…….

"흐음."

악운은 따로 보관해 둔 작은 목갑을 열어 푸른빛의 독단(毒丹)을 내려다보고 있었다.

대자사의 재산들은 의외로 그 출처가 확실했다.

의외로 독야문에서 꼼꼼하게 장부를 남겨 놨기 때문이다.

대자사의 승려들이 돈을 써 버릴까 싶었는지 내부 단속을 한 게 분명해 보인다.

그런데…….

대자사의 사업을 인계하면서 조사해 봤지만 이 독단에 관한 장부는 하나도 보이지 않았다.

독단에 연관된 장부들은 독단의 조제법과 원재료 구입처, 그리고 운송하기 위해 활용한 표국의 고용비가 전부였을 뿐이다.

'운송을 위해 고용된 여러 곳의 표국들은 해마다 정기적으로 바뀌게 되었으니 연관되어 있다고 보기 어렵다. 원재료 구입처 역시도 유준에게 조사를 맡기긴 했지만 암상, 상단 등 경로가 다양하여 크게 기대가 되진 않아.'

단서가 될 만한 게 없는 것이다.

그래, 표면적으로는 그렇다.

하지만 천휘성의 삶을 살 때 이 조제법을 알았다면 얘기가 달라진다.

천하에는 혈교의 힘에 굴복된 집단이 많았지만 자의로 그 힘을 뒷배로 사용하려 한 자들도 많았다.

이 독단의 기초 조제법을 창안했던 것이 바로 그러한 자들이 모인 집단이었다.

하북성 천진의 귀약문(貴藥門).

문파원은 소수이지만 한 명 한 명이 판관필(判官筆)의 고수이며 암기와 제약에도 능하다.

"아직도 그 썩은 명줄이 붙어 있었던가."

악운의 눈썹이 꿈틀거렸다.

한때 황궁 내의 제약과 의학 교육을 도맡는 태의원(太醫院)이 그들의 수중에 있었고, 어의까지도 그들이 천거한 자가 되었던 집단.

그들은 황제를 버리고 혈교의 개가 되는 데 주저하지 않고, 부(富)만 유지해 줄 수 있다면 무엇이든 했다.

그로 인해 탄생한 독단 중 하나가 바로 이 앞에 놓인 '화홍단(火紅丹)'이었다.

그런데…….

천휘성과 산동악가에 의해 주춧돌까지 무너진 귀약문이 만든 독단 조제법이 또다시 모습을 드러낸 것이다.

악운은 천휘성이 지난 세월 놓친 것들이 조금씩 그 윤곽을 드러내는 것 같은 기분이 들었다.

❦

호숫가 부근을 이동하던 마차 한 대가 때아닌 손님에 잠시 길을 멈췄다.

온화한 인상을 가진 청년이 호수를 먼 산 보듯 바라보며 물었다.

"독야문의 일이 틀어졌다고?"

"예, 소주(小主)."

청년이 섭선을 강하게 탁 후려치듯 접었다.

"원보는?"

날카로운 소리에 심복이 납작 엎드렸다.

"송구합니다."

"뭐? 소, 송구?"

청년의 온화했던 얼굴이 악귀처럼 와락 일그러지더니 심복의 어깨를 잡아끌어 바닥에 배가 보이게 넘어트렸다.

퍽! 퍽!

"커흡!"

청년은 심복을 죽일 것처럼 밟아 대며 악을 썼다.

"명숙들에게 투자받은 금액을 모조리 때려 박았어! 그 돈 원상 복구 못 하면 내 삶도! 가문 내의 입지도 끝이라고! 끝!"

"커헉……!"

순식간에 피투성이가 된 심복은 대답도 못 하고 새우처럼 등을 구부리고 있을 뿐이었다.

그제야 발길질을 멈춘 청년은 한층 가라앉은 표정으로 이를 갈았다.

"일이 틀어지게 만든 놈들이 누구야?"

"사, 산동악가의 소, 소……가주라 합니다."

"산동악가? 산동악가라고? 시대에 뒤처져 망한 놈들이 왜 갑자기 튀어나와?"

"그…… 그것이 최근 산동 내에서…… 후우, 후우……!"

"한 번 더 하던 말 끊으면 네놈 모가지를 끌어내서 호숫가에 묻어 버릴 줄 알아. 알겠어?"

"소, 송구합니다."

"계속해."

"예, 산동악가는…… 최근 동진검가와 황보세가의 틈바구니에서 믿기 힘든 세력 확장을 보이고 있습니다."

"그놈들을 황보세가나 동진검가에서 그냥 놔뒀단 말이야?"

"태양무신의 유산이 발견된 후 본격적으로 갈등이 심화된 두 가문은 그들의 견제를 사실상 유보해 둔 거 같습니다."

"야."

"예, 소주."

"그럼 그것들은 내가 이렇게 발 동동 구르는 동안에도 등 뜨뜻하고 배부르게 지내고 있단 소리지? 여유가 넘치니까 남의 일에도 간섭하고 말이야. 내가 제대로 이해한 거지? 그렇지?"

"소주의 말씀이 맞습니다……."

"너, 지금 도로 가서 산동악가에 대해 알아낼 수 있는 건 전부 다 알아내 와. 놈들이 가지고 있는 약점부터 강점까지 전부 다."

"그 후엔 어찌할까요?"

"답답한 새끼야."

"……."

"맹수들은 먹잇감을 제압하고 나면 목부터 물어뜯지. 가장 약한 부분인 걸 본능적으로 아는 거야. 그럼 내가 뭘 할 것 같아?"

소주라 불린 청년이 광기로 물든 눈을 치켜떴다.

"놈들이 공포에 휩싸인 눈동자로 나를 들여다봐도 계속 놈들의 약점을 씹고, 또 씹어 댈 거야. 알겠어?"

심복은 서둘러 눈을 내리깔았다.

소주가 분노하면 평소의 온화한 인상과 말투가 상상되지 않을 만큼 그 광기는 도무지 멈출 줄 모른다.

더 이상의 질문은 필요 없었다.

그저 시키는 일을 하면 될 뿐.

"……소주의 명을 받듭니다."

"꺼져. 네놈부터 죽여 버리기 전에."

심복이 피가 뚝뚝 떨어지는 상처를 안고 사라진 직후 청년은 피로 물든 섭선을 호숫가에 던져 버렸다.

"산동악가? 쓰레기 같은 것들이 어딜 감히……!"

청년은 분이 삭지 않는지 한동안 섭선을 던진 호숫가만 노려보고 서 있었다.

새해가 왔다.

제녕에서는 설화자들과 사자춤 패거리가 도심 곳곳에 나타나 흥을 돋우었고 변검단과 마희단 등이 순회공연을 했다.

흥겨운 분위기 속에 저자에 꽤나 많은 인파가 몰린 그때.

구구구.

마차와 기마 떼가 달려왔다.

"비켜!"

"앞길을 막지 마라!"

말과 칼을 앞세운 무리는 사람들은 안중에도 없는 것처럼 마차와 말을 빠르게 몰아 도심을 가로지르고 있었다.

"꺄아악!

"피해요. 피해!"

"마차가 온다! 피해!"

썰물처럼 퍼지는 인파 사이로 한 여인이 깜짝 놀라 소리쳤다.

"이호야!"

"으아앙!"

밀려나는 인파 속에 자식을 놓친 여인이 달려오는 기마 따위 상관하지 않고 울고 있는 아들에게 달려갔다.

"엄마 여기 있어!"

두 번이나 넘어지고 난 후에야 마침내 자식과 상봉한 여인이 아이를 서둘러 끌어안고 돌아섰다.

히이이잉!

그러나 말의 거친 투레질 소리는 이미 여인의 지척까지 다가와 있었다.

속도 줄이기를 실패한 선봉의 말 한 마리가 모자를 덮친 것이다.

"꺄아아악!"

"으아앙!"

부딪침을 직감한 엄마와 아이의 비명과 울음이 터져 나온 그때.

쿠아아앙!

어디선가 바람 터지는 소리와 함께 인마가 달려오던 속도
그대로 바닥을 뒹굴었다.

청년이 고작 두 손으로 달리는 말의 속도 따위를 무시하는
엄청난 신력(神力)을 내보인 것이다.

펑! 콰아앙!

선봉에서 달리던 인마가 한 점포에 부딪치며 나뒹굴었다.

그제야 뒤따라 달려오던 인마와 마차가 순식간에 속도를
줄였다.

"멈춰라!"

"어서 멈춰!"

검대(劍隊)의 무인들이 말에서 훌쩍 뛰어내리며 소리쳤다.

"네놈은 누구냐!"

"이 기(旗)를 보고도 모르겠더냐! 네놈은 감히 대황보세가
의 앞길을 막아섰느니라!"

검대 무인들의 서슬 퍼런 협박에도 청년은 아무 반응 없이
벌벌 떨고 있는 모자를 돌아봤다.

"괜찮으십니까."

여인은 아들을 안은 채 울먹였다.

"갚지 못할 은혜를 입었습니다. 감사합니다. 정말 감사합
니다. 하지만……."

흔들리는 여인의 눈빛이 청년의 어깨 너머를 향했다.

이를 눈치챈 청년이 손사래를 쳤다.

"저는 크게 걱정하지 않으셔도 되니 이만 자리를 뜨십시오, 어서."

"저 때문입니다. 저 때문에……."

"괜찮으니 어서요."

"하면 은인의 존성대명이라도……."

"아, 알려 드리면 제 처지를 크게 걱정하지 않으셔도 되겠군요."

"예?"

"나는……."

악운이 아이의 머리를 쓰다듬었다.

"산동악가의 악운입니다."

여인이 깜짝 놀라 눈을 부릅떴다.

제녕에 사는 사람들치고 대자사를 무너트린 악운을 모르는 사람은 없었다.

"어…… 엄마, 저 형이 옥룡불굴이야?"

"응, 맞아. 저분이셔. 우리가 큰 은혜를 입은 거야."

"엄마! 나도 커서 산동악가 가솔이 될래!"

아이가 환하게 웃으며 악운의 뒷모습을 눈에 담았다.

작은 선의가 아이의 꿈이 되는 순간이었다.

악운이 쓰고 있던 방갓을 벗었다.

"귀가 있다면 내 소개는 충분히 한 거 같소만."

악운은 쉽게 덤벼들지 못하는 황보세가의 검대를 응시했다.

코앞에서 아이의 엄마와 나눈 대화를 검대 소속 무인들이 못 들었을 리 없었다.

"지금 소가주는 본 가에 피해를 입혔소. 이게 무엇을 의미하는지 모르지는 않을 터!"

"그럼 인명 따위 고려하지 않고 도심 한복판을 가로지르는 황보세가의 행태를 좌시했어야만 하오? 나서지 않았다면 저 모자의 생명은 무엇으로 책임질 것이오?"

"그런 피해는 다 본 가에서⋯⋯."

"아니, 틀렸다. 사과부터 했어야지."

악운이 눈살을 찌푸렸다.

돌변한 기세와 함께 검대의 무인들이 일제히 검병에 손을 댔다.

짧은 기세만으로도 긴장한 표정이었다.

"나는 일가의 소가주. 일개 검대에 속한 너희 잡졸들 말고 이 일을 확실히 끝맺을 수 있는 책임자를 데려오너라. 아님⋯⋯ 내게 칼을 보이고 본 가와 척을 지든지."

악운의 말대로 상대는 일개 검대.

그들에게 결정권은 없었다.

모두가 주저하던 가운데.

끼익!

결국 굳게 닫혀 있던 마차 문이 열리고 창백한 안색의 여인이 걸어 나왔다.

검대의 무인들이 서둘러 그녀를 중심으로 호위했다.

"됐다."

그녀는 검대 무인의 부축을 거절한 후 악운과 마주 섰다.

"산동악가의 위세가 아주 대단하군요. 감히 본 가의 인마에게 피해를 입히고도 그리 뻔뻔스럽게 구니 말이에요."

"잘못은 황보세가가 했소. 아니오?"

악운이 정말 이해가 안 가는 눈빛으로 마저 말을 이었다.

"또한 나는 그대들의 앞길을 가로막은 적이 없소. 인명을 구한 것뿐이지."

악운은 인상을 찡그린 그녀를 일별하며 자리를 떠났다.

"가던 길이나 가시오. 아니면 큰 소란 떨지 말고 조용히 머물다 떠나시든지. 다만 귀빈으로서의 대우는 크게 기대하지 않는 게 좋을 것이오."

"저…… 저!"

황보여진은 아무 말도 못 하고 입술만 질끈 깨물었다.

너무 어이가 없어서 헛웃음이 나왔다.

자기 할 말만 하고 떠나는 경우는 처음 본 것이다.

"뭐 저런 게 다 있어……?"

하지만 그녀는 사라지는 악운을 더는 쫓지 못했다.

자존심도 자존심이었지만 제녕은 이미 산동악가의 영역이었다.

수많은 눈이 못마땅한 시선으로 황보세가의 검대를 바라보고 있었던 것이다.

황보여진에게 더 이상 악운이 보이지 않게 될 때쯤 백훈이 으슥한 골목에서 걸어 나와 악운의 곁으로 따라붙었다.

"쟤네 당황한 얼굴 봤어? 너를 붙잡고는 싶은데 자존심 때문에 이러지도 저러지도 못하는 얼굴이던데."

백훈은 몸을 회복한 후부터 악운의 그림자처럼 그의 뒤를 졸졸 쫓아다녔다.

그때부터 악운도 자연스레 백훈을 가솔 중 한 사람으로 대했다.

"예상된 수순이야."

최근의 산동악가는 더 이상 두 가문이 함부로 할 수 없는 전력으로 성장했다.

중간 지대로 완벽히 자리매김한 것이다.

"황보여진은 본 가의 비력단으로 회복을 마치자마자 태양무신의 유산을 가문으로 운송하느라 많은 싸움을 거쳤어. 지친 몸도 쉴 겸 제녕에 왔을 거다."

"하긴 동진검가 추격대를 견제하기에는 동선상 여기만 한 데도 없지. 가문끼리 환단 거래도 꾸준하게 하고 있으니 귀빈 대우를 받으며 쉴 수 있을 거라 생각했을 거야."

"그랬겠지."

"그래서 일부러 사납게 몰아붙인 거지? 보호해 달라는 청탁을 애초에 입 밖으로 꺼내지도 못하게."

"아니. 얌전히 머무는지 지켜보려고만 했지만 난동을 피우기에 나선 거야."

"의도야 어쨌든 아마 놈들에겐 그렇게 들렸을걸."

안구에서 시작된 치열한 문파전은 태안, 평음, 곡부까지 퍼졌다.

황보세가의 심득서 운송대가 동진검가의 견제로 인해 태산으로 북상하지 못하고 횡으로 우회했기 때문이다.

그러다가 마침내 심득서 운송대가 제녕까지 도달한 것이다.

"그런데 이러다 제남과 태산에 있는 주요 전투 대대들도 전부 제녕으로 몰려드는 거 아니냐? 대비해야 되겠는데?"

"심득이 아무리 중해도 가문의 심처(深處)만큼 중요하진 않아. 본진을 빼앗기면 무슨 소용이겠어? 심득서 하나 때문에

병력을 크게 분산시키진 않을 거다."

"그럼 심득서는 어쩌고?"

"두 가문에서 투입한 소수 정예들의 추격전이 되겠지. 이미 그러는 중이고."

"대체 그 안에 무슨 내용이 있기에 이렇게 싸워 대는 거야? 진심으로 궁금해지네."

악운이 쓰게 웃었다.

"시기와 질투 그리고 더 강한 권력에 대한 욕망이 있겠지. 아무튼 지금 시간부로 제녕 땅에 들어온 모든 검대(劍隊)는 일거수일투족 전부 다 보고해."

"결국 놈들이 여기에서 충돌하면 어떻게 할 건데?"

"놈들은 절대 못 해."

"뭘 믿고 그리 확신하냐."

백훈의 반문에 악운은 얼마 전 인편을 통해 받은 서찰·내용이 스치듯 떠올랐다.

조 총관이 직접 쓴 서찰에는 그간 듣지 못했던 소식이 많았다.

우선 등랑회 식솔의 동평 이주가 끝났다.

가솔의 숫자가 크게 불어났고 보강된 인력과 더불어 삼백 명의 등랑회 인원이 주축이 된 첫 외원 조직이 창설됐다.

이름하여 외원의 제일단, 산협단(山協團).

악운은 그 이름을 보자마자 천휘성이 악진명과 나눴던 대화의 한 토막이 기억났었다.

　　-인사 드리거라, 산협아. 맹주님이시다.
　　-처음 뵙겠습니다. 첫째 악산협이라고 합니다.

　악산협(岳山協).
　악진명의 첫째 아들이며 인상과 성정 모두 악진명을 빼닮았던 사내였다.
　악운은 악정호가 당당하게 형제들의 이름을 마주 보게 되었기에 새 외원 조직에 그 이름을 붙인 게 아닌가 하는 생각이 들었다.
　기쁜 소식은 이뿐이 아니었다.
　조 총관을 중심으로 시작된 가문의 상단 '산동상회(山東商會)'가 개회식을 마쳤다.
　비력단과 은정단을 통해 확보한 자금이 기반이 된 산동상회는 최근에 청주, 창읍, 연태에 상회 지부를 세우고 역참들을 함께 운용했다.
　이 과정에서 삼당주 중 일당주와 이당주가 실무를 도맡았다.
　비력단 조제에 필요한 약재나 약초 등을 구입하고 각 지부를 긴밀히 연결하는 연락망과 상로를 구축하는 것이 올해 계획이었다.

삼당주는 삼당(三堂)의 인원을 이끌어 연태 부근 섬에 정착했다.

이미 보유한 명마도 많아서 당분간 말을 길러 내는 데에 주력할 예정이라고 했다.

대자사에서 회수한 원보 중 일부가 말을 키우는 자금으로 활용된 덕분이었다.

마지막으로 아버지가 최근 큰 깨달음을 얻어 최절정을 넘어섰다는 소식이 있었다.

마침내 산동성 군림을 위한 초석을 마련한 것이다.

"본 가는 이제 강해. 그런데 그 사실을 본 가만 알고 있을까?"

"뭐야, 이 오만함은?"

"확신이야. 그들의 영향력은 더 이상……."

악운은 고압적으로 나오지 못한 황보여진을 떠올렸다.

"본 가를 쉬이 흔들지 못한다."

각자의 회심

제녕의 요령객잔.

황보여진은 한 알 남은 비력단을 삼킨 후 방에 앉아 가부좌를 틀었다.

몸에 도는 약효가 엉켜 있던 기가 조금씩 순행하는 데에 큰 도움이 되어 주었다.

"후우, 후우!"

이어진 호흡과 함께 운기조식에 들어선 지 얼마쯤 되었을까?

황보여진은 한결 나아진 안색이 되어 비력단을 꺼낸 목갑을 내려다봤다.

산동악가의 비력단을 보고 있자 낮에 조우한 악운의 얼굴이 떠올랐다.

과연, 소문대로였다.

방갓을 벗자마자 드러난 얼굴은 가히 옥룡(玉龍)이란 명성조차 모자람이 있었다.

생전 그렇게 잘생긴 사내는 처음 봤다.

건장한 체격 때문일까?

잘생겼는데도 여리하게 보이기보다는 범접하기 힘든 예리함과 사나움이 공존한다.

정략혼 상대랍시고 실실대는 사내들 보기가 역겨워서 사내를 멀리하고 검을 잡은 지 십 년이 넘었는데도, 계속 놈의 얼굴이 생각날 지경이었다.

'하지만 거기까지.'

그동안의 거래에 대한 예우로 귀빈 대접까지는 아니어도 그에 준하는 대접을 받을 줄 알았건만…….

기대감이 순식간에 사라졌다.

놈은 오히려 자신을 비롯해 황보세가의 검대에 모욕감을 주고 훌쩍 떠나 버렸다.

와그작!

그녀는 소리 나도록 이를 다물었다.

"소란 떨지 말고 조용히 있다 가라? 하…… 네놈, 그 오만한 낯이 언제까지 가나 보자."

그녀를 한차례 혀를 차고는 침상에 누워 버렸다.

열이 받긴 하지만 잠깐 눈이라도 붙이려면 제녕만 한 곳도 없었다.

동진검가의 추격대가 도착하기 전까지는 푹 쉬어 둬야 했다.

※

"낮의 일 이후로 별다른 움직임은 없어. 동진검가 추격대가 도착하기 전까지 푹 쉬려는 모양이야. 그나저나……."

밤중이 되어서야 돌아온 백훈이 탁자 앞에 앉으며 함께 모인 동료들에게 인사했다.

"다들 할 일 없나 보지? 바쁘다면서 언제 모인 거야?"

"혈색 좋네. 병자랍시고 빈둥거리니까 아주 살판났지?"

"빈대 같은 놈."

유준과 호사량이 백훈의 인사를 반갑게(?) 맞아 줬다.

지켜보던 악운이 그제야 입을 열었다.

"신 각주께서는?"

유준이 심드렁한 표정을 지었다.

"오래전에 남월에서 들여온 도자기 개수가 안 맞는다고 온 창고를 뒤지는 중이십니다. 한두 개쯤은 운송 중에 빠질 수도 있는 건데. 나 원 참."

"큭큭! 이 친구 초췌한 것 보게. 제대로 된 임자를 만났나 보네."

유준은 대답 대신 입맛을 다셨다.

틀린 말도 아니어서 딱히 할 말도 없었다.

신 각주는 정말 집요한 사람이었다.

한 장의 거래 명부도 그냥 넘어가지 않았다.

그 덕분에 신 각주에게 가지고 있던 재산 목록, 운용하는 유통망, 가용 인력 등을 전부 다 밝혀야만 했다.

한때 관의 과중한 세가 걸린 품목을 숨겨 놓기 위해 만들어 놓은 비처(秘處)까지 확인받아야 했다.

불과 한 달 만에 암상에서 청렴결백한 상인으로 거듭난 것이다.

"애써 주신 덕분에 어제부로 신 각주께서 유 선생을 총경리로 선임하는 데 충분히 동의했소. 축하하오."

유준은 잠시 아무 말이 없었다.

늘 못마땅한 표정만 짓는 신 각주가 자신에게는 아무 말 없이 소가주를 찾아와 동의했다는 것에 묘한 감동이 전해진 것이다.

"하하, 뿌듯하기까지 합니다."

"전장 명명은 가주님께서 직접 해 주기로 하셨고 이를 위해 곧 제녕에 도착하실 것이오. 총경리 취임식도 조만간 이뤄질 예정이오."

"결과를 어찌 예상하고 미리 가주님을 청하신 겁니까?"

"운이 좋았소."

유준에게는 그 말이 전적으로 믿었다는 말로 들렸다.

묘한 감정에 그는 잠시 입을 닫고 회상에 잠겼다.

밑바닥에서 암상까지 오르는 데 정말 많은 시간이 걸렸다.

일정 재산을 모을 때까진 잘난 놈에게 굽실거렸고, 못난 놈은 멀리했다.

부당한 해를 끼치는 자는 당한 만큼 복수했다.

돈을 받으면 받은 만큼 신뢰를 보였고, 선점하거나 확실한 투자처가 아니면 과감해지지 않고 안정성을 지켰다.

그게 유일무이한 철칙이었다.

하지만 재산을 모아도 암상의 생활은 뗄 수 없는 꼬리표였고, 명예와 덕을 쌓는 삶은 평생 관계없는 머나먼 일 같았다.

당연히 꼬이는 인간들도 전부 다 기준, 신뢰 따윈 밥 말아먹은 자들이었다.

관이 망한 후 밀매를 잠시 멈춘 것도 천하의 혼란을 틈타 등장한 인간 망종들을 피하기 위해서였다.

그런데…….

'당신이 나타난 거지.'

악운은 이제까지 접했던 자들과는 야망의 그릇이 달랐고, 자신이 무엇을 욕망하는지 정확히 꿰뚫어 봤다.

그뿐인가?

약조했던 대자사 재산의 일 할 또한 신 가주를 통해 조금의 지체 없이 전달해 줬고, 눈이 휘둥그레질 금원보를 봐도 어린 나이가 무색할 정도로 무덤덤했다.

그가 휘하로 둔 가솔들도 그랬다.

모든 과정을 가칙 안에서 투명하게 진행하게 했다.

문득, 신 각주가 했던 이야기가 스쳐 지나간다.

－내가 왜 산동악가의 가솔이 되었는지 아나?

－모릅니다.

－가주께서는 원칙이 필요한 순간에는 산처럼 꿈쩍도 하지 않고 지키시는 분이네.

－그럼 소가주는 어떻습니까?

－그 산을 지탱하는 걸 넘어서 큰 성을 세울 땅이지.

'다음 시대를 여는 분이라 이건가.'

이윽고 백훈의 음성이 유준의 상념을 깼다.

"표정을 보니 조금 있으면 오열까지 하겠어."

"나름 산전수전 다 겪었는데 이만한 일로 울기는 무슨."

"그래, 총경리도 되셨는데 표정 관리 정도는 할 줄 아셔야지."

"왜, 좋아 죽는 게 너무 티 나나?"

넉살 좋게 히죽 웃음 짓는 유준과 함께 호사량과 백훈이 따라 웃었다.

악귀의 무신

화기애애한 분위기 속에 악운이 다시 입을 열었다.

"총경리."

"예, 소가주."

"제녕 주요 엽보장들을 전장의 구성원으로 받아들이는 계약 진행은 어찌 됐소?"

"다들 환영하는 분위기입니다. 낭인촌 안에서 은밀히 정보를 사고파는 것보다는 전장에 속하는 편이 낫다고 생각하는 것이지요."

떼돈을 벌 만큼 큰 정보는 일이 틀어졌을 때 그 큰 금액만큼의 위험을 감수해야 한다. 불안정한 환경이다.

"제녕 낭인촌 낭인들도 마찬가집니다. 이름난 고수들을 사사하지 않은 이상 말년에 소작농 되는 건 매한가지이니, 그럴 바엔 산동악가 전장에 속하는 편이 낫다더군요."

백훈이 한 소리 더 얹었다.

"최근엔 제법 이름난 낭인들도 찾아온다며?"

유준이 고개를 까딱였다.

"어. 제녕 밖의 낭인들도 찾아오고 있어."

호사량이 만족스러운 표정을 지으며 덧붙였다.

"소문에 힘입어 제녕으로 유입되는 이주민도 늘었다던데 고용된 낭인들을 통해 도심 치안까지도 챙기면 좋을 거 같소."

"부각주의 말씀이 옳습니다. 치안을 무상으로 신경 써 주는 산동악가의 덕망이 소문나면 앞으로 설립될 전장의 신뢰도 역시 함께 성장하겠지요."

이어서 악운이 반문했다.

"투자하기 시작한 제녕항은 어찌 됐소?"

"제녕항은 전보다 배가 더 많이 정박할 수 있게 확충됐고 운하 길도 조만간 이어질 겁니다. 다만 교역을 위한 투자는 아직 시기상조입죠."

호사량이 반문했다.

"수적 때문이군. 맞소?"

"예, 맞습니다."

제녕의 운하뿐 아니라 관이 망한 후 바다, 강 등의 수로(水路)는 수십, 수백 수적들의 잔치가 되었다.

어민들은 어획을 포기했고, 수로들을 통한 교역도 대형 수적과 거래하지 않는 큰 세력이 아니고서야 불가능했다.

악운도 급하게 밀어붙일 생각은 애당초 없었고, 실무를 맡고 있는 유준의 뜻을 충분히 존중했다.

"그 부분은 차차 생각해 봅시다."

"예, 알겠습니다. 아, 그리고 말씀하셨던 명부입니다."

유준이 두툼한 책자를 탁자에 올렸다.

"말씀하신 조건을 기준으로 분류한 명부입니다. 최근 전장에 합류한 엽보장들의 정보를 토대로 제가 따로 정리했습죠."

악운이 유준이 건넨 책자를 집어 들어 호사량에게 건넸다.

"부각주께서는 이 명부 중에 우리의 힘이 되어 줄 사람들을 면밀히 살펴보고 최종적으로 선별해 보세요."

"드디어……."

호사량이 책자를 받아 들어 펼쳤다.

촤락.

애초에 대자사를 습격했던 것도 이 명부 작성에 필요한 정보를 사기 위함이 아니었던가.

호사량은 명부를 쭉 살폈다.

다양한 인물의 용모파기와 신상 등이 적혀 있었다.

"이들이 전부 다…… 동진검가나 황보세가에 원한이 있는 자들인 것이오?"

유준이 고개를 끄덕였다.

"예, 사소한 원한 관계부터 오래 묵은 원한 관계까지 포진되어 있는 명부입죠."

"알겠소."

호사량이 탁 소리 나게 명부를 덮은 후 악운을 쳐다봤다.

"선별 기준은 가문의 가칙을 받아들일 수 있을 거 같은 사람들로 택하면 되겠소?"

"하나 더 있습니다."

"무엇이오?"

"과거를 잊고 새 삶을 찾은 것 같은 사람들은 굳이 영입하려 하지 마십시오."

"오히려 우리가 그들의 삶을 망치는 것일 수도 있으니?"

"예, 삶의 방향을 잃고 좌절한 사람들로 선별하세요."

백훈이 인상을 구겼다.

"이러다 밑바닥 찍은 미친놈들만 모이는 거 아니야?"

"너만 할까?"

호사량이 피식 웃으며 화답했다.

잠시 후 호사량과 백훈이 악운이 맡긴 일을 하러 떠난 뒤.

악운은 유준과 따로 독대했다.

"알아보라고 한 독단의 구입처는 어찌 됐소?"

"알아보는 중입니다만, 마땅히 말씀드릴 만한 건수가 없었습죠."

"그렇군. 그사이 나도 알아낸 게 하나 있소."

"무엇인지요?"

"독단의 특징을 살펴봤는데, 독단은 과거 '화홍단'이라 불렸던 악명 높은 독단과 특징이 흡사한 거 같소."

"소가주께서 화홍단을 어찌 아십니까?"

화홍단의 악명은 악운이 태어나기도 전의 일이었으니 유준의 질문은 당연했다.

"살펴본 의술 저서에서 화홍단을 겪은 사람들의 기록을 본적이 있소. 총경리는 이에 대해 잘 아시오?"

"잘은 모릅니다만 귀약문이라는 집단과 연관이 있었다고 들었습니다."

유준은 악운에게 귀약문에 관한 무성한 소문들을 주저리주저리 떠들어 댔다.

유준이 언급한 소문 중에는 맞는 사실도 있고, 틀린 소문도 있었지만 굳이 바로잡을 필요는 없었다.

'지금은 그게 중요한 게 아니니까.'

악운이 한참 동안 이야기를 늘어놓는 유준의 말에 고개를 끄덕인 후 마저 말을 이었다.

"총경리 말대로 그들이 태양무신에게 주춧돌도 남지 않고 토벌당했다는 괴의(怪醫) 집단이었다면 혈교의 흔적일 수도 있겠군. 맞소?"

"아직은 아무것도 확신할 수 없지만 그럴 가능성도 배제할 수는 없지요."

혈교라는 이름만으로도 유준은 꼴깍 침이 넘어갔다.

그들은 아직도 살아 있는 악귀 집단이었다.

유준이 긴장한 낯빛으로 말했다.

"소가주, 어쩌면 더 깊게 파고들지 않는 게 나을 수도 있습니다. 그럼에도 계속 알아보시겠습니까?"

"그럴 생각이오."

"원하신다면 그리합지요. 무엇부터 알아보면 되겠습니까?"

"알아볼 건 없소."

"예? 그게 무슨 말씀이신지…….."

"생각해 보시오. 대자사는 독단을 조제하기 위한 시설이었소. 하여 독단 조제에 필요한 착수금 혹은 막대한 투자금까지 넘겼지. 한데 그걸 통째로 빼앗겼소. 그대 같으면 어찌할까?"

"자다가도 벌떡 일어나겠지요. 복수하고 싶어서 이를 부득부득 갈 테고요."

"맞소. 되갚아 주고 싶겠지. 그런데 여태 뒷조사를 하면서 그런 조짐이 조금이라도 있었소?"

"딱히 문제 될 일은 없었지요."

"나는 그래서 이 독단과 연관된 자들이 혈교가 아닐 수도 있다고 생각하오. 그들이 이렇게 큰 손해를 입고도 가만히 있을 리 없소."

"그럼……."

"나는 정파일 가능성이 높다고 보고 있소. 명분, 즉 시선이 걱정돼 대자사를 통해 독단을 조제하려는 자들인 거지."

유준은 순간 온몸의 솜털이 곤두섰다.

"정파라면 얘기가 달라집니다. 그들은 투자 금액을 회복하기 위해서 상황을 교묘하게 활용할 수도 있지요."

"이를테면……."

악운의 눈빛이 깊게 가라앉았다.

"산동악가의 고립을 예로 들 수 있지 않겠소? 동진검가와 황보세가 사이의 화해를 끌어낼 수 있다면 불가능한 것도 아니지."

"그럼 저는…… 뭘 도와드리면 되겠습니까?"

"두 가문의 마음을 움직일 수 있을 만한 '명숙' 혹은 가문 등을 알아보시오. 그거면 되오."

악운이 자리에서 일어나 창문을 열었다.

겨울바람이 불어 머리카락을 스쳤다.

"그러다 보면 드러나겠지."

알아서 겨울이 온 것처럼.

❧

뇌진검대(雷震劍隊)의 얼굴에 긴장감이 서렸다.

'예상보다 훨씬 빨리 쫓아왔어.'

황보여진은 객잔의 일이 층을 동시에 살펴봤다.

갈색 견폐. 서늘한 눈빛. 허리께의 검병까지.

모두 동진검가의 검대(劍隊)였다.

예리하게 주변을 살펴보던 황보여진의 눈에 이채가 흘렀다.

'진이호가 보이지 않는다.'

그간 뇌진검대를 지속적으로 추격해 온 건 진이호를 필두로 한 휘호대(揮虎隊)였다.

그런데 이번에는 다르다.

─진이호가 보이지 않는구나.

그녀가 탁자 옆에 앉은 뇌진검대의 부대주, 정봉에게 전음을 펼쳤다.

─대주님 말씀대로 진이호와 휘호대 대신 또 다른 대대가 투입된 모양입니다.

황보여진이 미세하게 고개를 까딱였다.

주로 젊은 고수들이 배치되어 있었던 휘호대와 달리, 새로 배치된 동진검가의 대대는 중년 고수들이 대거 기용됐다.

'중심지에서 벌어지고 있는 충돌만 해도 전력이 부족할 판에 이만한 규모의 정예 대대를 추격대에 투입했다고?'

황보여진은 느낌이 싸해졌다.

때마침 부대주가 전음을 보냈다.

─본진보다 태양무신의 심득서 회수를 더 중히 여긴 것이 아니겠습니까?

─그래. 유서가 얕은 신생 가문 입장에서 태양무신의 심득서는 그냥 넘기기 아까운 비급이지. 하지만 그렇다고만 보기에는 새로 투입된 전력이 너무 많아.

─하면…… 단순히 비급 때문만이 아니라는 말씀이십니까?

─이 정도 파견이 가능하려면 본진의 약화는 필연적이야. 그런 위험을 감수하는 것으로 볼 때, 비급 이상의 무언가가 있어. 분명해.

―비급 말고 대체 그럴 만한 이유가 뭐가 있겠습니까?

―본진 희생을 감수해도 될 만큼의 중요 인물이 이곳에 투입되었다면 얘기가 다르겠지.

―소가주인 진이호보다 높은 존재감이라면…… 설마?

그때였다.

삐걱!

고요해서일까?

목재 바닥을 밟는 소리가 유독 크게 울려 퍼졌다.

스륵!

동시에 중년 사내 하나가 객잔 문을 지나 일 층 안쪽으로 진입했다.

저벅저벅.

사내는 팽팽한 긴장감은 아무렇지도 않은지 태연하게 입고 있던 모피 외투와 방갓을 벗었다.

뒤를 쫓아온 수행원이 옷과 방갓을 대신 받았다.

동진검가 무사들이 일제히 자리에서 일어났다.

"동명진천(東明振天)!"

"가주님을 뵙습니다."

황보정과 더불어서 산동이군(山東二君)으로 불리는 '팔황호군(八惶護君)' 진엽이 제녕에 당도한 것이다.

황보여진은 온몸의 솜털이 곤두섰다.

'예상이 맞았어!'

문득 얼마 전 안구에서 크게 패배한 기억이 그녀를 스쳤다.

아직도 나백과 부딪쳤을 때의 감각이 선명하다.

같은 산동십대고수라 불리고 있음에도 동진검가의 나백은 수준이 달랐다.

그럼 가주인 진엽은?

아마 그보다 더하면 더했지 덜하진 않을 것이다.

정봉이 긴장된 표정으로 말했다.

"가주님께서도 알고 계시지 않겠습니까? 아마 이리로 오고 계실 수도 있습니다."

"아니…… 아셨다 하더라도 이리로 오시는 것보단 동진검가 본진에 전력을 투입하셨을 거다."

아무리 자신을 아끼는 백부라 할지라도 적의 본진을 습격할 좋은 기회를 놓치지는 않을 것이다.

"설령 오신다고 한들 너무 늦었어."

세가가 눈치채기 힘들 만큼 허를 찌르는 과감한 움직임이다.

황보여진은 성큼성큼 다가오는 진엽을 노려봤다.

"오랜만이군, 황보 대주."

진엽은 날렵한 체구를 가진 반백의 중년인이었다.

느릿한 걸음걸이만으로 장내 분위기를 압도한 그가 아무 말이 없는 황보여진에게 손을 내밀었다.

"주시게."

"무엇을 말이죠?"

웃고 있는 입과 달리 진엽의 눈동자는 얼음장처럼 차가웠다.

"태양무신의 심득서."

그녀는 고개를 저었다.

"검을 뽑아라. 오늘 뇌진검대는 이곳을 무덤으로 삼는다."

스릉!

뇌진검대는 조금도 주저하지 않았다.

사방을 포위한 위맹각의 무사들 역시 지지 않고 검을 뽑았다.

얼음장처럼 차가워진 분위기 속에서 진엽은 홀로 여유로웠다.

"과연 기세가 좋군. 황보 가주가 어째서 그대에게 심득서 운송을 맡겼는지 알 것 같으이."

"봇짐을 메라."

황보여진은 진엽의 말에는 아랑곳하지 않고, 전 검대원에게 책이 든 봇짐을 어깨에 걸쳐 묶게 했다.

어떤 이가 진본을 들고 있는지 구분하지 못하게 하려는 것이다.

"영민하군. 자, 위맹각이여, 현 시간부로 길목을 폐쇄하고 아무도 나서지 말라."

객잔 안을 가득 메운 위맹각의 검대가 모든 활로를 막았다.

척, 척.

쾅! 쾅!

객잔의 정문, 창문 모든 문이 봉쇄되고 문 외부와 내부에
위맹각 무사들이 겹겹이 섰다.

"산개하라!"

황보여진과 뇌진검대가 일제히 땅을 박찼다.

쾅!

황보여진과 검대원들은 진엽의 정면으로 쇄도했다.

가장 위험한 요인부터 뚫고 나가야 했다.

번쩍!

수백 근의 무게가 담기는 중검(重劍)과 눈을 희롱하는 환검
(幻劍)의 절묘한 조화야말로 황보세가가 자랑하는 뇌진괴력검
의 요결이었다.

"뇌진괴력검(雷震怪力劍)이라……."

선봉에 선 황보여진을 좇아 수십 개의 검영이 진엽을 베어
갔다.

황보여진은 이를 악물었다.

애초에 진엽을 벨 수 있을 거라 기대도 안 했다.

자신을 비롯한 선봉은 중열의 검대원들이 달릴 수 있게 방
패막이가 되어 줄 뿐.

'가라.'

미리 약속된 움직임으로 황보여진의 등 뒤로 스쳐 지나가

는 검대원들.

진엽이라 할지라도 한꺼번에 모두를 제압할 순 없으리라.

콱!

중열의 검대원이 진엽에 의해 땅바닥에 메다꽂히기 전까지는 그렇게 생각했다.

'언제?'

황보여진은 눈을 부릅떴다.

진엽을 잠깐이라도 붙잡을 수 있다고 생각한 게 오산이었나?

한 명을 쓰러트린 진엽이 곧바로 검을 뽑았다.

서걱!

두 번째 검대원이 피가 줄줄 흘러나오는 목젖을 잡고 비틀거렸다.

진엽이 피가 뚝뚝 흐르는 검을 털어 낸 후에 걸음을 옮겼다.

"다시 말하지. 심득서를 건네시게."

무표정한 눈동자에 광기가 깃들었다.

"전멸하고 싶지 않으면."

난세의 진엽이 동진검가를 황보세가에 버금가는 위치에 올라서게 하기까지 그가 겪어 온 전투는 무수히 많았다.

경험 많은 그의 눈에 비친 뇌진검대는 언제든 목덜미를 물어뜯어 버릴 수 있는 먹잇감에 불과했다.

"어서."

진엽이 으르렁대듯 낮게 말했다.

압도적인 고수의 살의가 황보여진과 휘하 검대원들의 몸을 잘게 떨리게 했다.

달리던 뇌진검대가 어쩔 수 없이 황보여진을 중심으로 다시 집결했다.

와드득!

진엽의 짙은 살의 속에 황보여진이 이를 갈았다.

"투항은 없다. 본 가가 가질 수 없다면 아무도 가질 수 없다."

그녀가 봇짐을 벗음과 동시에 허리께에서 화섭자를 터트렸다.

타탁!

공기에 닿은 대나무가 눈 깜짝할 새 발화되어 봇짐 위에 떨어졌다.

화르륵!

모든 검대원이 황보여진을 따라 똑같이 화섭자로 봇짐을 태우려 하던 그때.

진엽의 예리한 눈이 어딘가로 향했다.

"애석하게도."

그의 시선이 향한 곳은 수많은 검대원 중 단 한 사람.

"과거의 행동은 현재의 근거가 되는 법."

쾅!

진엽의 시선이 잠시 머물렀던 곳에 그의 일보(一步)가 향했다.

쐐애액!

벼락처럼 검대의 대열을 관통한 진엽의 검이 봇짐을 든 검대원의 팔목을 그었다.

가공할 속도에 그 누구도 대처하지 못했다.

"끄아아악!"

뒤이어 터져 나온 비명과 동시에 화섭자를 쥔 검대원의 손목이 봇짐 위로 떨어졌다.

화섭자의 불씨가 봇짐에 붙기 직전.

퍽!

진엽이 그마저도 여유 있게 검집으로 걷어 냈다.

살아남은 뇌진검대는 압도적이고 극명한 실력 차이에 할 말을 잃었다.

"진본이 누구 손에 있는지는 그대들의 눈빛, 행동, 대열, 모든 것들을 통해 알아차렸느니라."

황보여진은 부정해 보려고 입을 떼려 했지만 무의미한 짓이란 걸 깨달았다.

이미 전 검대원의 침묵을 통해 진엽에게 대답 이상의 것을 들켜 버린 것이다.

"우린 가문으로 돌아갈 수 없다. 그럴 바엔…… 가문을 위해 진엽을 죽여라."

검대원들이 조용히 탄식했다.

그녀의 하명은 죽으란 뜻과 진배없었기 때문이다.

콱!

그녀가 검을 고쳐 쥐었다.

"내가 선봉에 선다."

"기세가 제법이군."

진엽이 눈웃음 지은 그때.

"끄악!"

객잔 정문에서 강렬한 비명이 터져 나왔다.

전투가 벌어지는 객잔 내부가 아닌 외부에서 들린 소리였다.

"음?"

예상 못 한 상황에 진엽의 눈가가 살짝 찌푸려졌다.

쾅!

그때였다.

콰지직!

객잔 정문이 박살 나며 문 앞을 가로막고 서 있던 위맹각 무사들을 덮쳤다.

쐐액! 펑!

정문 무사들이 날아오는 파편을 쳐 내는 동안, 나머지 무사들이 정문을 주시했다.

막혀 있던 문 사이로 달빛이 스며들고.

쿠당탕탕!

밖을 지키고 있었던 위맹각 무사 세 명이 객잔 안으로 데굴데굴 굴러 넘어졌다.

위맹각의 무사 하나가 신음을 흘리듯 말했다.

"대체, 누가……?"

이에 대답하듯 세 명의 그림자가 달빛 아래를 지나왔다.

"하……!"

황보여진은 그 한가운데 선 사내를 단숨에 알아보았다.

저 얼굴을 못 알아보는 게 등신이었다.

"악……운!"

악운이 느리게 방갓을 벗으며 걸음을 옮기는 게 보였다.

저벅저벅.

좌측에서는 백훈이 장죽의 허연 연기를 피워 올리며 뒤따랐고, 우측에서는 호사량이 무표정한 눈빛으로 곁을 지켰다.

"허허."

진엽이 다가오는 악운 일행을 지켜보며 헛웃음을 지었다.

"그놈 참…… 맹랑한지고."

악운을 마주칠 때마다 느낀 것이었지만 진엽은 이번에야말로 마음속에 싹텄던 한 가지 고민을 공고히 결정할 수 있었다.

'너는 본 가와 나를 위해 반드시 죽어 주어야겠구나.'

그 생각이 끝나기 무섭게.

툭.

악운 일행이 걸음을 멈춰 세웠다.

"오랜만이군."

"예. 그간 평안하셨습니까?"

"이쪽은 보현각의 부각주일 테고 그 옆은…… 새로운 벗인 겐가?"

진엽의 시선이 잠시 백훈에게 머물렀다.

"후우."

백훈이 반항 섞인 눈빛으로 씹고 있던 장죽을 꺼트렸다.

"용인술도 제법이군."

진엽은 나백을 통해 백훈의 얼굴을 정확히 알고 있었다.

굳이 자세히 묻지 않아도 백훈이 악운의 편에 섰다는 걸 눈치챈 것이다.

"덕분에 좋은 벗을 사귀었습니다."

"내 덕분이라면 그만한 값을 치러야지. 무엇으로 치를 텐가?"

되레 뻔뻔하게 나오는 진엽의 행태에 백훈이 콰드득 이를 갈았다.

"저자가……!"

"지금 이 순간부터 아무도 나서지 마라. 이건 나와 동진검가 가주의 일이야."

악운과 진엽이 서로에게 한 발 더 다가갔다.

"말해 보게. 내게 무엇을 줄 텐가."

악운의 시선이 잘게 떨고 있는 황보여진과 뇌진검대에 잠시 머물렀다가 다시 진엽에게로 향했다.

"이 객잔은 본 가의 보호 아래 있습니다. 동진검가는 황보세가와 함께 본 가 휘하에 있는 객잔에서 소란을 일으켰지요. 본래라면 피해에 대한 배상과 처벌이 필요합니다."

"처벌? 으하하!"

진엽이 호탕한 웃음을 터트렸다.

기가 실린 쩌렁쩌렁한 웃음소리에 내공이 약한 무인들이 귀를 막고 비틀거렸다.

악운만은 아랑곳하지 않은 채 마저 말을 이었다.

"벗을 소개한 대가를 말씀하시니 배상액은 받지 않겠으나 처벌은 받으셔야 합니다."

"처벌이 무엇인지 궁금하군. 날 어찌 벌할 텐가?"

"녹록한 벌은 아니실 겁니다."

악운이 필방(畢方)을 쥐며 말을 이었다.

"살려는 드리지요."

장내의 반응은 두 가지였다.

황보여진을 비롯한 뇌진검대는 경악을.

"미친놈……."

"제정신으로 하는 소리야?"

위맹각의 무사들은 분개했다.

"감히 가주님께!"

"당장 처죽여 주마!"

위협적으로 발을 구르며 기세를 올리는 위맹각의 무사들.

충성심 강한 일부가 참지 못하고 악운을 향해 쇄도했다.

쐐액!

위맹각이 자랑하는 동진은하검(東眞銀河劍)의 검초가 악운의 전신을 휩쓸었다.

실전적이면서 강맹하고 간결하다.

하지만.

'낭성검군의 검초와 그 형(形)이 흡사하나 확연히 다르다. 놈들이 펼치는 검에는 낭성검군이 천휘성에게 보였던 진의(眞意)가 없어.'

악운은 인상을 찌푸리며 반보를 내디뎠다.

쐐애액!

세 자루의 검이 악운을 베지 못하고 스쳐 간 순간.

콱!

악운의 창대가 위맹각 무사들의 목젖을 횡으로 때렸다.

비명을 지를 새도 없이 두 명의 무사가 한차례 부웅 떠올랐다가 바닥에 처박혔다.

쐐액!

나머지 한 명이 황급히 검을 휘두르려 했지만 필방은 눈 깜짝할 새 그의 목젖 아래에 위치해 있었다.

뿌드득!

위맹각의 무사가 목젖 아래에 자리 잡은 필방을 내려다보았다.

"네가 이러고도 가주님께 무사……."

악운이 대답 대신 필방을 휘둘러 그의 안면과 요혈을 창대로 수차례 두드린 후, 마지막엔 창대로 무릎을 갈고리처럼 걸어 버렸다.

콰당!

악운에게 덤벼들었던 마지막 무사까지 입에 게거품을 물고 쓰러지자 장내의 분위기가 한층 흉흉해졌다.

쿵!

악운이 필방을 소리 나게 바닥에 찍으며 진엽을 응시했다.

"제 상대는 위맹각이 아닐 텐데요."

악운의 시선은 정확히 진엽을 향해 있었다.

하찮은 도발 따위가 아니라 진심이 담긴 투기였다.

열일곱의 청년이 산전수전을 겪어 온 일대종사에게 도전하고 있는 것이다.

'진짜 돌았어.'

황보여진은 마른침을 꿀꺽 삼켰다.

몇 번을 생각해도 정신이 나가지 않고서는 불가능한 행동이다.

아니, 악운만 그런 게 아니었다.

뒤따라온 휘하 수하들도 단단히 미친 것 같다.

"오른쪽은 내가 간다."

호사량이 입을 열었다.

"그래, 확실히 왼쪽이 세 보이긴 하네."

"왼쪽이 더 약해 보여서 하는 소리다."

"핑계 대기는……."

투덕거린 두 사람이 지체 없이 각자의 검을 뽑아 들었다.

스릉.

팽팽한 전운이 감돌기 시작한 가운데.

진엽이 입꼬리를 말아 올렸다.

"목숨을 아깝게 여기는 게 나을 텐데."

"두려우십니까?"

"어쭙잖은 도발은 됐네. 굳이 도발하지 않아도 자네의 목을 베는 건 닭 모가지 분지르듯 아주 쉬우니까. 그러나 오늘은 아니야."

진엽이 흔들림 없이 위맹각에 하명했다.

"위맹각은 소가주가 언급한 배상액을 치러라."

진엽이 빼앗은 봇짐을 악운에게 건넸다.

"처벌은 태양무신 심득서의 진본으로 대신할까 싶은데."

황보여진의 눈가가 파르르 떨렸다.

'다들 무슨 생각을 하는 거지?'

종잡을 수 없는 상황에 황보여진이 당혹스러움을 감출 수 없었던 그때였다.

"그러시지요."

악운이 순순히 봇짐을 받아 들었다.

"듣자 하니 산동악가의 소가주는 천금마저 돌처럼 여긴다더니 태양무신의 심득서에 있어서는 예외였나 보군."

"소문은 때로 과장됩니다."

"그래, 과연. 그렇군."

"하지만."

악운이 바닥을 그을리고 있는 화섭자 하나를 집어 들었다.

"가끔은 축소되기도 하지요."

악운이 조금의 머뭇거림도 없이 화섭자를 봇짐에 던졌다.

화르륵!

빠르게 타기 시작하는 심득서를 보며 황보여진이 일갈했다.

"뭐 하는 거야!"

악운은 황보여진을 무시하고 진엽만 응시했다.

"제게 주신 심득서는 독배처럼 보이는군요."

태양무신의 무공은 산동악가를 황보세가와 동진검가 사이에 고립시킬 수 있는 명분이었다.

악운이 이를 모를 리 없었다.

그러나 활활 타는 무공서를 보면서도 진엽은 웃음을 잃지 않았다.

"좋은 판단이군. 자, 그럼 배상액과 처벌 모두 치렀으니 이만 떠나도 되겠는가?"

본래부터 진엽은 황보여진을 제거할 생각이 없었다.

무공서는 황보 가주가 보는 앞에서 소실시키고 황보여진을 무사히 내주는 것으로 황보세가와 연맹을 맺을 생각이었던 것이다.

"그러시지요. 단, 황보세가의 일원들은 두고 가시지요. 더 이상의 충돌을 막기 위한 최소한의 조치입니다."

의외의 얘기에 황보여진의 눈동자에 이채가 흘렀다.

'그렇게 도와 달라고 청할 때는 눈길 한번 안 주더니 왜 이제 와서 저러는 거지?'

종잡을 수 없는 악운의 행동에 황보여진이 헛웃음을 지은 순간.

"그게 이유라면 걱정할 거 없네."

진엽이 황보여진을 돌아봤다.

"황보 대주, 이제 무공서도 없으니 홀가분하게 나를 따르시는 것이 어떤가?"

"인질이 될 바엔 이곳에 남겠어요."

"인질이라……. 꼭 그리 생각할 건 없네."

"그게 무슨 말씀이시죠?"

"무공서가 소실되었으나 황보세가와 본 가는 아직 풀어야 할 숙제가 있다네. 나는 그 숙제를 그대와 뇌진검대를 보내 주며 맡겨 볼까 하는데?"

황보여진이 눈을 부릅떴다.

진엽의 얘기를 듣자마자 그의 행동이 이상했다는 게 느껴진 것이다.

'애초에 무공서를 이리 쉽게 포기할 거였다면 진엽은 우릴 쉽게 제압할 수 있었어. 그런데 그는 그러지 않았다.'

황보여진의 눈빛이 크게 흔들렸다.

"처음부터 가주께서는 심득서에 관심이 없었던 거군요. 우릴 제거할 생각도 없었고요."

"꼭 그런 건 아니었네. 당장 내 앞을 가로막는 소가주를 베어 버리고 자네와 태양무신의 심득서를 전부 다 취할 생각도 잠깐 하긴 했지. 하지만 그건 실익도 명분도 없는 일일세. 그건 내가 원하는 순리가 아니야."

철컥-!

진엽이 검병을 거두며 말을 이었다.

"난 이제 그대를 황보세가 가주에게 데리고 가서 문파대전의 종전을 맺겠네. 대의를 위해서라면 그간의 희생은 충분히 눈감고도 남으시겠지."

진엽의 주름진 눈웃음이 다시 악운을 향했다.

"그 후에 산동악가는 나와 황보세가에 고해야 할 걸세. 어째서 혈교 전인이었던 절명검마의 제자들을 받아들였는지."

그 말을 듣고 나서야 황보여진은 진엽이 무엇을 원하는지 명확히 알 것 같았다.

'맙소사.'

진엽은 심득서 대신 산동악가를 황보세가와 한꺼번에 집어삼킬 작정인 것이다.

'산동악가가 알고 품었는지, 모르고 품었는지는 모르나 진엽의 말대로 절명검마의 제자들이 산동악가의 전력이 되었다면…… 동진검가와 산동악가는 일전을 피할 수 없다. 아니, 산동성 집단의 공적이 되는 건 순식간이야.'

진엽은 심득서를 소멸시키고 뇌진검대를 무사히 넘기는 두 가지 조건으로 산동악가를 무너트리기 위한 일시적 연맹을 맺으려 했던 거다.

'따라가야 할까, 말아야 할까?'

황보여진이 고민하던 찰나.

그녀는 문득 이곳에 도착했던 이후 모욕적으로 느꼈던 일들이 떠올랐다.

그건 명백히 천대였다.

'감히 황보세가의 혈족인 내게……!'

그녀는 악운의 저 오만하고 독선적인 눈빛을 꺾어 버리고 짓밟고 싶었다.

가솔들이 동진검가와의 싸움에서 죽은 것보다 그 모욕감을 되갚아 주는 게 훨씬 중요했다.

"좋아요. 동행하죠. 본대는 검을 거둬라!"

뇌진검대가 일제히 검을 거두자 두 세력 간의 긴장감이 순식간에 완화됐다.

산동악가가 나설 수 있는 명분이 사라진 셈이다.

진엽이 조소했다.

"이제 비켜 주겠나? 거슬리는군."

덩달아 황보여진의 기세 또한 살아났다.

저벅저벅.

그녀가 악운의 앞으로 거침없이 다가갔다.

"위세를 믿고 본 가에 옹졸하게 군 대가를 톡톡히 치르게 될 거예요."

비릿하게 미소 짓는 그녀를 보며 악운은 아무 말이 없었다.

그녀는 묘한 희열과 흡족감을 느꼈다.

앞으로 놈이 얼마나 그 순간의 선택을 후회하며 살지 안 봐도 훤했다.

"됐어요. 가죠."

황보여진이 기다리는 진엽의 곁으로 여유 있게 걸음을 옮겼다.

때마침 백훈이 입맛을 다시며 말했다.

"공적이라……. 그럼, 쟤네 이제 마음껏 죽여도 되는 거지?"

황보여진이 이를 갈며 백훈을 돌아보았다.

"보자 보자 하니까⋯⋯!"

"하찮은 발악일 뿐이네. 그냥 가도록 하지."

진엽이 어린아이의 치기를 보듯이 말했다.

하지만 이어진 호사량의 말은 진엽이 쉽게 무시할 수준의 내용이 아니었다.

"절명검마는 혈교의 전인이 아니었소. 게다가 절명검마의 제자들이라 불리는 사람들은 절명검마에게 전멸당했다는 유원검가의 생존자들이오. 실은 유원검가의 멸가는 진 가주의 짓이었지."

황보여진과 뇌진검대의 시선이 자연히 진엽에게로 향했다.

"이게 무슨⋯⋯ 소리죠?"

진엽이 헛웃음을 흘렸다.

"그따위 유언비어나 퍼트리고 다닌다고 산동악가가 공적이 안 될 것 같던가? 애처롭다 못해 우습군."

혀를 차며 돌아서는 진엽에게 호사량이 재차 입을 열었다.

"사문의 연원을 모르는 절명검마야말로 그대에게 좋은 먹잇감이나 다름없었겠지. 유원검가는 삼켜 버리면 되고, 진실은 왜곡하면 그만이었을 테고. 이번에도 그럴 생각이겠지만⋯⋯."

진엽의 눈썹이 꿈틀거렸다.

"갈!"

강렬한 기파(氣波)가 호사량의 전신을 옭아맸다.

호사량의 머릿속에 과거 혼담에서 겪었던 일이 스쳐 지나갔다.

그때도 그랬다.

진엽은 강했고 태산 같았으며 두려운 존재였다.

덜덜 떨었던 기억이 선명했다.

물론 지금도 다르진 않다.

그러나 그가 변하지 않았다고 하여서 호사량도 변하지 않은 건 아니다.

호사량은 그에게 맞설 만큼 충분히 노력하여 변했다.

"계속하십시오."

앞을 막아 주는 악운의 등이 보인다.

호사량은 온몸을 짓누르던 진엽의 기세가 씻은 듯 사라지는 것을 느꼈다.

악운의 개입이 진엽의 기세를 꺾어 버린 것이다.

"고맙소. 소가주."

호사량이 희미하게 미소 지었다.

반면 진엽의 눈동자는 짙은 노기로 일렁였다.

"감히……!"

"진 가주, 당신은 과거나 지금이나 그 더러운 협잡을 명분이라 말하며 살아 돌아온 유원검가를 부정하고, 그들을 절명검마의 제자라며 공적으로 몰아갈 것이오. 하지만 우린 그의도에 순순히 당해 줄 생각이 없소.”

진엽이 조소했다.

“그래, 할 수 있는 만큼 발악해 보아라. 하고 또 해서, 마침내 절망이 어떤 것인지 절실히 느끼게 될 때쯤에 너희들의 목을 거둬 주마.”

호사량이 옆에 선 악운을 돌아봤다.

“할 수 있는 만큼 해 보라는군.”

“잘됐군요. 마침 기다리던 분들이 도착한 모양이니까.”

두두두두! 히이잉!

때마침 밖에서 들려오는 힘찬 기마들의 울음소리와 함께 객잔 바닥이 요동쳤다.

위화감을 느낀 객잔 내부가 빠르게 술렁였다.

“누굴 부른 것이냐.”

악운은 문득 아버지가 했던 말이 스쳐 지나갔다.

　-뇌공은 인간을 지옥에서 꺼내 준다고도 하지. 산동악가의 시작은 지옥 같은 세상에 뇌공 같은 뜻을 이루는 것이었다.

“뇌공.”

악운의 읊조림이 끝나기 무섭게 객잔 외부에서 쩌렁쩌렁한 음성이 터져 나왔다.

"악가뇌명(岳家雷鳴)!"

호사량이 그 누구보다 앞서 문을 향해 포권지례를 갖췄다.

"진천패림(振天覇林)! 가주님을 뵙습니다!"

동시에 붉은 견폐를 휘날리는 수십 명의 그림자가 빠른 속도로 장내를 가득 메우며 진입했다.

"가주님을 모셔라!"

선봉에 선 유예린이 한기 가득한 눈빛으로 진엽을 응시했다.

척! 척!

뒤따라 악가상천대의 무사들이 양쪽으로 나뉘어 길을 텄고, 뇌공을 든 악정호가 그 길을 따라 걸음을 옮겼다.

마침내…….

쿵!

뇌공을 내려찍으며 멈춘 악정호.

그가 좌중의 시선을 한눈에 받으며 입을 열었다.

"현 시간부로 산동악가는…….."

악정호의 뇌공이 진엽을 가리켰다.

"동진검가와 문파대전을 치를 것이니라."

악정호의 결정은 곧 산동악가의 대의였다.

산동악가가 그렇게 정한 이상 다른 선택지는 없었다.

위맹각 무사들의 머릿속에 한 단어가 스쳤다.

'전쟁.'

진엽의 눈이 악운을 향했다.

'설마……?'

마치 짜인 판 안에서 놀아나는 것 같지 않나.

"내가 제녕에 오는 것을 알았더냐."

그것 말고는 이해가 안 된다.

이 모든 일련의 상황들이 전부 다 산동악가를 위해 돌아가고 있다. 절대 우연 같은 게 아니다.

"말하라, 당장 네 혀를 뽑아 버리기 전에."

진엽의 오만 가득했던 평정이 깨져 가고 있었다.

악운은 그 모습을 바라보며 필방을 고쳐 쥐었다.

진엽의 말대로였다.

장 대인은 가문에 진엽의 움직임을 미리 알려 주었다.

아버지가 시기적절하게 이곳에 온 것도 당연히 총경리 취임식 때문만은 아니다.

"알았든 몰랐든 당신은 이곳을 나갈 수 없소. 당신이 본가를 삼키기 위해 보다 완벽한 때를 갖추려는 것처럼 본 가에는 오늘이 최적의 때니까."

악운은 필방을 들고 진엽을 향해 걸어갔다.

이 상황에 이르기까지 가문과 악운은 많은 일들을 치러야만 했다.

"당신은 내 어린 시절을 보살폈던 장 노야를 죽였고, 오령문과 귀검방을 움직여서 나를 살해하려 했으며, 당신의 딸은

송검문 원 공자를 움직여 내 살해를 맡겼지."

"……."

"그것도 모자라 본 가의 침묵을 토대로 송검문에 모든 죄를 뒤집어씌우고 수많은 자들을 숙청하였지. 큰 이익이었을 것이오. 백우상단이 망친 쓸모없는 마을의 생존권을 주며 송검문을 완벽히 종속시키는 것은……."

악운이 눈을 치켜떴다.

"재미 좋았겠지. 전력이 약한 본 가의 침묵은 동진검가가 건재하면 영원하리라 생각했을 터이니. 당신이야말로 산동성의 공적이오."

"결국 명을 재촉하는구나."

진엽이 입고 있던 외투를 벗어 던진 후 다시 검을 꺼냈다.

"진작 죽였어야 했거늘. 너무 오래 걸렸구나! 쳐라!"

콰!

진엽이 땅을 박찬 것을 시작으로 위맹각의 무사들이 일제히 악정호와 악가상천대를 향해 쇄도했다.

"소가주를 노리는 자, 남김없이 도륙하라!"

악정호가 사자후를 터트렸다.

❦

퍼퍼퍼펑!

진엽의 검이 손아귀에서 빙글 돌며 팔황투력검(八惶鬪力劍)의 검획을 펼쳐 냈다.

쐐액! 쐐액!

한 번 검을 휘두르면 수백의 절초로 연계될 수 있는 동작이 물 흐르듯 이어진다.

진엽은 명성대로 검기의 권역(勸域)이 광범위했다.

유형화된 검기가 악운의 몸을 중심으로 반경 이 장을 휩쓸었다.

"제법."

진엽은 검기를 베고 솟구치는 악운의 창을 향해 다시 검을 휘둘렀다.

악운의 실력은 동진검가 내에서도 절정 끝자락쯤으로 예상되고 있었다.

진엽도 그리 보았다.

제아무리 높이 평가한다고 한들.

내공과 깨달음은 환경, 경험 그리고 시간이 필요한 법이다.

진엽의 오만함은 여전했다.

'네놈이 과연 어디까지 견딜 것 같으냐.'

진엽은 빠른 속도로 검력의 오 할을 끌어냈다.

콰드드득!

최절정 검사만이 가능한 기예가 이뤄졌다.

실처럼 풀어 헤쳐진 검사(劍絲)가 팔황투력검의 검초에 따라 악운의 전신을 베어 나갔다.

쿠아아앙!

진엽은 검병을 완벽히 통제했다.

긋고, 베고, 찌르고, 전진함이 하나의 동작처럼 보일 지경이었다.

타타타탁!

얼핏 두 사람의 잔영은 밀려나는 악운이 수세에 몰린 것처럼 보이게 했다.

실제로도 악운은 진엽의 검을 받아 내며 물러나고 있었다.

퍼퍼펑!

진엽의 검초 하나하나가 얼마나 강력했는지 악운이 튕겨 낸 검기의 여파만으로도 객잔 벽이 통째로 뜯겨 나갔다.

콰드득!

두 사람의 전장이 객잔을 넘어 거리로 확장되었다.

진엽의 눈빛이 더욱 악랄하고 독해졌다.

놈이 기어코 한 초식도 균형을 잃지 않고, 오 할의 검력을 견뎌 내는 게 보였다.

내공, 신체, 무공, 경험 그 어느 것도 뒤처지지 않고 따라붙고 있다.

새삼 확신이 든다.

"네놈을 반드시 죽여야겠구나!"

달빛 아래 휘둘리는 진엽의 검격이 칠 할의 검력으로 사납게 발산되었다.

사아아!

검격이 일으키는 강한 압력에 풀어 헤쳐진 악운의 머리카락 끝이 잘려 나갔다.

그 사이로 악운의 무심한 눈빛이 보였다.

마주한 진엽은 순간적으로 묘한 위화감이 들었다.

놈의 눈은 두려움도, 흔들림도 없이 지극히 고요하다.

이건 마치…….

'나를 시험하려는 것 같지 않은가!'

진엽은 찰나간 사부였던 낭성검군의 기억이 스쳐 지나갔다.

어째서 이 어린것이 사부를 떠올리게 하는가.

 ─너는 준비되어 있지 않다. 검을 수단으로만 보는 것이야. 검에 네 마음이 느껴지질 않는구나. 네가 오롯이 준비가 될 때까지 너는 강호에 나설 수 없을 것이다.

자유롭고자 사부를 수십 번 찌르고 나서도 시원하지 않았다.

 ─미안하구나. 내 부덕함이 너를 이리 만들었으니…….

노기를 띤 진엽의 눈빛이 살의로 번들거렸다.

결국 사부는 틀렸다.

검은 마음을 담는 그릇이 아닌 수단일 뿐이다.

수단은 권력을 쥐게 하고, 가져 보지 못한 달콤한 것들을 삼키게 했다.

파지지짓!

검과 창이 부딪치며 불꽃이 튀었다.

"우스웠겠지."

연신 물러나던 악운이 맞닿아 있는 검을 밀어내며 처음으로 전진을 택했다.

와득!

진엽이 물러나지 않으려 이를 악물었다.

믿기 힘들었지만 진엽은 전력을 다하고 있었다.

온몸의 내공이 휘돌면서 진엽의 검 끝에 실렸다.

밀어내려는 진엽.

드드득!

그럼에도 악운은 돌처럼 꿈쩍도 하지 않았다.

"네 검에 모두가 두려워하는 것을 볼수록 검은 네 포악함을 돕는 도구가 되어 갔을 테지."

악운의 말 한마디, 한마디가 진엽의 과거지사를 되살렸다.

진엽의 눈빛이 미세하게 흔들렸다.

"닥치지 못하겠느냐⋯⋯!"

악운의 창끝에서 혼세양천공을 중심으로 오행의 기운이

상극과 상생, 상동을 이루며 하나의 세계를 일으켰다.

"네 검엔 진의(眞意)가 없어. 도구로 생각하는 검은 언제든 깨져 나갈 만큼 연약하다."

악운이 일으킨 기파에 휘말린 땅거죽이 사방으로 휘몰아쳤다.

진엽은 사부와 악운이 투영될수록 흥분했다.

"갈! 그 요사한 혓바닥부터 잘라 내 주마."

진엽은 악운의 창을 더 큰 힘으로 밀쳐 낸 후 팔황투력검의 절초, 팔황심후(八惶心吼)를 펼쳤다.

웅! 웅!

진엽의 검에서 강한 공명이 터지며 강렬한 섬광이 솟아올랐다.

번쩍!

신화경을 증명할 증거로 불리는 '강기(鋼氣)'가 진엽의 검을 뒤덮은 채 드러난 것이다.

"이젠 살려 달라 울부짖어도 소용없을 것이니라. 네놈의 내장 한 올 한 올, 고통스럽게 베어 주마!"

진엽의 핏발 선 눈에 비치는 악운은 더 이상 악운만이 아니었다.

끝까지 너는 준비가 안 되었다고 말하며 피를 흘리던 사부의 모습이 악운과 동일시되었다.

황보여진은 난전이 된 객잔 구석에서 뇌진검대와 함께 쉽게 나서지 못하고 있었다.

'가, 강기……!'

때마침 어마어마한 기류의 한가운데 유형화된 강기가 진엽의 검을 둘러싸고 있는 게 보인다.

"대주님, 어찌하면 좋겠습니까……?"

정봉이 당혹스러운 표정으로 물었다.

"아무것도 하지 마. 이건 동진검가와 산동악가의 일이다. 우리는 이 이후의 일을 생각하는 게 옳아. 오늘 본 일을 가문에 전달하는 것이 최우선이야."

"그럼 당장 자리를 뜨는 것이……."

"정신 나갔어?"

"예?"

"무림 초출이나 다름없는 애송이가 동진검가 가주에게 맞서서 한 치의 물러섬도 없이 싸우고 있어. 저 전투의 향방에 따라 우리의 대응도 바뀌게 될 거야. 그러니 눈 부릅뜨고 지켜봐."

황보여진은 육안으로 쉬이 판별하기도 힘든 두 사람의 전투를 보며 온몸의 솜털이 쭈뼛 곤두섰다.

오늘을 기점으로 산동악가의 평가는 천지개벽하게 될 만

큼 바뀌게 될 것이다.

그 첫걸음이 오늘이 되리라.

"빌어먹을…… 입이 방정이지."

그녀는 악운에게 했던 이야기를 다시 주워 담고 싶은 심정
이었다.

그녀가 악운의 움직임에서 시선을 떼지 못하던 그때.

또 다른 강렬한 기운이 객잔 내부에서 휘돌았다.

"저건 또 뭐야, 시발."

황보여진이 파락호나 쓸 법한 육두문자를 내뱉었다.

⊗

선봉에 선 악정호의 눈빛에는 일말의 자비심도 남아 있지
않았다.

콰직!

뇌공이 섬뜩하게 시린 창신을 내보이며 위맹각 무사를 일
도양단했다.

가로막은 적의 목을 단숨에 갈라 버린 악정호가 객잔의 계
단을 밟고 이 층으로 솟구쳤다.

악운이 제작한 영단을 통해 내공이 수배는 진일보한 악정
호의 탄력은 창역을 깨달을 때와는 비교도 할 수 없었다.

부웅!

난간을 가득 메운 위맹각 무사들이 악정호를 향해 검을 휘둘렀지만 허사였다.

번쩍!

―창역을 깨달아 가야 할 창로(槍路)가 명확해졌다면 그 길을 다변화해야 합니다. 아버지. 악가접화창은 그 길을 깨닫는 창법입니다. 그리고 나면 가문 무공의 본질에 가까워지실 겁니다.

운이가 언급한 본질은 완벽히 이해하지 못했다.

하지만 어떻게 접근해야 할지 폐관 수련을 통해 깨달을 수 있었다.

'창역'을 바탕으로 그 영역을 활용하는 법을 알게 된 것이다.

펑! 펑! 펑!

뇌공에 깃든 창사(槍絲)가 적을 휩쓸고 지나갔다.

쿵. 쿵. 쿵.

대여섯 명이 날아가 벽에 부딪히거나 그 자리에서 쓰러졌다.

콰쾅!

찰나간 난간을 부수며 진입한 악정호가 빠르게 밀집하는 위맹각 무사들을 노려봤다.

"위맹아방진(威猛牙防陣)을 펼쳐라!"

이 층 복도에 밀집한 위맹각 무사들이 황급히 합격진을 펼쳤다.

강자를 상대할 때 위맹각이 주로 사용하는 차륜진이었다.

쿵!

악정호가 다시 땅을 박찼다.

악운의 심득을 통해 발전한 건 창법뿐이 아니다.

일첨보와 분점보를 잇는 절정의 보법, 명명보(明冥步).

한층 더 쾌속하고 탄력적인 움직임이 악정호의 발끝에 깃들었다.

날아오는 검들과 위맹각 무사의 움직임이 일순 느리게 보였다.

악정호가 선두에 선 무사의 검을 피해 그대로 베어 버렸다.

"커헉!"

쓰러지는 무사의 양옆으로 열댓 자루의 검이 날아왔다.

악정호가 뇌공을 휘둘러 일 합에 튕겨 내자, 뒤쪽의 무사들이 앞쪽의 자리를 채우며 쇄도했다.

끊임없이 전열을 교체해 강한 상대의 발목을 옭아매는 것이 차륜진인 것이다.

단, 압도한다면 얘기는 다르다.

"갈!"

악정호의 일갈과 함께 악가겁화창이 본색을 드러냈다.

악가겹화창은 군의 전쟁을 통해 갈고닦인 창법이며 그 창법을 닦아 온 이들은 전신으로 불렸던 선인(先人)들이다.

필요할 땐 그 어느 때보다 잔혹해질 수 있는 창법이었다.

콰지직!

뇌공에 닿은 검과 위맹각 무사가 동시에 쪼개졌다.

악정호의 창이 비틀거리는 무사의 머리를 후려쳐 걷어 내고, 그다음 무사를 찔러 들어갔다.

콱!

벼락같은 창속(槍速)이 뒤 열의 무사까지 한 번에 꿰뚫었다.

"커헉!"

악정호가 그들을 통째로 들어 올려 난간 밖으로 날려 버렸다.

쩌저적!

꿰뚫었던 적들의 피육을 가르고 회수된 뇌공이 철컥거리는 소리를 내며 두 개의 단창으로 나뉘었다.

번쩍!

절반의 뇌공이 숨겨졌던 날을 드러내며 악정호 손아귀에서 비수처럼 쏘아졌다.

"커헉!"

"큽!"

진법을 위해 밀착해 있던 위맹각 무사들이 투창(投槍)에 실린 내공과 가속력에 저항도 못 하고 꿰뚫렸다.

타닥!

눈 깜짝할 새 진형을 붕괴하며 쇄도한 악정호가 단창을 회수한 뒤.

다른 단창을 손안에서 휘감듯이 휘둘렀다.

목젖이 베인 또 다른 무사가 비틀거리면서 난간 바깥으로 추락했다.

펑! 펑! 쐐액!

위맹각의 명성은 악정호 앞에서 무용지물이었다.

두 자루 단창을 쥔 악정호의 사나운 창법은 마치 겁화처럼 협소한 길목에 선 그들을 잠식했다.

두 자루 단창이 번쩍일 때마다 적들의 발목, 심장, 목젖, 모든 사혈이 베여 나갔다.

철컥!

뇌공이 다시 본래의 장창으로 되돌아온 순간.

뚝, 뚝!

악정호가 지나온 이 층 복도에서는 위맹각 무사들의 시신에서 흘러나온 핏물이 일 층으로 쏟아지듯 떨어지고 있었다.

스륵.

악정호의 서늘한 시선이 객잔 밖의 악운에게 잠시 머물렀다가 다음 계단의 삼 층으로 향했다.

'멈추지 마라, 아들. 아비도 그러할 테니.'

악정호와 마주친 삼 층의 적들이 두려움에 몸을 잘게 떨었다.

산동성을 뒤흔들 강호의 격랑(激浪)이 악정호의 손끝에서 비롯되고 있었다.

❧

일 층에 자리 잡은 유예린의 검이 춤을 췄다.

악정호와 나눴던 일전의 대화가 스쳤다.

−유 대주, 준비하시게.

−예, 가주님. 어디로 모시면 될까요?

−진엽이 있는 곳으로.

−때가…… 온 것인지요?

−그런 듯하오.

콱!

심장에 박힌 유예린의 검을 맨손으로 붙잡은 위맹각 무사 하나가 입에서 피를 뚝뚝 흘리며 조소했다.

"유……예……린…… 네년이 나타났다고…… 한들 달라……질…… 건 없을…… 것이야. 아직도 선명……하구나…… 네년의 언니가……."

위맹각은 오랜 세월 진엽과 함께해 온 동진검가의 핵심이었다.

그들 중 소수는 유원검가의 비사도, 진엽이 해 온 혈사의 진실도 모두 알고 있었다.

"너도 그중 하나로구나."

유예린이 한 번 더 검을 세게 집어넣었다.

"커헉……!"

그녀가 잿빛으로 물드는 무사의 눈을 노려보며 말했다.

"지옥에나 가서 기다려. 네놈들 가주도 곧 그 옆에 있을 테니."

무사의 심장에서 검을 뽑아 든 그녀가 빠른 속도로 정리되어 가는 장내를 돌아보았다.

이번 악가상천대의 파견은 악정호의 배려로 특별히 등랑회의 식솔들이 모두 합류했다.

"끄아악!"

"커헉!"

전투는 기세가 중요하다.

기세를 한번 잡으면 적들은 동요하게 되고, 동요하는 적은 작은 균열에도 무너진다.

'가주님.'

악정호의 이 층 토벌에 의한 혼란스러움은 각 층에 일파만파 퍼져 나갔고, 그 여파로 인한 빈틈을 유예린과 사군위는 놓치지 않았다.

반대급부로 악가상천대의 기세가 상승했다.

그 중심엔 가주가 전수한 '악가혼평진(岳家混平陣)'이 있었다.

악가혼평진의 핵심은…….

'다양한 병기의 조화로운 운용 체계뿐 아니라 난전 속에서도 각 대장기가 소군(小軍)을 이끌어 중군, 대군으로 이어지는 것.'

유예린은 최근 몇 번의 전투를 겪는 동안 산동악가의 저력에 몇 번이고 감탄했다.

그녀의 눈에 여섯의 대장기가 보인다.

호사량, 백훈, 사군위.

그들의 활약을 보며 뿌듯했다.

산동악가는 단순한 일개 가문이 아니다.

잿더미가 된 천하 속에 숨어든 망자들을 기리는 가문이며, 아픔을 나누는 가문이다.

이곳은 유예린에게 있어 그저 가문이 아니라, 새로 마주할 천하(天下)였다.

그녀가 피로 물든 검을 털어 내며 난전 바깥의 진엽을 응시했다.

"언니…… 보여?"

그녀의 시선이 진엽을 태산처럼 가로막고 서 있는 악운에게로 향했다.

승기의 시작은 악운이 진엽을 완벽히 봉쇄하는 것으로부터 비롯됐으니까.

"흡!"

진엽이 헛바람을 삼키며 뒤로 물러났다.

믿을 수 없다.

아니, 말도 안 된다.

'내 모든 검초가 통하지 않는단 말이냐? 네놈이 나조차 완벽히 닿지 못한 입신에 이르렀다고?'

진엽은 막기에 급급해졌다.

퍼퍼퍼퍼펑!

쏟아지는 창격 세례에 진엽의 검이 쉴 새 없이 밀리고 또 밀렸다.

하지만 더욱 진엽을 식은땀 흘리게 만드는 건 악운의 눈빛이 마치 당연한 승리를 예상한 것처럼 고요하다는 점이었다.

쐐액, 쐐액!

악운은 창에서 솟아오른 창강(槍剛)으로 진엽의 검초를 빠른 속도로 차단하고 잘라 냈다.

'놈의 검강은 깨달음이 없는 반쪽짜리에 불과해. 내공……아니, 무공은 도구 따위가 아니다. 삶이야.'

이를 깨닫지 못하면 화경의 초입에도 이를 수 없다.

악운은 승리에 도취되지도 흥분하지도 않았다.

그저 수련해 온 것들을 쏟아 낼 뿐이었다.

탄력성을 가진 악가 외공과 무한한 활력의 태양진경의 외공 그리고 외공의 정점인 달마역근경이 균형 잡힌 근력을 한 점에 끌어낼 수 있게 돕는다.

콰악!

진엽의 보검에 미세한 균열이 일었다.

"흡!"

내공이 강해서만이 아니다.

괴물 같은 근력이 더해져 있고 빠르기까지 했다.

동시에 악운의 눈빛에 날이 섰다.

부우웅!

갈고닦아 온 명명보(明冥步)와 태을미려보(太乙迷麗步)가 수십 배의 증속을 일으켜 진엽의 그림자를 따라붙었다.

"이노오옴!"

분개한 진엽이 발악하듯 검을 휘둘렀다.

그 순간 악운의 상체가 달리면서도 전후좌우로 잔영을 일으키며 검초를 피해 냈다.

쇄아아악!

소림칠십이절예 중 하나 금강부동신법(金剛不動身法)의 등장이었다.

신화경에 오르며 미뤄 두었던 숙제를 시작한 것이다.

단숨에 진엽의 검을 쳐 낸 악운의 창이 제갈세가의 칠성보까지 일으켰다.

창끝에 물 흐르듯 자연스럽게 차력미기의 묘리가 깃들었다.

"크흑!"

진엽이 휘둘렀던 검력이 창끝을 선회해 더 큰 힘으로 진엽을 밀쳐 냈다.

타타타탁!

반탄력에 밀려 잔걸음을 치며 물러난 진엽.

악운이 쉴 틈 없이 솟구쳤다.

창끝에 서린 강기에 호황대력기의 발톱이 덧입혀졌다.

콰아앙!

강력한 기운에 휩쓸린 진엽의 검이 또 한 번 크게 들썩였다.

촤하학!

진엽의 견고한 손바닥에서 처음으로 핏줄기가 터져 나왔다.

"네깟 애송이 놈에게……."

악운은 대꾸 없이 창격을 쏟아부었다.

비화심창, 묵뢰십삼참에 이은 악가겹화창이 악운의 손끝에서 거침없이 연결되었다.

악가 무공의 본질은 같다.

그 본질을 완벽히 터득한 자는 겁화의 형태, 즉 초식을 넘어선 진화된 창로(槍路)를 개척한다.

그럼 비로소 개화(開化)하며 '개화(開火)'에 이른다.

서걱!

기어코 진엽의 어깨를 가로지르는 창날.

"끄악!"

진엽이 황급히 사력을 다해 호신강기를 일으켰지만 가슴부터 배까지 그어진 상처 위로 뜨거운 피가 콸콸 쏟아져 나왔다.

"으아아아!"

진엽은 사납게 이를 갈며 다시 움직이려 했다.

그 순간.

움찔.

상처 부위를 중심으로 시작된 화끈함이 강렬한 통증을 일으켰다.

"끄허헉……!"

오장육부가 타들어 갈 것 같은 고통과 함께 진엽이 검은 각혈을 입안에서 쏟아 냈다.

투투툭.

고통과 뜨거움이 온몸을 휘돌며 심화되고 있었다.

"독이……더냐."

"아프겠지. 점점 더 고통스러워질 테고."

"이놈…… 더러……운…… 암수를 쓰는구나……."

"독이라고 생각하나?"

진엽의 눈이 점점 커졌다.

'설마.'

내공을 통한 모든 종류의 발경은 타격을 입힌 만큼 상대를 망가트린다.

하지만 화경에 이른 자들은 그보다 더 높은 차원의 내공법을 구사한다.

내가중수법(內家重手法).

내공의 깊은 침투를 통해 단 한 번의 생채기만으로도 상대의 오장육부를 갈기갈기 찢어 버릴 수 있다.

"우에엑!"

핏발 선 진엽이 울부짖듯이 허리를 굽혔다.

그가 쏟아 낸 핏물이 순식간에 작은 웅덩이를 만들었다.

'네놈이 나보다 먼저 그곳에 이르렀다는 것이냐?'

악운이 입신, 즉 신화경에 이르렀다는 것을 인정할 수밖에 없는 순간이었다.

서걱!

악운의 창이 또 한 번 진엽의 무릎 위를 베어 냈다.

쿵!

진엽이 피 웅덩이에 무릎을 찍듯이 허물어졌다.

"끄으으으……!"

진엽은 이를 딱딱 부딪치는 오한을 느끼면서도 검을 쥐었다.

봉두난발이 된 반백 머리카락이 바람결에 흩날리며, 광기로 형형한 눈동자가 악운을 향했다.

"나는…… 아직 끝나지 않았다."

검에 지탱해 일어나기 시작한 진엽의 눈에 다시 활력과 투기가 돌기 시작했다.

웅! 웅!

아까보다 더 큰 공명음과 함께 검을 뒤덮는 선명한 검기.

이 순간 진엽은 모든 것을 지웠다.

가문의 영화도 권력에 대한 집착도 모두 다 지운 채 악운만을 오롯이 보았다.

진엽은 사부의 말이 떠올랐다.

　－나는 매 순간 죽음을 곁에 두었다. 모든 검초에 진심을 담아라.

죽음을 곁에 두어야 비로소 팔황투력검(八惶鬪力劍)의 절초는 빛을 발한다고?

'그 말 한번 믿어 보지.'

진엽은 검 끝에 생명을 담보로 한다는 선천진기까지 모두

다 불어 넣었다.

마주한 악운의 눈빛에 이채가 흘렀다.

"혼신을 다해라, 진엽."

최후엔 낭성검군에게 부끄럽지 않도록.

"내 목을 베지 않은 것을 후회할 것이다, 애송아."

쿠아앙!

낭성검군의 최후 절초, 사혼초월(死魂超越)이 악운을 향해 일직선으로 뻗혔다.

사아아악!

한 번의 호흡에 수십 개로 늘어난 반월의 검기들이 사방에 흩날리며 악운의 전신을 베고 또 베었다.

그 검기들이 모여 하나의 완벽한 달이 됐다.

찬란한 검강이다.

서걱! 서걱!

진엽의 투기, 검초에서 이제야 낭성검군의 그림자가 보인다.

그래, 이것이 낭성검군의 절학이다.

한 번의 검획에도 혼신을 다해 쏟는 진의.

하지만 깨닫기엔 너무 늦었다.

콰짓!

악운의 창은 진엽이 일으키는 사나운 강기를 단번에 일도양단하며 내달렸다.

쾅!

창이 그의 가슴에 박히기까지 악운에게는 '찰나'만이 필요
했다.

"흡……."

푸른 반월의 검영(劍影)들이 꽃가루처럼 흩날리듯 사라지
며, 악운에게 닿지 못한 진엽의 검이 그의 손안에서 힘없이
떨어졌다.

쨍강—!

진엽이 쓰게 웃었다.

"사라질 것이다, 너도 나처럼…… 절명검마의 사문을 모
른다면 유원검가는 공적이 되는 것을 피할 수 없을 것이
다……. 크흐흐!"

악운이 단호히 그의 말을 잘랐다.

"곤륜이었다."

"뭐라……?"

"네가 벤 절명검마의 사문은 서왕모의 곤륜이었다."

"그럴 리가……."

"네가 명예를 더럽힌 낭성검군에게도, 네 야망에 희생당
한 고혼들에게도 전부 다 죽어서라도 사죄해라. 순리는 이제
네가 아니라……."

악운의 눈빛이 엄중해졌다.

"나를 중심으로 흐른다."

잿빛으로 물들기 시작한 진엽의 눈동자에 평생 동안 이룩한 동진검가가 불타고 짓밟혀 가는 미래가 보였다.

"왜 목을 베지 않았느냐고?"

악운이 창을 더욱 밀어 넣으며 마저 말을 이었다.

"그건 내 몫이 아니야."

진엽의 뜨거웠던 눈동자가 피눈물을 흘리면서 천천히 식어 갔다.

서걱!

유예린의 검이 진엽의 목을 지체 없이 베어 버렸다.

투투퉁.

떨어진 진엽의 목을 내려다보며 등랑회의 식솔들이 조용히 눈물을 흘리기 시작했다.

악운은 그들의 고요한 오열 속에 객잔을 돌아봤다.

뇌공을 든 신장(神將)이 적들의 시신을 지나 악운을 향해 걸어오고 있었다.

'아버지.'

동녘에 트기 시작한 여명이 아버지의 등 위에 드리워졌다.

개전(開戰)이었다.

악정호를 필두로 한 산동악가의 대대가 객잔 밖에 진을 치고 섰다.

황보여진과 뇌진검대는 눈치를 보며 그들의 앞으로 걸음을 옮겼다.

저벅—!

산동악가가 피를 보고 싶어 미친 가문이 아닌 이상, 그들의 적은 현재 동진검가였다.

'우리와 굳이 척질 생각은 없을 거야.'

황보여진은 복잡한 심사 속에 그들 앞에 멈춰 섰다.

일련의 벌어진 상황은 정말 상상도 못 할 만큼 경악스러웠다.

'이렇게 대범하게 동진검가의 수장을 습격할 줄은 몰랐어. 설마 그게 성공할 줄은…… 더욱 몰랐고.'

휘경문부터 동진검가까지…….

산동악가의 행보는 어디로 튈지 조금도 예측이 되지 않았다.

그래서 그녀는 이전보다 훨씬 조심스러워졌다.

"가주님, 승리를…… 경하드립니다."

"피를 많이 보았고 앞으로도 봐야 하오. 축하받을 일을 한 것은 아니니 서론은 접어 두고 하고 싶은 말씀부터 하시오."

"산동악가는 동진검가와 척을 졌을 뿐이니 크게 보면 본가와도 행보 면에서는 다를 바가 없습니다."

"큰 걱정 마시오. 그대들을 겁박할 생각은 없소."

악정호의 대답에 황보여진의 눈빛에 이채가 흘렀다.

"그럼, 이만 돌아가도……."

"단, 소가주가 해야 할 얘기가 있다더군. 말하거라."

"예, 아버님."

악정호의 곁에 서 있던 악운이 앞으로 걸어 나왔다.

'보나 마나 뻔하지.'

황보여진의 아미가 찌푸려졌다.

방금 전의 일을 복수하기 위해 다 된 밥에 재를 뿌리려는 심산일 것이다.

"그대의 표현에 따르면 나는 옹졸한 사람이오."

"그래……서요?"

"일관성 있게 살 생각이오."

"하고 싶은 말이 대체 뭐죠?"

악운이 피 묻은 손을 내밀었다.

황보여진은 이 상황이 쉽게 이해가 가지를 않았다.

피 묻은 손?

이 자리에서 동진검가의 타도를 위해 혈맹이라도 맺자는 간접적인 뜻인가?

별의별 생각이 꼬리에 꼬리를 물고, 그녀의 머릿속을 가득 메우던 그때.

"동진검가가 낸 것만큼의 배상액을 내시오."

"미친……."

너무 당혹스러웠던 것일까?

황보여진은 심중의 말을 입 밖으로 내뱉고 말았다.

하지만 눈앞의 신진 고수는 더 이상 신진 고수가 아니다.

철혈의 동진검가 가주를 무너트린 화경에 이른 초고수다.

"협."

그 생각에 이르자마자 그녀는 자기 입을 손으로 막았다.

"배상액이 없다면……."

악운은 신경 쓰지 않고 마저 말을 이었다.

"가진 거라도 다 내놓고 가시오."

산동악가 가솔들마저 탄식할 만큼의 철저한 계산법이었다.

내분

눈이 뒤섞인 비가 왔다.

점차 축축해지는 땅바닥에서 악운은 오열하고 선 유예린과 등랑회 식솔들을 보았다.

그들은 오래전 죽은 넋들을 기리고 있었다.

꽃다운 나이에 죽어 간 화용검.

사랑하는 이의 신뢰 속에 화전민을 돕던 절명검마.

그들을 비호하던 유원검가의 가주 유조평과 그 가솔들까지.

악운은 기꺼이 그 곁에 서서 그들을 위해 기도했다.

"고마워요. 나, 나는……!"

울먹임이 담긴 그녀의 인사에 악운은 그녀의 등만 짧게나마 토닥였다.

오랜 시간 싸워 온 악운은 안다.

죽은 넋들이 살아 돌아오지 않는 이상 진엽의 죽음을 통해 달라지는 것은 없다는 걸.

당연한 구원은 없다.

복수도, 살아남은 죄책감에 대한 용서도…… 스스로 해내는 것이다.

그럼에도 악운은 진엽의 죽음이 그들에게 있어 일시적 위로라도 되기를 바랐다.

'오늘만은 편안하기를.'

한 많은 고혼도, 과거를 놓지 못했던 등랑회 식솔들도 모두 다.

악운의 옆으로 호사량과 백훈, 악정호가 자리를 지켰다.

그들은 이제 일가(一家)였다.

제녕 전투의 결과는 대승이었다.

악가상천대는 스무 명의 부상자밖에 나오지 않았고 위맹각은 대부분이 죽거나 다시는 무공을 사용하지 못할 만큼 부상 입었다.

위맹각이 약해서가 아니었다.

전황의 판도를 뒤집을 고수의 숫자부터 수장을 잃은 사기하락, 산동악의 전력을 우습게 본 오만······ 그 모든 것이 위맹각을 대패하게 한 것이다.

동진검가는 무려 여든 명의 위맹각 고수를 잃었을 뿐 아니라, 그들을 지탱해 온 뿌리이자 지도자를 잃었다.

～

전투가 수습된 다음 날.

백훈은 악운의 방에 앉아 있었다.

문득 악운과 끝까지 실랑이 하던 황보여진의 얼굴이 떠올랐다.

－이건 가주님께 직접 하사받은 명검이에요. 내줄 수 없어요. 가문으로 돌아가서 대형 전장의 어음을······.

－맡겨 두었다가 추후에 가져가시오.

－본 가가 가만히 있을 것 같나요?

－더 말 안 하겠소. 맡겨 두고 가시오. 굳이 갇히시겠소?

－자! 이제 됐나요?

"푸흡······."

악운은 정말 철저하리만치 뇌진검대가 가진 걸 전부 다 빼앗았다.

살다 살다 황보세가의 정예 무인들이 가진 걸 전부 다 빼앗기는 꼴을 보게 될 줄이야.

그 탓에 황보여진과 뇌진검대는 거지꼴이 되어 제녕을 떠났다.

"세상만사 새옹지마라더니."

"뭐가 그리 웃기더냐."

"그럼 안 웃기냐? 황보세가 애들이 탈탈 털리는 걸 지켜봤는데."

"실없기는."

"왜 또 시비야?"

"할 만하니까 하는 거다."

"그나저나 황보여진은 산동십대고수인 데다가 소문보다 훨씬 예쁘던데?"

그녀의 별호는 뇌검독수(雷劍毒手).

벼락같은 검이 자비 없는 손 속으로 펼쳐진다 하여 붙은 별호였다.

당연히 그녀의 미모는 실력에 비해 크게 알려져 있지 않았다.

"상황에 맞춰 영악하게 행동하더군. 아마 가문에 이 상황을 한 치의 오차도 없이 전하기 위해서는 잠깐의 수치심은 참아야 한다는 입장이었겠지."

"질문했으면 질문에 맞게 답을 해야지. 예뻐, 안 예뻐?"

"정신 빠진 놈, 그게 뭐가 그렇게 중요해? 수염 덥수룩한 네놈 얼굴이나 신경 써라."

백훈이 어깨를 으쓱였다.

"백날 광내도 선천적인 건 못 이긴다 이거야. 소가주 봐라."

늘 그렇듯 호사량과 한참 투덕거린 백훈은 닫혀 있는 문 뒤에 있는 악운을 떠올렸다.

"그나저나 저 나이에 화경이라……."

"어느 정도 예상하지 않았더냐."

"정확히 알고 있었어?"

"그래."

"담담한 척하기는. 솔직히 열일곱에 화경에 이른 사람이 강호사에 있긴 하냐? 태양무신도 약관을 넘어설 때쯤에 이 뤘다던 경지인데."

"이봐."

"왜."

"마냥 좋아할 게 아니야. 소가주가 강해진 만큼, 우리는 전보다 훨씬 큰 명성을 얻게 될 거다. 수많은 고수들이 우리 와 소가주를 주목하겠지. 그럼 어떻게 될 것 같으냐."

백훈이 그제야 눈살을 찌푸렸다.

"이제 좀 머리가 돌아가나 보군. 감탄할 시간에 수련이나 해서 소가주께 도움이나 되라. 남은 호법은 내가 남은 업무 를 처리하며 설 테니."

"어떻게 되긴 뭘 어떻게 돼. 천하의 수많은 명가의 미인들이 소가주와 혼인을 원하겠지. 하, 부럽다. 부러워! 나도 다시 태어나고 싶다!"

"하아……."

앞으로 적이 될 자들이 훨씬 많이 늘어날 테니 수련이나 하라는 의미였건만…….

호사량은 손으로 이마를 짚으며 한숨을 쉬었다.

'그냥 네 편한 대로 살아라.'

일일이 설명해 주기도 귀찮았다.

악정호는 악운이 운기를 마치고 나서야 본회의를 열었다.

신 각주, 호사량, 백훈, 그리고 새로 가솔로 영입된 유준이 한자리에 모인 것이다.

호사량이 자리에서 일어났다.

"먼저 현재 상황부터 언급하고 넘어가겠습니다."

"그러시오."

악정호의 허락과 함께 호사량이 현재 진행되고 있을 여러 상황을 언급했다.

"가주님께서 오시기 전에 이미 동진검가의 움직임에 맞춰 각 대대와 상단의 동선을 변경한 것으로 압니다."

"맞소. 사마 각주의 주관하에 각 조직에 맞는 다양한 대처 계획이 인편과 전서구를 통해 가솔들에게 전해졌지."

악정호의 말대로 산동악가는 서둘러 문파대전 태세를 갖췄다.

산동상회(山東商會)는 환약의 재고를 황보세가에 전부 팔아넘겼고, 일부 수입원으로 곡식을 사들여 복귀하는 중이었다.

"산동상회를 기점으로 본 가는 동진검가와의 거래를 전부 중지했고, 앞으로는 황보세가와의 거래가 주력이 될 것이오. 또한 청주, 창읍은 산협단의 일단(一團) 중 일부가 파견되어 주변 동태를 살피고 있소."

"아버님, 그럼 양마도에 있는 말 목장은 어찌 됐습니까? 동진검가에서 세력을 급파해 말을 빼앗을 수도 있을 텐데요."

"걱정 말거라. 미리 주둔하고 있던 삼당주가 삼당을 이끌고 동평으로 귀환하고 있다. 그중 다 큰 기마는 전력에 즉시 쓰고, 어린 말들은 당분간 동평 부지에서 키울 예정이다."

호사량이 눈을 빛냈다.

동쪽 부지라면 동진검가의 군수창고와 대장간이 세워진 동평 부지였다.

"이미 움직인 것입니까?"

"언 대주가 악가진호대를 이끌고 습격을 시작했소. 이미 대부분의 병장기와 전력이 빠져나간 상태라 크게 실익은 없겠지만 동진검가 입장에서는 꽤나 당혹스러울 게요."

호사량은 긍정의 뜻으로 고개를 끄덕였다.

아직 동진검가는 가주의 죽음과 사태의 심각성을 인지하지 못했다.

당혹스러움과 혼란스러움을 함께 느낄 것이다.

"그럴 테지. 하지만 이 일들은 개전을 위한 준비 단계였을 뿐이오. 본격적인 목표는 백우상단이오."

그 말을 듣자마자 호사량은 스승인 사마수가 무엇을 고려하는지 알 것 같았다.

때마침 악운이 물었다.

"동진검가의 본진이 아닌 백우상단을 압박한다는 건 황보세가가 동진검가의 본진을 습격하리라 예상하기 때문입니까?"

"그래, 맞다. 동진검가 가주의 움직임은 황보세가 초미의 관심사다. 의심의 낌새를 눈치챈 순간 황보세가는 동진검가의 본진으로 진격할 게야."

"예."

악운은 크게 이의를 보이지 않았다.

황보정이 겁이 많긴 하지만 그것은 상대가 동수 혹은 강자라고 느낄 때뿐이다.

동진검가가 상대적 약자라고 판명 나는 순간 황보정은 거침없이 움직일 것이다.

'태산배사가 그랬지.'

놈은 호랑이 없는 산을 삼킨 야비한 여우다.

이번에도 다르지 않으리라.

"백우상단 압박의 세부 계획은 어찌 되는지요?"

"사마 각주는 동진검가의 전력이 황보세가에 집중되어 있는 동안 백우상단의 거래처를 이관(移管)시키고자 한다. 청자 제작에 능한 장인들을 수소문 중이지."

듣고만 있던 유준이 처음으로 입을 열었다.

"가주님. 소인이 한 말씀 올려도 되겠습니까?"

"가문의 전장을 맡을 큰 소임을 가진 사람이 목소리를 못 내면 누가 내겠소. 언제든 말씀하시오."

유준이 얼른 고개를 숙였다.

"받잡기 부끄럽습니다."

백훈이 지켜보다 말고 귀를 후볐다.

"거참! 자식, 서론 기네. 가주님 기다리신다. 빨리 좀 얘기해라."

호사량이 혀를 찼다.

"가주님께서 아량을 베푸십시오. 인성이 덜 된 자입니다."

"괜찮소. 화끈한 게 마음에 드는구려."

"영광입니다."

백훈이 악정호에게는 건방지게 굴지 않고 묵례했다.

장내에 있던 이들이 놀라는 눈빛들을 보였지만 백훈은 당연한 일이라는 듯 크게 반응을 보이지 않았다.

백훈의 성정을 모르는 악정호만 태연한 눈빛으로 회의를

속개했다.

"자, 계속해 보시오."

"예, 가주님. 소인이 알기로 백우상단의 주 거래 품목이 청자 다기(茶器)로 알려져 있긴 하나, 사실 그 실상을 들여다 보면 그들의 주 수입원은 술입니다. 약재와 찻잎 거래를 황보세가가 꽉 잡고 있기에 고안한 선택이지요."

악정호가 흥미롭게 수염을 쓸어내렸다.

"의외로군. 도가(都家)로 인해 얻는 이익이 더 많단 말이오?"

"예. 술은 종과 품질에 따라 그 가격이 천차만별하여 즐기지 않는 이가 없습니다. 반면 청자 다기는 즐겨 찾는 이들이 한정적이지요."

"과연 그렇구려. 해서?"

"제 주변엔 물길이 막히면서 망한 밀무역 업자들이 많습니다. 그중에는 밀주(密酒)를 운송하던 이도 많지요."

"밀주?"

"예. 한때 관에서 술에도 과한 세를 매긴 터라 업자들은 막중한 세를 피하려고 밀주 판매를 시작했습죠. 결과는 대성공이었습니다. 위험을 감수한 덕분에 세를 피했고 줄인 세만큼 좋은 원료와 인력비를 증편했지요. 그때 알아 둔 도가의 장인들이 있습니다."

악정호가 눈을 동그랗게 떴다.

"그럼……."

"하하. 예, 그중 하나가 접니다. 세를 피할 사업은 웬만하면 다 건드려 봤습죠."

"의아하군. 그들은 어째서 백우상단에 영입되지 않았소? 말한 대로 도가 사업이 주력이라면 진작 고용되었을 터인데."

"큰 세력에 빼앗기지 않으려고 제가 데리고 있었습죠. 사람이 있으면 사업이야 언제고 어떤 방식으로든 다시 시작할 수 있으니……."

유준의 이야기에 악운은 그를 영입한 것에 무척 만족스러웠다.

악운이 유준을 영입하기로 한 것은 세 개의 이유 때문이다.

먼저 원칙이 있는 자였고, 할 수 있는 것과 없는 것을 구분할 줄 아는 이였으며, 약조를 하고 나면 확실한 결과로 보여 줬다.

마지막으로 그는 종속이 아닌 '신뢰' 관계를 원했다.

휘하에 들되 주도적인 사업과 삶을 인정받고 싶었던 것이다.

'그래서 거대 세력에 편입되지 않는 암상을 택했겠지.'

악운은 돌로 가려져 있던 옥이 세상 밖에 드러났다는 생각이 들었다.

주도 사업은 유준이 재개하려고 했던 사업 중 하나일 뿐이다.

앞으로 다시 재개해야 할 사업, 혹은 자본이 부족해 하지 못했던 사업이 그의 머릿속에는 무궁무진할 것이다.

악운은 그가 어떤 미래를 보여 줄지 궁금해졌다.

"아버님, 총경리의 말에 일리가 있는 듯하군요. 신 각주가 허락한다면 충분히 경쟁력 있는 사업으로 보입니다."

신 각주가 늘 그렇듯 특유의 무심한 얼굴로 말했다.

"가주께서 진행을 허락하신다면 최우선으로 검토해 보겠습니다."

"나는 충분히 경쟁력 있다고 보오. 이의 있는 이는 말해 보시오."

장내에 있는 이들은 아무도 이의를 제기하지 않았다.

"좋소. 그럼 모두 동의한 것으로 알고 도가 사업을 지금 즉시 허하겠소. 진행은 어찌할 생각이오?"

"전장 설립이 이루어지면 도가 설립을 돕는 투자를 행하고, 도가의 정상화가 시작되면 매년 이익금을 거둘 계획입니다."

전장은 단순히 돈을 지키고 가두는 게 아니라 다양한 곳에 투자를 하고 그 이익을 거두는 곳이다.

악정호가 보기에도 유준의 선택은 현명했다.

"좋소. 세부 계획은 신 각주와 상의하도록 하시오. 앞으로 본 가의 자금은 제녕의 전장을 통해 각지로 움직일 터이니, 두 사람은 지금처럼 함께 일하게 될 것이오."

"예?"

그 순간 기분 좋게 웃고 있던 유준이 자리에서 벌떡 일어났다.

이제야 신 각주 지옥에서 벗어나나 했더니 생날벼락도 이런 날벼락이 없었던 것이다.

"잘됐군. 아주, 잘됐어."

신 각주가 만족스러운 얼굴로 유준을 쳐다봤다.

❧

본회의가 끝난 후 악정호는 악운을 따로 남겼다.

"오랜만에 차나 했으면 싶었다. 너희와 오순도순 평화로이 살려고 시작한 가문 재건인데, 너희 얼굴 보는 게 점점 더 힘들어지니……."

악정호는 한차례 녹차를 홀짝이면서 아쉬운 눈치를 보였다.

"동생들은 어찌 지냅니까?"

"의지는 예랑이와 수련하느라 여념이 없고, 제후는 그새 같은 나이대의 가솔들과 친해져서 문주 놀이로 일대 종사가 다 됐지. 제 형 닮아서 그런지 별나다, 별나."

"아버지가 아니고요?"

"그럴 수도?"

"하하!"

악운은 악정호의 넉살에 웃음을 터트렸다.

오랜만에 동생들 얘기를 들으니 가문으로 돌아가고 싶은

마음이 커졌다.

"마음 같아서는 얼른 돌아가고 싶지만 산재한 일이 많은 것이 아쉽네요."

"아비도 돌아가는 길에 너를 데려가려고 생각했다만, 제 녕의 상황을 보니 그러기는 힘들 듯싶구나."

"예."

두 사람의 말대로 악운은 오늘을 기점으로 새로운 대대(大隊) 창설을 위한 인물 등용을 허락받았다.

악운이 떠올린 '적'과의 동침 계획이 급물살을 타기 시작한 것이다.

"선별 과정과 기준은 이 아비도 허하긴 했다만, 부각주가 준 명부를 살펴보니 녹록지 않은 인물들처럼 보이더구나. 가능하겠느냐?"

"가문을 재건하는 길도 처음에는 요원해 보이기만 했습니다. 그에 비하면 충분히 실현 가능성 있는 일입니다."

"그래, 알았다. 좋은 소식 기다리도록 하마."

"예, 노력해 보겠습니다."

"마셔. 다향이 좋다."

악운이 찻잔을 한차례 홀짝인 직후에 물었다.

"그럼 총경리 취임식이 끝나면 곧장 출발하시는 겁니까?"

"그래야겠지. 너무 오래 본가를 비우는 건 영 신경이 쓰여."

산협단의 정예들이 가문을 지켜 주고 있기는 하지만 내원의 정예가 모두 외부에 파견 나와 있는 상황이다.

　아버님의 말씀처럼 가문의 방비가 걱정되는 건 당연했다.

　"하아…… 돌아가게 되면 산처럼 쌓인 최종 수결과 새로운 보고가 이 아비를 기다리고 있겠지?"

　악운은 대답 대신 헛웃음을 흘렸다.

　아니었나 보다.

　"그런데, 운아."

　"예, 아버지."

　"우리가 동진검가와 문파대전을 시작한 이상, 앞으로 너에 대한 관심과 경계가 많이 쏟아질 게다. 알아서 잘해 내겠지만 노파심에 한마디 하마."

　"말씀하십시오. 새겨듣겠습니다."

　"항상 암습에 대비하거라. 궁지에 몰리기 시작한 동진검가가 어떤 선택을 할지는…… 아직 아무도 몰라."

　"걱정 마세요. 대비하지 않을 만큼 오만해지기에는 아직 가야 할 길이 멀다는 걸 알고 있습니다."

　"현명한 판단이다."

　악정호가 씨익 웃음 지었다.

　장성한 큰아들이 얼마나 자랑스러운지 먹지 않아도 배부를 지경이다.

다음 날 제녕의 가솔들은 악운의 지시에 따라 전장 설립식 및 총경리 취임식을 위해 움직였다.

　본래는 가문 차원에서 명숙이나 문파 등을 초빙하는 무림첩을 준비하려고 했지만, 급박하게 돌아가고 있는 산동성 정세에 맞춰 약식 진행하기로 했다.

　하지만, 웬일인지 인파가 크게 몰렸다.

　낭인촌과 엽보장의 일원들을 전장에 고용한다는 입소문이 제녕과 그 인근 도시로 퍼졌기 때문이다.

　몰려든 인파로 인해 내부 인사들로만 진행되려던 설립식은 순식간에 대형 행사가 되어 버렸다.

　결국 악정호는 가솔들과 의논해 설립식에 한해서 일시적으로 장원을 개방하기로 했다.

*

　"경진년 초닷새, 나 산동악가의 이십일대 가주 악정호는 오랜 시간 교역의 단절과 대자사의 억압으로 고통받던 제녕에 또 다른 둥지를 틀었소."

　단상에 오른 악정호는 한 차례 입을 연 후 단상 아래 모인 가솔들과 그 뒤에 자리 잡은 인파를 한눈에 마주했다.

'아버님, 보이십니까? 악가의 또 다른 시작입니다.'

감격스러운 마음에 고양감이 감돈다.

동평에 새 터전을 세운 지 한 해가 넘어 산동성을 횡단하는 또 하나의 거점지를 세우게 된 것이다.

악정호는 격동하는 마음을 애써 꾹 누르고 차분하게 연설을 이어 갔다.

"그 둥지의 시작은 전장이 될 것이며, 전장의 대명(大名)은 제녕을 넘어 만인의 이윤을 책임지라는 의미로 만익전장(萬益錢莊)이라 짓겠소. 가솔 유준은 단상 앞으로 나오라!"

성난 뿔피리 소리가 장내를 가득 메웠다.

부우우웅!

두둥, 두두둥-!

기수들이 뿔피리를 내려놓자 이번에는 북수들이 북을 두드렸다.

그 소리에 맞춰 유준이 상기된 얼굴로 악가상천대를 지나 단상으로 걸음을 옮겼다.

두근두근-!

품어 온 꿈의 시작이 설렘으로 바뀌어 유준의 가슴을 두드렸다.

단상 바로 아래에 도열한 사람들의 면면이 보인다.

백훈, 부각주, 신 각주, 유 대주, 그리고…….

'나의 주군이 될 사내.'

악운은 그 어느 때보다 환한 미소를 보이며, 입을 벙긋거렸다.

그러자 선명한 전음이 유준의 귓가에 울려 퍼졌다.

─이제 그대의 꿈이 가문의 미래가 될 것이오. 보다 탐욕스럽게 꿈꾸시오.

유준은 온몸의 솜털이 곤두서는 전율을 느끼며 미미하게 고개를 끄덕였다.

보여 줄 것이다.

가문에, 만천하에, 나 암상 유준이 거상(巨商)이 될 것이라고.

마침내 유준은 떨리는 마음을 안고 가주 앞에 멈춰 섰다.

"나는 만익전장의 초대 총경리를 그대에게 맡기려 하네. 하여 그 막중한 소임을 맡을 마음의 준비가 되어 있는지 묻고 싶네. 후회 없겠는가."

"되레 가주님께 여쭙고 싶습니다."

"물으시게."

"소인의 꿈을 받아들인 걸 후회하지 않으시겠습니까?"

"그 꿈이 악몽이라 해도……."

가주가 목갑을 열어 총경리를 상징하는 은패(銀牌)를 보였다.

"가솔의 꿈을 지켜 주는 것이 가문이 나아갈 방향일세."

유준은 무릎을 꿇었다.

더 이상 그 어떤 고민도, 질문도 없었다.

해야 할 말은 딱 한마디뿐이었다.

"맡겨 주신 소임을 위해 신명을 다하겠나이다."

악정호는 압도적인 존재감을 보이며 수많은 인파를 향해 외쳤다.

"유준을 만익전장의 초대 총경리로 임명하겠노라!"

인파가 파도처럼 출렁거리며 일제히 환호했다.

"와아아아!"

악정호는 수많은 환호성 속에 유준에게 직접 제작한 총경리 은패와 직인을 하사했다.

이제 가문으로 돌아갈 시간이었다.

෴

노을이 지는 저녁.

한산해진 장원 앞으로 악가상천대가 기마를 끌고 도열했다.

히이잉—!

때마침 악정호가 악운 일행의 배웅을 받으며 빠져나왔다.

"그만 들어가 보거라. 아비에게는 유 대주와 악가상천대가 있지 않으냐?"

"부모님만 자식을 걱정하는 게 아닙니다."

"욘석, 까불기는."

악정호가 악운의 볼을 가벼이 꼬집어 준 후, 호사량에게 당부했다.

"전장(錢莊) 건립 부지는 부각주의 뜻대로 진행하시오."

"예, 가주님."

악정호는 호사량이 전장 건립을 위해 추천한 입지를 선택하기로 결정했다.

제녕 중심지에서 그리 멀지도 않은, 남양호의 절경과 야트막한 산자락을 배후에 둔 최고의 입지였던 것이다.

"그리고 대자사 부지를 최상급 금고처(金庫處)로 개발하는 것은 총경리의 결정에 맡기겠소."

유준이 얼른 고개를 숙였다.

"예, 가주님 말씀대로 진행하겠습니다."

악정호는 웃음으로 화답한 후 이어서 곁에 서 있는 신 각주를 신뢰 가득한 눈빛으로 바라봤다.

"신 각주, 조만간 정계각의 일원들을 제녕으로 내려보내겠소. 그때까지 잘 부탁하오."

"염려 마십시오. 하던 일을 하는 것뿐입니다."

"고맙소. 그리고……."

악정호의 시선이 마지막으로 쭈뼛거리며 서 있는 백훈에게 머물렀다.

백훈이 악운과 어떤 관계에 서 있었는지 악정호 또한 잘 알고 있었다.

"백 대협."

"예, 가주님."

"그대가 가솔이 된 것은 나의 허락이 있어서이긴 했지만 운이의 청이 없었다면 나는 그대를 받아들이지 않았을 것이오."

"……."

"뛰어나지 않아도 되오. 그저 그대를 믿어 준 이를 실망시키지 마시오."

"그리하겠습니다."

"약조한 것으로 알겠소."

악정호는 백훈에게 포권을 취해 인사하는 것으로 작별 인사를 모두 마쳤다.

"아들, 몸조심해라."

악운이 양옆에 늘어선 가솔들에게 든든함을 느끼며 대답했다.

"걱정 마십시오. 몸을 지킬 수 있도록 이미 많은 것을 충분히 내주셨습니다."

"네가 아비에게 더 많이 내줬어."

악정호 역시 악운의 곁을 지키고 선 가솔들에게 든든함을 느끼며 말에 올라탔다.

"이랴! 가자!"

악정호를 필두로 악가상천대가 왔던 것처럼 빠른 속도로 관도를 향해 질주했다.

-소가주를 다시 뵙는 날을 고대하고 있겠습니다. 다음 노산 녹차는 제가 대접할게요.

-기대하겠습니다.

유예린의 마지막 전음에 화답하며 악운이 제녕에 남은 가솔들을 향해 돌아섰다.

"자, 다들 움직입시다."

해야 할 일이 많았다.

❧

악정호가 제녕을 떠난 후에 신 각주와 유 총경리는 눈코 뜰 새 없이 바빠졌다.

전장 조직 구성도부터 대자사가 남긴 남은 재산 처분, 전장을 건립할 부지 선정, 전장의 투자 명부 등을 한꺼번에 진행해야 했기 때문이다.

호사량은 그런 두 사람을 보조하면서 악운이 맡겼던 명부 선별을 빠르게 진행했다.

며칠 되지 않아 악운은 추려진 세 명의 용모파기를 탁자에 올려놓을 수 있었다.

사락-!

호사량이 퀭한 눈을 들어 맨 왼쪽에 놓인 용모파기를 손끝으로 가리켰다.

"왼쪽 첫번째 인물은 금벽산이란 자요. 한때 시위군단(侍衛軍團)에 속했던 궁수였고 그중에서도 추밀원사가 직접 챙길 만큼 무척 아꼈다고 하오."

백훈이 놀란 눈치를 보였다.

"오, 시위군단?"

과거 추밀원사는 최고위나 다름없는 권력자였고 시위군단은 그중에서도 황제의 수도 근교를 지켰던 최정예부대 중 하나였다.

"어느 쪽과 연관 있는 거야?"

"황보세가의 호왕단(虎王團)과 크게 마찰이 있었던 모양이야. 추성 내고산에 사냥꾼으로 머물고 있는 그의 딸을 호왕단 무리가 추행하려 하다가 자결에 이르게 했지."

"정파란 새끼들이 배알도 없나."

백훈이 낭인 생활 중에도 느낀 것이지만 정파나 사파나 낭인이나 똑같았다.

어딜 가든 쓰레기는 그저 쓰레기일 뿐이다.

"그래, 맞다. 스무 명의 호왕단 소속 무인이 죽고 오십여 명이 다쳤다더군. 하지만 황보세가에서 쉬쉬한 탓에 크게 알려지진 않았어."

"그 후엔…… 어떻게 됐지?"

"활을 쓰는 오른팔이 잘려 쫓겨났고 지금은 외팔로 칼을 쓰는 하류 낭인이 됐지. 의뢰받은 돈은 술값으로 탕진한다더군."

백훈의의 눈매가 노기로 파르르 떨렸다.

절정 고수인 백훈마저도 직접 겪어 본 현실이다.

강한 힘은 진실도, 명분도 모두 가린다.

악운이 이어서 물었다.

"다음은 누굽니까."

"서태량, 과거엔 남안표국이란 작은 표국의 국주 아들이 었소. 하지만 백우상단의 덫에 걸려들어 도박에 빠져들었지. 진실을 알고 난 후에 정신을 차렸지만 때는 늦었소."

"표국이 망한 뒤엔 어찌 됐습니까."

"그의 아비는 충격에 눈을 감았고 어미는 지병이 악화됐으며 하나 있던 여동생은 백우상단 소유 기루의 기녀가 되었다고 하오. 그녀를 풀어 주기 위해 낭인 생활을 하고 있소."

"서태량이라……."

백훈은 그의 소문을 아는 눈치였다.

"잘 알아?"

악운의 반문에 백훈이 고개를 저었다.

"잘은 아닌데, 들어는 봤지. 제녕을 중심으로 이 인근에서는 제법 유명해. 묘안무정도(眇眼無情刀)라고 타 표국의 알던 사람들을 통해 표물 운송에 자주 차출되기도 하고. 도(刀)를 잘 쓴다더군. 몇 번 마주친 적은 있어."

호사량이 동의하며 첨언했다.

"그렇겠지. 한때는 산동십대고수가 될 거라고 주목받던 무재였던 모양이야."

악운은 대략 서태량이 놓인 상황을 알 거 같았다.

힘이 없으니 동진검가를 배후에 둔 백우상단에 직접 도전할 수는 없고 그렇다고 삶을 포기하자니 동생에게 미안할 것이다.

"내일이 없겠지."

암담하고 참담하리라.

악운은 호사량의 선별에 만족스러워하며 마지막 용모파기를 향해 시선을 돌렸다.

용모가 한눈에 들어오자 악운은 이자가 누군지 대략 짐작될 것 같았다.

때마침 호사량이 마저 말을 이었다.

"다음은 태산배사로 인해 가족을 모두 잃은 황보세가의 가솔이오."

악운의 눈에 이채가 흘렀다.

역시 그랬나.

황보연(皇甫研).

그녀는 본래 황보 성씨가 아닌 공씨였다.

하지만 공씨 일가는 오랜 세대를 걸쳐 황보세가에 자리를 잡은 일가였고, 마침내 그들의 공을 인정한 황보연종 가주에 의해 '황보' 성씨를 부여받았다고 한다.

호사량이 용모파기를 가리켰다.

"문제는 황보철이, 제 부친인 황보연종이 아낀 공씨 일가를 똑같이 아꼈다는 데에 있소."

황보철이 남긴 사람들을 태산배사의 혈사로 숙청하던 황보정에게 공씨 일가는 반드시 제거해야 할 숙적이었을 것이다.

악운의 눈빛이 가라앉았다.

천휘성의 기억 속에 남은 공씨 일가의 한 사람이 스쳐 지나갔다.

강인한 무인이었던 황보철 곁을 그림자처럼 수행하던 호위 무사 황보림.

그의 손녀 이름이 분명…….

'황보연이었지.'

황보연을 본 적은 없지만 황보철, 황보림과는 여러 번 인연이 되어 마주한 적이 있었다.

"공씨 일가가 전부 숙청당했습니까?"

"알려진 바로는 그렇소."

백훈이 끼어들었다.

"그런데 그녀는 어떻게 살아 있는 거지?"

"공씨 일가의 황보림이 권력을 쥔 황보정에게 저항하는 대신 자신을 비롯한 친인척의 자결을 선택했다. 혼란을 원치 않았던 거지. 대신 손녀인 그녀의 목숨만 살려 달라 청했어."

악운은 내심 의아했다.

'황보정이 순순히 그 말을 들어주었을 리 없을 텐데.'

겁이 많은 황보정은 후환을 남겨 둘 자가 아니다.

약조를 지키지 않고 그녀를 베었을 것이다.

의아해하던 찰나 호사량이 말했다.

"그녀는 해음절맥(害陰絶脈)이오."

해음절맥(害陰絶脈).

음기를 약화시키는 절맥이다.

사람의 몸은 음양이 절묘하게 조화를 이루는데, 그 균형이
조금이라도 깨지면 맥이 좁아지는 절맥에 이른다.

그중 해음절맥은 갈수록 음기가 소멸되어 단명하는 병이
다. 늘 음기의 공급이 필요한 '오장(五臟)'이 죽어 가는 것이다.

백훈이 쓰게 웃었다.

"그냥 죽게 내버려 두고 있는 것이로군. 그녀가 나서서 할
수 있는 건 아무것도 없을 테니."

"맞다."

"안타깝긴 하지만…… 나는 이 여인의 영입에 반대야."

"듣고 있어. 계속해."

"동진검가와 문파대전을 시작한 이 시기에 황보세가까지
척질 필요는 없어."

"그리고?"

"서태량과 금벽산은 일인 몫은 하는 자들이야. 만약 우리

제안을 받아들일 경우에 즉시 전력감으로도 쓰여. 그런데 이 여인은?"

악운이 답을 해 보라는 듯 말없이 호사량을 쳐다봤다.

호사량은 이미 대답이 준비된 표정이었다.

"그녀는 무기력하고 저항하지 못했던 공씨 일가가 남긴 마지막 핏줄이야. 그런 배경은 과거의 황보세가를 그리워하면서 쥐 죽은 듯이 숨어 있는 수많은 사람들을 자극할 거다."

백훈은 그래도 쉬이 납득하지 못했다.

"황보세가가 가만히 있지 않을걸. 그로 인해 얻는 이익보다 손해가 많아지면 어쩌려고 그래?"

마지막 그의 반문에 대답한 건 악운이었다.

"손익을 따져 봐도 그녀를 영입하는 게 나아. 그녀에게 결여된 것을 채워 줬을 때 그녀가 우리에게 해 줄 수 있는 일은 무궁무진할 거다."

"뭘 채워 주려고?"

"소명(召命)."

그 단어를 듣는 순간 백훈의 눈빛이 사연이라도 있는 것처럼 세차게 흔들렸다.

"소명?"

"삶에 대한 증명 말이야. 그대 역시도 그러지 않았나. 아니, 여기 용모파기가 놓인 인물들 모두가 그렇지."

악운은 입을 닫는 백훈에게 마저 말을 이었다.

"네가 그랬듯 본인이 지닌 삶이 얼마나 가치 있는지 스스로 증명할 기회를 줘야지. 안 그런가?"

결국 백훈이 피식 웃었다.

복잡한 소리는 접어 두고 이번 대화를 통해 새삼 깨달은 게 있었다.

"하긴 네 옆에 있으면 심심하진 않겠다는 생각은 들었지."

악운이 자리에서 일어났다.

"무슨 이유라도 찾았으면 됐어."

둘을 지켜보고 있던 호사량의 입가에도 잔잔한 미소가 걸렸다.

"뭘 그렇게 엄마처럼 부담스럽게 쳐다보고 그래?"

백훈이 분위기를 깨기 전까지만.

꿍

한 시진 후 악운은 백훈에게 동행할 채비를 시키고, 본인 역시 장원을 떠날 준비를 했다.

'이 정도면 됐나.'

악운은 흑룡아를 허리에 차고, 천에 감싼 필방과 이화창을 줄에 매달아 어깨에 걸쳐 멨다.

제녕의 방비를 위한 첫걸음이었다.

동진검가 때문만은 아니었다.

미래를 위해서였다.

이미 가문은 동평, 청주, 창읍, 연태를 신경 쓰는 것만으로도 많은 전력을 사용하고 있다.

화홍단과 연관된 세력은 시작일 뿐, 앞으로 어떤 변수가 나타날지는 그 누구도 장담할 수 없었다.

'대비하려면 내 개인의 수련뿐 아니라 질적 양적으로 균형 잡힌 전력을 갖춰야 해.'

한 손으로 열 손을 막을 수는 없다.

함께할 믿음직한 열 손이 필요했다.

그때 멀리서 기척이 느껴졌고 얼마 지나지 않아 호사량의 목소리가 들려왔다.

"소가주."

"들어오십시오."

문이 덜컹거리는 소리가 들리고 호사량이 방 안으로 들어왔다.

"지금 떠나십니까?"

"예, 세 사람을 직접 만나 볼 생각입니다."

"같이 가시지요."

"바쁘실 텐데요?"

애초에 악운은 백훈만 데려가려 했다.

호사량은 제녕 내에서 해야 할 일이 많았기 때문이다.

"부지 선정은 가주께서 오시기 전에 미리 준비되어 있었던 터라 차질 없이 정해 놓았고, 건물 내 기관토목술 설계 역시 근 두어 달까지는 문제없게 처리해 뒀다오."

"아, 그럼⋯⋯."

악운은 그제야 호사량의 눈이 퀭했던 이유를 알 것 같았다.

최근 계속 밤을 새우더니 이유가 있었던 것이다.

"혹시 몰라 울루갑까지 챙겨 입었소."

호사량이 장포 사이에 챙겨 입은 울루갑을 보여 주며 엷게 미소 지었다.

악운 입장에서도 호사량만 괜찮다면 동행하는 편이 여러 모로 효율적이었다.

거절할 이유가 없었다.

"가시죠."

악운이 앞장서서 문을 열었다.

꿰

세 사람의 첫 목적지는 제녕을 찾았을 때 방문해 본 다자 객잔이었다.

안에 들어선 악운 일행이 방갓을 벗자 다자객잔 내부가 더욱 소란스러워졌다.

"소가주님이시다."

"크흠, 이참에 얼굴이나 잘 보여야지."

단 셋이서 악명 높던 대자사를 집어삼켰고 며칠 전엔 만익 전장의 설립식까지 대대적으로 치른 터라 세 사람의 얼굴이 유명해진 건 당연했다.

하지만 백훈은 썩 좋은 표정이 아니었다.

"젠장, 내가 왜 땀 냄새 나는 사내새끼들 틈에서 이런 뜨거운 눈빛을 받아야 돼?"

"신경 쓰지 말고 사람이나 찾아. 엽보원(獵報院)에서 나온 정보에 의하면 이 시간쯤에 자주 출몰한다더군."

엽보원(獵報院)은 유준이 최근 공식 명칭까지 붙인 전장 내 최초의 조직이었으며, 구성원은 알고 지내던 엽보장과 그 중개인들 그리고 선별 영입한 낭인들이었다.

"온 것 같군요."

객잔 내부를 둘러보던 악운이 입구로 들어서는 취객을 제일 먼저 발견했다.

백훈은 그가 구석진 자리에 앉아 술을 시키는 것을 보자마자 자리에서 일어나려 했다.

악운이 그런 그를 제지했다.

"잠깐."

"왜?"

"보는 눈이 많으면 사사로운 일들을 꺼내기 불편해. 그가 집에 돌아갈 때 접선하는 게 나아."

호사량도 동의했다.

"소가주 말씀이 맞소."

백훈도 틀린 말이 아니라 생각했기에 별말 없이 다시 자리에 앉았다.

"그럼 술이나 마셔야지."

악운이 고개를 끄덕였다.

"그렇게 해. 객잔에 와서 아무것도 안 시키는 게 더 이상하니까."

"근데 말이야. 하나 묻고 싶은 게 있는데……."

"말해."

"지금 시키는 음식……."

백훈이 의심스러운 눈초리로 물어봤다.

"소가주가 내는 거지?"

"언제는 네가 냈더냐."

악운 대신 호사량이 혀를 차며 타박했다.

"마음껏 시켜. 혼자 취해서 시끄럽게 나불대지만 않으면 상관없어."

백훈이 일전의 일을 떠올리며 인상을 구겼다.

"젠장……."

"무엇이기에 얼굴이 새하얗게 질리는 거지?"

호사량은 새로운 약점이라도 잡았단 듯 무척 흥미로워했다.

그러는 동안 밤이 깊어 갔다.

악운 일행의 등장에 설레(?)던 손님들이 하나둘 자리를 뜨고, 술에 취해 인사불성이 된 손님들만이 남았을 때쯤.

악운이 지켜보고 있던 금벽산이 자리에서 일어났다.

그런데…….

저벅저벅.

자리를 뜰 줄 알았던 그가 발걸음을 돌려 악운 일행이 있는 탁자로 걸어왔다.

"처음 뵙겠소. 나, 금벽산이라고 하오."

술에 취해 혀가 꼬부라지기는 했지만 그의 말투에는 습관처럼 밴 절도가 느껴졌다.

"악운이오. 이쪽은……."

"도평검객, 회회검사(回回劍士). 모두 유명하신 분들이라 잘 알고 있소이다."

최근, 대자사 습격으로 인해 호사량 역시 무명(武名)이 생긴 것이다.

금벽산은 동네 어귀에서 볼 법한 푸근한 인상이었다.

선정보가 없었다면 그가 한때 시위군단 소속이었음을 유추하기는 힘들어 보였다.

"한잔하시겠소?"

"잔은 됐소."

금벽산은 호탕하게 웃은 후 술병째 술을 벌컥벌컥 들이켰다.

술병을 집어 든 왼손이 악운의 눈에 스치듯 보였다.

꿀꺽꿀꺽.

순식간에 한 병을 비워 버린 금벽산이 술병을 내려놓으며 말했다.

"듣자 하니 전장에서 쓸 만한 낭인들을 식솔로 고용한다더군. 매달 떨어지는 삯이 웬만한 의뢰보다 넉넉하다고……. 주변에 알고 지내던 낭인들도 시험을 치르러 간다고 하더이다."

금벽산이 악운을 똑바로 응시했다.

악운이 보기엔 취기 따위가 깃든 눈이 아니라 명료한 눈동자였다.

"하지만 소가주께서 직접 찾아와서 고용한다는 얘기는 어디에서도 들어 보지 못했소."

"예외는 늘 있기 마련이오."

"내가 그 예외요? 하하, 영광이지만…… 어쩌나? 나는 어딘가에 속할 생각이 없소."

금벽산이 자리에서 일어나 품속에 있던 주머니를 탈탈 털었다.

쩔렁.

"내가 마신 술값은 치르고 가겠소이다. 만나 뵈어 영광이었소."

돌아서려는 금벽산을 악운의 음성이 붙잡았다.

"대대(大隊) 하나를 꾸리려고 하오."

"방금 듣지 못하셨소? 나는 어딘가에 속할 마음이……."

악운이 그의 말을 자르며 호사량을 불렀다.

"부각주."

말이 끝나기 무섭게 호사량이 쩔렁거리는 주머니를 내놓았다.

"소가주께서는 그대에게 지금 의뢰로 버는 삯의 두 배를 드리겠다고 하셨소."

악운은 애초부터 그를 몇 마디 말로 설득할 생각이 없었다.

백훈과 호사량이야 가문 혹은 곁에 남아야 할 이유가 있었다고 하지만 이번에 영입할 사람들은 그들과는 사정이 달랐다.

악운이 다시 입을 열었다.

"추가로 의수 제작도 해 드리겠소."

뛰어난 의수는 굉장히 비싼 제작품이었다.

"그래 봤자, 나는 하류 칼잡이요."

"칼 대신 활을 잡으시오."

"예상은 했지만 나에 대해 꽤 많은 것들을 조사하셨구려."

"영입에 필요한 절차요."

"좋소. 그건 그렇다 쳐도 의수로 활을 지탱하고 좌수로 활을 쏘라고? 활이 얼마나 예민한 병기인지 몰라서 하는 소리요?"

"못하오?"

"못하오."

"그럼 관두시오. 가지."

오랜 시간 기다려 온 악운이 지체 없이 자리에서 일어났다.

백훈이 황당한 표정을 지었다.

"이렇게 오래 기다려 놓고 포섭을 포기한다고? 소명해 볼 기회를 줘야 한다며?"

"나는 한때 긍지 있던 관인을 마주하러 온 거지, 시작하기도 전에 핑계만 대는 겁쟁이를 모시러 온 게 아니야."

악운이 가만히 듣고 서 있는 금벽산을 차분한 눈길로 응시했다.

"반가웠소. 이만."

냉정히 돌아서는 악운을 일행이 조용히 뒤따르려던 그때.

"동진검가와 문파대전을 시작했다고 들었소."

악운이 반문했다.

"그래서?"

"나는 황보세가와 철천지원수요. 산동악가가 황보세가와 같은 길을 걷는다면 나는 언제든 당신 곁을 떠날 것이오. 날 아무 제지 없이 보내 주리라 약조해 주시오."

"약조는 수긍하겠지만 방금 한 발언은 정정해야겠소."

"무슨 발언 말이오?"

"나는 애초에 어떤 이유로든 그대가 떠날 것을 제지할 생각이 없었소. 그대가 재기할 가능성과 경험을 가지고 있어서 내가 직접 찾은 것은 맞지만, 그렇다고 본 가가 그대에게 크게 의존하는 것은 아니란 얘기요."

"……."

"나야말로 약조를 받아야겠소. 바라건대 내가 건넨 삯만큼 노력하고 재기하시오. 본 가에 의존하면서 살지 말란 얘기요."

금벽산의 눈빛이 거칠게 흔들렸다.

"약조……하리다."

"본 가로 가면 유 총경리가 받아 줄 것이오. 조만간 다시 봅시다."

금벽산은 악운 일행이 시야에서 안 보일 때까지 움직이지 않고 뒷모습을 배웅했다.

"더럽게 까칠하구먼."

금벽산이 악운을 평가한 첫인상이었다.

❧

제남, 동진검가 대장원, 나백의 집무실.

"이것이…… 사실인가?"

나백이 집의전주 장설평을 향해 물었다.

"그렇습니다."

"그럴 리가…… 가주가 그럴 리가……!"

나백은 얼굴을 덮은 반백의 수염을 파르르 떨었다.

보고가 담긴 서찰에는 제녕으로 향한 맹주의 상황이 적혀 있었다.

극비(極祕).

우선시되는 최상(最上) 보고(報告).

제녕행 파견 대대(大隊) 전멸.

위맹각 부각주 및 위맹각 검대(劍隊) 칠십구 인 사망(死亡).

가주(家主) 진엽(眞燁) 사망(死亡.)

"진위 여부조차 믿기 힘들군."

"어젯밤 산동악가 측에서 마지막 예우라면서 가주님과 가솔들의 시신을 보내겠다고 연통이 왔습니다. 사실인 거 같습니다."

나백의 눈썹이 꿈틀거렸다.

"마지막 예우? 설마……!"

"예, 산동악가에서 우리와의 문파대전을 공식화했습니다. 동평 부지도 장악당했다는 소식입니다."

화아아악!

나백의 분위기가 삽시간에 바뀌었다.

"이 쌍놈의 쓰레기들을 보았나!"

분노로 쩌렁쩌렁한 음성이 방 안에 울려 퍼졌다.

무공 실력이 낮은 장설평의 얼굴이 새하얗게 질렸다.

투툭!

장설평의 귀에서 피가 뚝뚝 떨어지는 걸 보고 나서야 나백이 흥분을 가라앉혔다.

"괜찮으신가?"

"예, 저는 괜찮습니다."

"자, 닦으시게."

나백이 싸늘해진 얼굴로 천을 건넸다.

장설평은 그 천을 받아 들면서 문득 그의 눈빛과 마주했다.

나백의 눈에는 단순히 살의만이 들어 있지 않았다.

그의 눈빛에는…….

'의심.'

나백이 나직이 물었다.

"집의전주."

"예."

"가주는 나를 형처럼 대접해 주었고, 자네에게는 오랜 세월 동안 막냇동생처럼 대우해 줬네."

"잘 알고 있습니다."

"그러니 자네가 말해 보게. 어찌 그리 평온한가?"

조금씩 나백의 기세가 장설평을 옥죄었다.

장설평이 신음을 흘리며 말했다.

"크윽, 집의전은 함께 모여 가문의 부족한 점을 늘, 성찰하고 채워 나가는 책략 조직……입니다. 최대한 감정을 배제하고 냉철하게 사고해야 합니다."

핏발 선 장설평의 눈가에 눈물 한 방울이 떨어져 내렸다.

하지만 나백은 그의 눈물을 보고 나서도 쉬이 기세를 거두지 않았다.

"위맹각은 강했고 가주는 머지않아 입신에 이를 만큼 강했네. 놈들이 그런 가주와 위맹각을 전멸시킬 정도라면…… 미리 정보를 입수하고 준비했어야 해. 아니, 그랬어도 모든 시기와 운이 맞아떨어져야 했겠지!"

나백이 자리에서 일어나 장설평을 엄중한 눈으로 내려다보았다.

"동선을 면밀히 알고 있던 건 집의전주, 자네와 나뿐이었네. 두 부인과, 후계자인 소가주에게도 알리지 않았지."

"같은 생각……인가 봅니다. 지금의 저는 모든 상황과 인과 고리를 의심하는 중입니다. 당연히 나 각주님 역시도 제 의심 대상 중 한 사람입니다."

"그대가…… 나를 의심한다?"

"이유는 방금 전에 말씀하신 그대로 아니겠습니까? 추궁은 심증이 아니라 물증부터 찾은 후에 하겠습니다."

나백은 그제야 기운을 거뒀다.

"쿨럭!"

장설평은 내장이 진탕된 것을 느끼며 짧게 각혈했다.

"그대의 말이 옳네. 심증만으로는 아무것도 증명할 수 없지. 내 무례함을 용서하시게."

장설평이 입가의 피를 닦으며 대답했다.

"저에 대한 의심도 아직 거두지 마십시오. 물증이 나올 때까지는 모든 것을 의심해야 합니다."

"어쩌면 내부가 아니라 외부에서 새어 나간 것일 수도 있지 않겠는가."

"그럴지도 모릅니다. 현재로서는 경우의수가 너무 많습니다."

"상관없네. 모든 일 중에서 최우선시해서라도 찾아낼 것이니까."

"알겠습니다. 하지만 인력이 부족할 것입니다."

"……."

"조만간 황보여진을 통해 가주님의 부고와 우리의 대패가 외부에 알려지면 황보세가는 이 기회를 결코 놓치지 않을 것입니다."

"알고 있네. 그래서 내부의 첩자를 찾는 것과 동시에 황보세가와 타협을 해 볼 작정일세."

"생각해 둔 방법이라도 있으십니까?"

"최근에 거절하려 했던 제안을 다시 고민해 볼 생각일세."

"제안이라면……?"

"남창의 항산파 장로인 복밀검(伏密劍) 연진승 대인이 내게 서신을 보내왔네."

"아는 분입니까?"

"한때 나와 호형호제하던 분이지. 그분이 문파대전을 잠시 접어 두고, 오만한 산동악가를 공적으로 두는 것이 어떤가 제안하더군. 말 같지도 않은 소리 같아 거절하려는 서찰을 보내기 직전이었네."

"그런데 상황이 바뀌었군요."

"그래, 오히려 황보세가에서 단칼에 거절하려 들겠지. 하지만 우리가 끝까지 저항하는 대신 황보세가의 휘하에 들어가는 것을 제안한다면 어찌 될 거 같은가."

"그게 무슨……."

"이보게, 집의전주. 가주는 내게 천하였고 미래였네. 소가주? 그래, 가문의 미래가 될 수도 있겠지. 하지만 내겐 아니야. 나는 소가주에게 충성한 게 아니라, 내 아우 진엽에게 충성하였네."

장설평은 꿀꺽, 마른침을 삼켰다.

노기로 활활 타오르는 나백의 눈빛은 분명히 위험해 보였다.

"나는 수단과 방법을 가리지 않고 가주의 죽음과 관계있는 모든 잡것들을 처단할 것일세. 그러니 그리 아시게. 알겠는가."

"저는 동의하지 않습니다."

"상관없네. 자네의 동의를 구할 생각 따위 추호도 없으니까."

"그게 무슨…….."

장설평이 위화감을 느낀 그 순간.

"밖에 있는 자들은 들어라! 지금 즉시 집의전주를 호위하는 가솔들을 베고 오너라!"

위맹각은 가주와 나백의 하명에 죽고 산다.

"끄악!"

눈 깜짝할 새 장설평을 호위하는 무사들의 비명이 문밖에서 울려 퍼졌다.

머지않아 집의전에 속한 무사 두 명이 집무실의 문을 부수며 바닥에 쓰러졌다.

"이게 무슨 짓입니까!"

눈을 부릅뜬 장설평의 외침에 나백이 무표정한 눈빛으로 대답했다.

"이것이 진 동생을 위해 내가 해야 할 일이네."

"설마…… 가문을 장악하려는 것입니까?"

"말은 바로 하게. 가문을 지키려는 선택일세. 알겠는가."

나백이 사자처럼 낮게 으르렁거린 후 검을 거두는 위맹각 무사들에게 마저 하명했다.

"그를 끌고 가서 고문해라. 그의 말이 진실인지 아닌지는, 그 후에야 밝혀지겠지."

장설평의 눈가가 파르르 떨렸다.

애초부터 나백은 말로 이 모든 사태를 끝낼 생각이 없었다.

그는…… 이미 가주의 죽음에 미쳤다.

장설평이 두 팔을 붙잡으려는 위맹각 무사들의 손을 떨쳐냈다.

"놔라. 내 발로 갈 것이다."

그는 떠나기 전 마지막으로 나백을 노려봤다.

"이런다고 달라질 건 아무것도 없을 겁니다."

"푹 쉬다 오시게."

나백이 장죽을 피워 올리며 창밖으로 시선을 돌렸다.

혼란의 폭풍이 동진검가 내에 휘돌기 시작했다.

❦

태양무신의 심득서가 흔적 없이 불탔다는 소문과 맞물려 산동성이 들썩이기 시작했다.

제녕격전(濟寧激戰).

산동성을 황보세가와 양분한 동진검가의 주인이자 제남의

패자였던 팔황호군 진엽.

산동이군(山東二君) 중 한 사람이었던 그가 이 전투에서 사망한 것이다.

진위 여부를 의심하게 만들 만큼 경악스러운 일이었다.

그것도 이제야 열일곱이 된 옥룡불굴에 의해 사망했다는 사실은 산동성 무림을 경이로운 충격에 빠지게 했다.

하지만 산동십대고수 중 일인인 뇌검독수(雷劍毒手) 황보여진.

그녀와 뇌진검대가 이 모든 일을 목격했다는 이야기가 퍼지며 진위 여부에 대한 의심은 순식간에 정리됐다.

옥룡불굴의 산동십대고수 편입을 놓고 옥신각신하던 설화자들이 이제는 옥룡불굴을 산동이군 중 한 명으로 인정할지 말지를 두고 논쟁하기 시작한 것이다.

누군가는 말했다.

태양무신 사후 서로를 견제하며 위태로운 살얼음판을 걷던 천하가 산동악가의 재기로 인해 다시 충돌하기 시작한 것이 아니냐고.

산동성 추성.

한때 나라의 도성이었다고 하는 곡부 인근의 중소 도시다.

제녕을 떠나 며칠 동안 쉬지 않고 달린 일행은 마침내 추성에 도착하였고, 엽보원(獵報院) 가솔을 통해 유준이 보낸 전서구까지 전해 받았다.

"동평 보현각을 통해 제녕 엽보원으로 전해진 내용인데, 황보세가가 각 요충지를 방어하던 무사들을 태산과 경계선인 제남로(齊南路) 인근에 집중시킨다네."

"동평에서 제녕으로, 다시 제녕에서 여기 추성으로 제남 부근의 소식이 전달되었으니…… 지금쯤 황보세가는 집결을 마치고 동진검가로 진격 중일 것이오."

호사량이 덥수룩해진 수염을 쓸어내리며 말했다.

악운은 조용히 고개를 끄덕였다.

예상했던 상황이다.

황보세가와 동진검가가 격돌하는 사이에 악가가 백우상단을 압박하기 위한 사업을 개시하는 것까지…….

그런데…….

"전서 내용은 그게 끝이야?"

"아니, 더 있어. 항산파 장로 하나가 최근에 제남 쪽에 모습을 드러냈다는 얘기가 있었어. 이건 유 형이 추가로 첨부한 내용이야."

악운이 눈살을 찌푸렸다.

"항산파 장로 누구?"

"복밀검이라고 들어 봤어?"

악운의 눈에 이채가 흘렀다.

'복밀검 연진승이라…….'

천하를 주유할 때 두어 번 마주친 적이 있는 자였다.

황보정과 돈독하게 지냈던 자로 기억한다.

서로를 서성삼협(曙星三俠)이라면서 자화자찬하고 다녔었다.

'그 껄렁거리던 작자가 항산파의 장로가 된 모양이군.'

악운은 천휘성의 기억 속 항산파를 잠시간 떠올려 보았다.

항산파는 불가의 심득이 깃든 검문(劍門)으로 초대 문주가 비구니였다가 파계한 선인(先人)이다.

그 이후 대대로 걸출한 인물이 없었던 것을 고려하면 그가 장로가 된 것도 어쩌면 당연한 수순이었을 것이다.

"그가 동진검가와도 연관이 있어?"

"나백과 연이 닿아 있는 모양이야. 최근에는 항산파 검객 일부를 이끌고 동진검가 내에 상주하고 있다고 하네. 여기까지가 전서 내용 전부야. 직접 읽어 볼래?"

"됐어. 그보다 부각주께서는 연진승의 개입을 어떻게 생각합니까?"

호사량의 표정이 딱딱해졌다.

"느낌이 좋지 않소. 나백과 황보정 둘 모두와 연이 닿아 있는 명숙이라면…… 소가주가 고려했던 모든 조건에 부합하는 자요."

"같은 생각입니다. 시기적절하게 두 가문과 연이 닿아 있는 명숙을 움직이는 배후. 그들이 독야문을 움직인 화홍단의 배후일 겁니다. 그리고 그만한 세력이라면……."

악운은 아직 추측에 불과하지만 조금씩 윤곽이 잡혀 가는 미래를 언급했다.

"우리가 가장 우려한 최악의 상황이 벌어질지도 모르겠습니다."

"동진검가와 황보세가 사이에 연합이 이뤄질 수도 있단 말씀이시오?"

"네, 불가능한 것도 아닙니다. 다만 동진검가 내에 분분한 의견을 정리해야 가능하겠지요."

"가주가 죽은 이상 그들의 세력을 정리할 수 있는 인물은 그리 많지 않소. 따져 봤자……."

백훈이 끼어들었다.

"나백이라면 충분하고도 남아. 세력은 물론 명분도 있는 놈이니까. 더구나 지독하기까지 하지."

악운은 순간, 장설평의 얼굴이 스쳤다.

세력의 커다란 변화.

그리고 내부의 균열.

첩자 노릇을 자처했던 장설평이 조금씩 위험해지는 조짐이나 다름없었다. 대대 창설을 서둘러야 했다.

악운이 서둘러 백훈을 쳐다봤다.

"백 형."

"왜."

자연스레 반문하던 백훈이 순간적으로 깜짝 놀라 눈을 휘둥그레 떴다.

"백 형? 소가주, 지금 나한테 형이라고 한 거야?"

악운은 별말 없이 마저 말을 이었다.

"엽보원 가솔에게 가서 방금 우리가 한 대화를 그대로 전해. 급보라고 해 두고 최대한 빨리 아버지께 이 이야기가 전해져야 한다고 해. 일단 동진검가 내부 상황부터 알아봐야겠어."

"한 번 더 형이라고 하면 바로 튀어 가마."

"그래, 백 형. 얼른 다녀와."

"듣기 좋네. 금방 다녀오마."

백훈이 씨익 웃으며 자리를 떠났다.

호사량이 그의 발걸음 가벼운 뒷모습을 보며 혀를 찼다.

"저리도 좋을까."

그러면서 빤히 악운을 쳐다보는 호사량이었다.

"왜요."

"아니오. 됐소. 형은 무슨……. 나는 부각주일 뿐이지."

악운은 대놓고 서운해하는 호사량을 보며 피식 웃었다.

다음번엔 호사량에게도 형님이라고 한번 불러 줘야겠다.

백훈이 악운에게 하명받은 일을 마치고 돌아오자마자 세 사람은 추성에 붙어 있는 작은 산으로 향했다.

내고산(內顧山).

묘안무정도(眇眼無情刀) 서태량.

그가 머물고 있는 모옥이 이곳에 있다고 한다.

백훈이 산로를 앞장서며 말했다.

"이 근처라던데."

일행이 그의 모옥으로 온 데에는 나름의 사정이 있었다.

최근 황보세가 측의 보급 운송 건에 합류했던 서태량이 휘호대의 습격으로 오른쪽 다리가 다쳐서 돌아왔다는 정보를 입수했기 때문이다.

"저기 있네."

백훈이 우거진 수풀을 양손으로 헤치자, 가려져 있던 모옥이 한눈에 들어왔다.

때마침 서태량은 성치 않은 몸으로 물구나무를 서고 있었다.

"후욱, 후욱!"

서태량의 땀방울이 코끝을 따라 뚝뚝 떨어졌다.

체력은 이미 한계치.

하지만 서태량은 두 팔 중 한 팔을 걷고 한 팔로만 온몸을 지탱했다. 그것도 모자랐는지 손가락을 하나씩 땅에서 떨어트리며 갈수록 혹독한 자세로 변경했다.

종네에 엄지 하나로 버티기 시작한 그는 더 이상은 버틸 수 없었는지 신음과 함께 바닥을 굴렀다.

콰당!

크게 넘어진 그는 한차례 욕지거리를 내뱉었다.

"빌어먹을."

살아 돌아온 것만 해도 다행이건만, 황보세가는 의뢰를 완수하지 못했다며 낭인들에게 삯을 지급하지 않았다.

하지만 이대로 주저앉을 수 없었다.

수련이라도 해야 속이 풀릴 거 같았다..

서태량이 천천히 누워 있던 몸을 일으켰다.

"누구쇼?"

"오가며 몇 번 봤을 텐데? 나 백훈이라는 사람이오."

"도평검객 백훈? 그 쫓겨 다닌다는?"

"쫓겨 다니는 건 좀 빼지. 산동십대고수란 걸출한 명호도 있고, 최근에는 대자사 습격 같은 훌륭한 업적도 있잖아?"

"요즘 큰물에서 노신다던데?"

"큰물은 무슨. 새로운 친구 좀 사귄 거지."

"그럼 그 옆에 분들은……."

서태량의 시선이 자연히 악운과 호사량에게로 향했다.

"나는 호사량이라고 하오. 옆에 계신 분은 산동악가의 소가주이시오."

"악운이오. 반갑소."

서태량의 눈이 번쩍였다.

"처음 뵙겠습니다. 서가라고 합니다."

서태량은 서둘러 흙이 묻은 두 손을 털어 낸 후 다시 무릎을 꿇었다.

"저는 평생 동진검가에 원한이 있었습니다. 한데 소가주께서 동진검가의 늙은 이리를 베었다는 소식을 듣고 얼마나 기뻐했는지 모릅니다. 평생 갚기 힘든 큰 은혜를 입었나이다."

악운은 절을 하는 그의 모습을 유심히 바라보더니, 직접 그의 몸을 일으켜 주었다.

"인사는 됐으니 침 좀 맞읍시다."

"예?"

예상 못 한 상황에 서태량이 당혹스러운 표정을 지었다.

❧

"열이 승하면 종(腫)이 되오. 다리에 난 깊은 상처는 한기를 가진 약초들을 바르고 적절한 기침술을 통해 제때 그 열을 빼 주지 않으면 썩어 들 것이오."

악운은 방 한편에 드러누워 있는 서태량의 배와 다리 위에 장침을 지체 없이 여러 개 박아 넣었다.

"첫 침에 독기를 빼고 세 번째 침에 열기를 중화시켰소. 나머지 침은 그간 곪아 있던 피를 다시 순환시킨 것이오."

"왜 처음 본 제게…… 이리 호의를 베푸십니까?"

"대단한 인술을 베푼 건 아니니 부담 갖지 마시오. 그보다 한숨 푹 자는 게 나을 것이오. 우리가 할 얘기는 그 이후에 합시다."

"예……."

백훈이 웃음을 터트렸다.

"거, 사람 참…… 말 되게 잘 듣네."

"원래 이런 모습이 은인을 대하는 기본적인 예의다, 머저리야."

호사량의 타박에 백훈이 인상을 구겼다.

"내가 너한테 물어봤어?"

악운은 두 사람이 투덕거리는 것과는 상관없이 챙겨 온 나무 침곽(針槨)을 정리했다.

서태량이 묘한 눈빛으로 악운을 바라봤다.

❧

몇 시진 후 서태량은 코끝을 자극하는 약제 냄새에 다시 눈을 떴다.

그 옆에서 가부좌를 틀고 앉아 있던 악운 역시 천천히 눈을 떴다.

"깨셨소?"

"예."

"침은 뽑은 지 좀 됐소. 이제 일어나서 탕약을 드시오."

"이건 언제 준비를……."

"다행히 인근에 탕약으로 쓸 만한 약초들이 제법 있었소. 드시오."

악운이 탕약이 담긴 놋그릇을 건넸다.

"그럼 사양 않겠습니다."

서태량은 그릇을 받아 탕약을 한 번에 들이켰다.

무척 쓰긴 했지만 먹을 만했다.

"이제 찾아온 본론을 꺼내도 되겠소?"

"예, 물론입니다."

"나는 최근 그 누구보다 바쁜 나날을 보내고 있소. 내가 바쁘게 움직일수록 가솔 한 사람이 더 살 수 있다는 마음이오. 그런 시간을 그대에게는 아끼지 않았소."

이쯤 되자 서태량은 악운이 자신을 찾은 이유에 대해 명확히 알 수 있었다.

"저를 가솔로 들이려 찾아오신 겁니까?"

"그렇소."

"하지만 저는 해야 할 일이 있습니다."

"누이의 빚 때문이라면 더는 그리할 필요가 없소."

악운이 주머니에서 제법 두둑한 주머니를 꺼내 그의 앞에 툭 내려놓았다.

"백우상단 산하의 기루에 붙들려 있다고 들었소. 이 돈을 가지고 가서 누이를 데려오시오."

서태량은 심장이 쿵쾅거려 잠시 아무 말도 하지 못했다.

살면서 수많은 기회를 놓쳤다.

방탕해서, 때가 늦어서, 능력이 없어서…….

그래서 평생 기회 따위 찾아오지 않을 줄 알았다.

가문의 검법만 피땀 나도록 익혔다.

잘할 수 있는 일은 그것밖에 없었다.

"공짜는 아니오. 누이는 본 가의 가솔이 되어 삯 없이 시비 일을 하게 될 것이오. 그대 역시 본 가에 속하게 되어 즉시 전투에 참여하게 될 것이오."

"소가주!"

서태량이 성치 않은 다리를 들어 무릎을 꿇었다.

누군가의 온정을 받아 본 적 없던 그의 삶에 처음 찾아온 배려였다.

코끝이 시큰해졌다.

"이 은혜를 어찌 갚으면 되겠습니까!"

"방금 말했잖소. 그거면 되오. 열흘 주겠소. 그 안에 모든 일을 깔끔히 정리하고 오시오. 백 형을 동행시켜 주겠소."

"그 후엔 어디로 가면 되겠습니까."

악운이 자리에서 일어나면서 대답했다.

"동평."

～

악운은 서태량을 쉬게 하고 밖으로 나왔다.

마당에서 기다리고 있던 호사량과 백훈이 다가왔다.

"백 형은 서 대협의 일을 정리하며 생길 충돌들을 도와줘."

"그래, 뭐 어려운 일도 아니지. 백우상단 산하의 기루쯤이
야 가로막으면 다 박살 내 버리면 되니까."

"머저리야, 제발 명분 없는 싸움은 웬만하면 피해라."

"엄마처럼 굴지 좀 마! 아휴, 지겨워!"

"쯧."

지켜보던 악운이 말했다.

"두 분이 어째 갈수록 돈독해지고 있는 거 같은데, 착각입
니까?"

"아니거든!"

"소가주!"

악운이 어깨를 으쓱였다.

"아님 말고요. 자, 이제 떠나죠."

"알겠소."

호사량이 고개를 끄덕인 후 마지막으로 백훈을 돌아봤다.

"큰 소란 일으키지 말고 제때 맞춰서 오너라."

"소가주야, 애 좀 빨리 데려가면 안 될까?"

"네놈이 말 안 해도 갈 거다."

호사량이 피식 웃은 후 악운을 따라 돌아섰다.

백훈은 그렇게 사라지는 두 사람의 뒷모습을 보며 묘한 표정을 지었다.

"자식들, 없으니까 심심하긴 하네."

서서히 모옥이 보이지 않을 때쯤.

호사량이 악운과 산길을 걸으며 물었다.

"이제 한 사람 남았구려."

"예."

황보연, 아니 이젠 황보씨를 버리고 공연(公研)으로 살아가는 여인.

현재 그녀는 작은 장원이라는 새장에 갇혀 죽음을 기다리고 있었다.

"사실 계속 궁금했소. 그녀를 영입하는 것에는 이의가 없지만 대체 그녀가 어떤 소명을 갖도록 도와줄 참이오?"

"그녀의 선택권을 좀 넓혀 줄 생각입니다."

"선택권을 넓힌다? 해음절맥이라도 치료해 줄 참이오? 이미 알겠지만 그걸 치료하려면 최소한의 조건만 따져 보더라도 음기가 응축된 영약과 그만한 고수의 도인이 필요하오. 지금까지 살아 있는 것만으로도 용한 여인을 어떻게……."

말을 잇던 호사량은 문득 눈을 동그랗게 떴다.

절세 고수와 영약.

어쩌면 그 두 가지는 이미 충족되어 있는 건지도 모른다.

"설마……?"

악운이 우뚝 걸음을 멈춰 세웠다.

"말씀 잘하셨습니다. 그녀는 지금까지 용케도 살아남았지요. 그게 쉬웠을 거 같습니까?"

호사량은 함께 멈춰 서서 마른침을 삼켰다.

꿀꺽!

이건 분명, 생각의 전환이었다.

"어린 시절부터 그녀의 절맥을 치료하는 건 공씨 집안의 숙원이었겠지요. 전대 가주는 그녀가 쫓겨나기 전까지만 해도 공씨 일가를 위해 지원을 아끼지 않았을 것입니다. 당연히 그녀의 치료에도 많은 음기의 영약을 사용했을 테죠. 황보정이 괜히 그녀를 살려 뒀겠습니까?"

그 반문에 호사량의 표정이 딱딱하게 굳었다.

"공씨 일가를 위한 마지막 자비가 아니라…… 그녀의 몸을 영약처럼 탐할지도 모른단 뜻이오?"

"비약이길 바랄 뿐입니다."

"만약, 맞는다면…….."

"맞든 아니든 지금의 제 목적은 그녀의 절맥을 치료하는 겁니다. 그녀의 동의만 얻어낸다면 황보세가는 저를 막을 수 없습니다."

악운은 다시 산길을 내려가기 시작했다.

악운에게는 황보세가의 새장 속에 갇힌 새를 꺼낼 만한 가장 완벽한 절학이 있었다.

❦

비쩍 말라 광대뼈가 유독 두툼하게 올라와 있는 반백의 중년인이 드넓게 펼쳐진 평야를 응시했다.

평야로 길게 뻗은 관도에는 수십 명의 기마가 그들 앞을 가로막고 있었다.

펄럭-!

기마의 선봉에 선 기수의 깃발은 분명 동진검가의 기였다.

"나백인가."

태산호군(泰山虎君) 황보정이 안장에 올라 나직하게 읊조렸다.

그 곁을 지키고 있는 갈운정이 말했다.

"예, 그 옆은 연 대인인 것 같습니다."

"연 아우가 나백과 연이 닿아 있는 것은 알고 있었으나 그 연이 나를 배척하고 같은 편에 설 정도였던가?"

눈살을 찌푸린 황보정의 표정에 못마땅함이 드러났다.

"그건 아닐 것입니다. 항산파가 제아무리 강서성의 저력 있는 문파라고는 하나 가주님의 위엄을 흔들 만한 세력은 못 되지요."

"그럼 다른 의도로 나백의 곁에 있다는 뜻인가?"

"예, 그런 듯 보입니다. 잠시 세(勢)를 물리고 나백에게 물어보는 게 어떻겠습니까."

"좋은 생각이네. 계 단주는 다가오는 저들에게 불온한 마음이 있는지 확인해 보라!"

"명을 받듭니다."

황보정이 아끼는 벽력성운단(霹靂星雲團)의 계 단주가 말을 앞세웠다.

입술이 두툼한 중년인이었다.

"부단주와 본단, 일대(一隊)는 나를 따라오라!"

벽력성운단에 속한 일부 대대가 계 단주를 선봉으로 다가오는 나백의 무리를 향해 내달렸다.

암기 등의 암수를 미리 확인하기 위해 보낸 것이다.

황보정은 그 모습을 지켜보며 갈운정에게 말했다.

"갈 선생은 듣게."

"예, 가주님."

"지금 즉시 전 무사에게 은밀히 고하여 내가 원하는 순간 언제든 나백을 공격할 수 있게 대열을 갖춰 놓으라 하게. 알았는가?"

"분부 받잡사옵니다."

갈운정이 서둘러 대열 후방으로 이동했다.

황보정은 그제야 만족스러운 표정을 지으며 수염을 쓸어내렸다.

"제남이 머지않아 내 손안에 들어오겠구나."

그의 형님 황보철도, 부친인 황보연종도 이루지 못한 업적이다.

모두가 이루지 못한 일을 이뤄 내게 되는 것이다.

"나, 황보정의 손으로……!"

황보정의 눈동자가 뜨거운 야망으로 번들거렸다.

악정호는 사마 각주, 조 총관 두 사람을 좌우에 두고 화룡각의 후원을 거니는 중이었다.

"가주님, 소가주의 전언은 그냥 흘려 넘길 것이 못 됩니다. 현재로서는 충분히 가능성 있는 얘기입니다."

사마 각주는 악운의 전언에 담겨 있던 내용을 누구보다 동의했다.

화홍단의 배후 세력에 의한 동진검가, 황보세가의 연합 가능성.

그건 분명 산동악가 입장에서 커다란 변수였다.

"설사 그런 일이 있지 않더라도 대비하는 것이 옳다 이것이오?"

"예."

"그럼 어찌 대비하는 것이 좋겠소?"

"즉시 전력감이 될 가솔의 영입을 늘리고 백우상단을 보다 더 빠르고 확실히 무너트려야 합니다. 총경리가 진행할 도가 사업의 진행과 더불어 강구한 것이 하나 있습니다."

조 총관도 깜짝 놀란 눈치였다.

"그것이 뭔가?"

악정호도 궁금한 듯 사마 각주를 돌아봤다.

사마 각주가 두 사람의 시선을 받으며 의미심장한 미소를 머금었다.

"백우상단의 회계에 구멍이 많다는 것을 알아냈습니다. 최근에 그 회계장부를 입수했고, 장부에 적히지 않은 물자들이 어디로 향하는지까지 알아냈습니다."

"허어, 대체 누가 그런 간 큰 짓을 하고 있었단 말인가?"

"공녀입니다. 세력 기반이 약한 둘째 부인의 유일무이한 딸이자 동진검가의 첫째 공녀가 이 일의 주도자였습니다."

동진검가가 흔들리자 감춰져 있던 내부의 분열이 본격적으로 외부에 드러나기 시작했다.

"우리는 그곳을 쳐야 합니다. 그리되면 백우상단의 자금줄에 큰 타격을 줄 수 있습니다."

악정호의 눈에 이채가 흘렀다.

다음 권으로 이어집니다